KB109142

미러볼 아래서

강진아
장편소설

미러볼 아래서

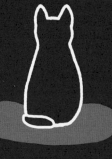

고양이를 찾습니다

△△△-××××-○○○○
××○○○×××××××

민음사

차례

1부

1

6월에 이미 정점이라고 느껴지던 더위는 7월이 되면서 더욱 맹렬히 치솟고 있었다. 거리나 사무실 곳곳에서 날씨 이야기를 하는 사람들의 얼굴은 살인사건을 다루는 형사처럼 심각했다. 매일 경신되는 기록을 알리기 위해 뉴스에서는 '관측 이래 최고'라는 말을 반복해서 사용하기 시작했고 핸드폰에서 노약자 및 어린이들은 열사병에 주의 하라는 재난 문자가 끊임없이 도착했다.

7월 10일 서울시 관악구의 최고 기온은 35.9도, 최저 기온은 30.4도. 더워서 깬 아엽은 실눈을 뜨고 알람을 확인한 후 시계를 봤다. 6시 40분, 평소보다 20분 이른 기상이다. 얼굴이며 목덜미가 땀으로 끈적거리는 게 느껴진다. 에어컨을 켜려고 손을 더듬으니 옆구리에 누운 치니가 만져진다. 까만 털이 축축한 게 치니도 땀을 흘리는 것 같다. 아엽은 털을 몇 번 쓸어 주다가 다시 손을 더듬어 에어컨 리모컨 버튼을 눌렀다. 에어컨 뚜껑이 열리는 소리와 함께 곰팡내가 들이쳐서 아엽은 손으로 치니의 얼굴을 가렸다. 탈탈탈 몸을 떨던 에어컨이 이내 팟, 하고 작게 터지는 소리를 내며 멈췄다. 이 에어컨은 말썽이 잦은데, 이러다가 갑자기 차가운 바람을 뱉어 내기도 했기 때문에 아엽은 리모컨의 전원을 여러 번 다시 눌러 본다.

하지만 에어컨은 죽은 듯 반응이 없다. 이번엔 완전 고장이군. 아엽은 다시 돌아누우며 생각한다. 이따 출근해서 AS센터에 문의해야겠다.

아엽은 오른팔을 뻗어 선풍기를 틀고는 치니 등에 코를 파묻는다. 목과 머리에 흐르던 땀이 날아가며 제법 선선하다. 치니도 그렇게 느꼈는지 골골골 기분이 좋다는 표시를 해 준다. 세상은 공포스럽게 더워지고 있고 하나밖에 없는 에어컨은 고장 났지만, 아엽은 괜찮다. 치니가 골골골 진동을 만들 때는 모든 것이 괜찮다. 아엽은 치니의 등에 코를 더 깊이 파묻는다. 숨을 크게 들이마시니 치니 털이 콧구멍 속으로 가득 들어온다. 크게 흥, 코를 풀듯 털을 밀어냈다가 천천히 숨을 들이마시니 콧구멍이 다시 치니 털로 가득 찬다.

*

    압구정역 3번 출구에서 쓰레기 덤불이 쌓인 골목을 지나면 아엽이 출근하는 회사 '엠엠'이 나온다. 풀 네임은 '밀리미터(mm)'지만 거래처도 엠엠, 하나뿐인 직원 아엽도 엠엠, 사장도 엠엠, 모두 엠엠이라고 부른다. 간판은 없는데 커다란 창에 형광 컬러의 도형 포스터를 붙여 놔서 길 건너에서도 눈에 띈다. 사장인 선우의 솜씨는 아니고 선우의 아내 혜영 언니의 솜씨다. 선우와 혜영은 아엽과 같은 과 선배고, 부부이며, 엠엠의 공동 대표다. 아엽이 선우 부부가 함께 운영하는 엠엠에 들어가겠다고 했을 때, 같이 살던 친구 미옥은 느낌이 안 좋다고 했다. 부부싸움에 니가 끼면 새우 등 터진다는 거였다. 다행히 선우 부부는 싸움이 별로 없었고 작년 말에 혜영이 임신까지 한 덕에 부부를 함께 볼 일은 더 없어졌다.

    오늘은 선우가 출근길에 휴지를 사 오라고 문자를 보내와서, 아엽은 휴지를 사느라 출근 시간인 10시에서 6분을 늦었다. 선우는 이런 규칙에 엄한 편이다. 아엽은 당당하게 지각 사유를 밝힐 참이었다. 그런데 문을 열고 들어서니, 분위기가 좀 이상했다.

"오빠, 나 딱 맞춰 왔는데 휴지 사다 늦은 거."

    선우는 자기 자리에 앉아서 눈을 감은 채 답이 없었다. 아엽은 싱크대 옆 팬트리에 휴지를 채워 넣으며 본능적으로 아무 말도 하면 안 된다는 걸 느꼈다. 선우는 가끔 저런 식으로 폼을 잡는데 이때 다른 사람이 절대 먼저 말을 걸어선 안 된다. 짜증을 내거나 화를 내거나 둘 중 하나는 꼭 하기 때문이다. 혜영 언니는 어떻게 저 꼬라지를 다 받아주는지 모르겠다. 아엽은 온몸의 세포를 1미터 전방의 선우에게 집중하며 자기 자리에 가서 앉았다. 눈치껏 에어컨 AS 문의부터 해 둬야겠다. 컴퓨터를 켜는데 선우가 입을 열었다.

"문화재단, 피드백 왔다."

"오, 그래?"

"포워딩했으니까, 메일 확인해 봐."

마지막 '봐'와 함께 선우는 자리를 박차고 일어서서 문을 열고 나갔다. 어디 가지? 담배 피우러 가나? 따라 나갈까? 무슨 일 있느냐고 물어볼까? 고민하던 아엽은 그냥 자리에 앉아 선우가 전달했다는 메일을 확인했다. 시키는 거나 하자.

몇달 전 선우는 수완 좋게도, 합천에 오픈하는 문화재단 홍보 영상 일을 따 왔다. 대기업에서 운영하는 꽤 큰 규모의 재단이었다. 미술계의 네임드, 봉상용 화백의 전시 영상을 무보수로 작업해 온 결과였다. 전시 영상을 줄기차게 수정하며 왜 이런 삽질을 하는 건지 알 수 없었던 아엽은 문화재단 계약을 받아 낸 선우의 큰 그림에 감동을 받았다. 역시 사장은 사장이었다. 문화계에 그렇게나 많다는 봉상용 화백의 후배 중 한 명이 문화재단의 단장이었다고 했다. 덕분에 선우는 봉상용 화백과 함께 합천에 내려가서 재단 건물을 구경하고 단장과 밥을 먹으며 소개 영상 계약서를 썼단다.

소개 영상은 10분짜리로 문화재단 공간 소개와 단장의 인터뷰가 주를 이루었다. 선우는 멋진 전경에 그래픽을 추가하여 힘을 실었다. 아엽의 눈에도 스케치 영상은 고급스러워 보였다. 그렇게 뚝딱 끝날 줄 알았던 일은 놀랍게도, 여태껏 지지부진이다.

상부상조의 분위기로 아름답게 흘러가던 프로젝트에 찬물을 끼얹은 건 실무자인 문화재단 팀장이었다. 팀장은 단장 인터뷰부터 태클을 걸더니, 그래픽 작업이 끝난 스케치도 재촬영을 요구했다. 결국 선우는 성질을 빽빽 내며 마우스를 집어던졌고 그 뒤처리는 아엽의 일이 되었다. 꼬박 두 달을 매달렸지만, 아직 초벌 편집 컨펌도 안 난 상황이었다. 팀장과 소통하기 위해 아엽은 단거리 프로젝트라고 생각해서 잔뜩 힘을 줬던 몸의 근육을 풀어야 했다. 지난주에 수정한 단장 인터뷰 편집본을 선우에게 넘겨 두고 문화재단 팀장의 답을 기다리던 터였다. 파일 네임 뒤에는 re, re, re, 벌써 몇 번째 수정본임을 알려 주는 꼬리표가 길게 붙었다. 선우 분위기로는 또 수정일 것 같은데 팀장이 얼마나 욕을 했으려나, 아엽은 다리를 달달

떨며 메일을 열었다.

'안녕하세요, 박선우 실장님. 보내 주신 영상 확인했습니다. 내부에서 모니터링을 받아 보았는데요, 그 내용도 함께 보시는 게 작업 진행에 도움이 될 것 같아 첨부해 드립니다.'

첨부된 텍스트 파일을 열었더니 모니터링 결과가 주르륵 떴다. 친절하게도 중요한 문장에 팀장이 빨간 줄을 그어 놓았다. '목소리 안 들림' '화면이 구려요' '집중도 떨어지는 거, 의도?' '아마추어 같음' 등등이 주요 문장이었다. 이래서 선우 분위기가 그랬구나. 거참, 한두 번 듣는 욕도 아니고. 프로답지 못하게.

아엽은 수정 메일을 가볍게 닫고 포털 창을 열어 에어컨 브랜드의 AS 사이트를 찾았다. 집에서 찍어 온 제품명을 입력하며 살펴봤더니, 10년이 지난 제품이라 서비스 대상에서 제외된다는 안내가 있었다. 아엽이 검색창에 에어컨 고장, 에어컨 수리로 단어를 바꾸어 넣으려는데 새로운 쪽지가 날아들었다. 애용하는 고양이용품 사이트에서 보낸 것으로 오전 12시 전에 주문하면 30프로 할인해 주는 타임 세일 행사 쿠폰이었다. 시계를 봤더니 다행히 여유가 있다. 이렇게 중요한 기회를 하마터면 놓칠 뻔했다. 아엽은 자신의 입으로 들어가는 건 저렴한 것만 찾지만 치니 입으로 들어가는 건 언제나 최고급으로 신경 썼다. 막 결제를 하려는데 추가로 빙어 간식을 사면 50프로 할인을 해 준다고 해서 아엽은 잠시 멈췄다. 치니가 빙어를 먹던가? 근데 빙어가 뭐지? 그때, 벌컥 문을 열고 선우가 들어왔다.

"메일 확인해 봤어?"

빙어 간식의 원재료에 시선을 고정한 채 아엽이 답했다.

"어, 별거 없더구만."

"별거 없어? 그게?"

치니는 입에 안 맞는 건 쳐다도 보지 않기 때문에 버린 간식이 숱했다. 아엽은 머릿속으로 치니가 빙어를 버렸는지, 먹었는지를 기억하느라 바빴다. 그러면서 입으로는 선우에게 위로를 건넸다.

"신경 쓰지 마. 다시 하면 되지. 금방 할게."

그때, 텅텅텅 발소리와 함께 혜영이 들어왔다. 혜영은 언제나처럼 부산하게 짐을 펼쳤는데, 선우의 간식과 사무용지 등인 것 같았다. 그런데 두 사람 사이를 지나는 공기가 영 어색했다. 선우는 들이닥친 혜영의 눈치를 보며 애먼 창틀의 먼지를 털었고, 혜영은 물건을 정리하는 척 자꾸 선우를 툭툭 치며 뭔가를 추궁하는 것 같았다. 아엽은 둘이 싸웠거나, 집안에 안 좋은 일이 있는 거라고 생각하기로 했다. 결국, 소근거리던 혜영이 큰소리를 냈다.

"오빠, 아엽이한테 말 안 했지?"

"어? 어."

혜영의 날카로운 목소리로 자신의 이름이 불리고 나서야 아엽은 집중하던 빙어 간식에서 신경을 거둬들였다. 딸깍, 고양이용품 사이트도 닫았다. 그 밑에 있던 에어컨 수리 검색창도 닫았다. 그러는 동안 부부의 시선이 자신에게 꽂히는 게 느껴져서 마우스를 잡은 손이 긴장되었다. 잠시 후, 혜영이 불룩한 배 위에 쿠션을 올리며 아엽 앞에 앉았다. 아엽은 자세를 고쳐 앉으며 눈으로 선우에게 질문을 던졌지만, 선우는 시선을 피한 채 혜영이 펼쳐놓은 짐을 들춰 보고 있었다.

그 이상한 면담이 있기 전에 아엽이 눈치를 챘으면 좋았을 거다. 그럼 충격이 조금은 덜했을 거다. 그러나 어떻게 눈치를 챌 수 있단 말인가? 아엽은 언제나 눈치를 살폈지만 눈치가 없었고 특히 당시에는 짐작조차 할 수 없었다. 앞에 앉은 혜영이 배 위의 쿠션을 쓰다듬으며 문화재단 일을 준 봉상용 화백의 감사함을 반복해서 나열할 때, 아엽은 머릿속으로 그렇지 내 월급이 그 덕에 나오는 거지, 하며 덩달아 감사함을 되뇌고 있었다. 혜영은 모든 주어를 우리라고 시작했는데 어느 순간 너와 우리, 그러니까 '우리'에는 아엽이 포함되지 않는다는 것을 분명하게 밝혔다.

"우리도 너 때문에 진짜 고민을 많이 했거든."

그제야 아엽은 뭔가 잘못되었다는 걸 깨달았다. 눈썹을 팔자로 만든 아엽에게 혜영은 한숨을 폭 쉬며 말했다.

"화백님이 얼마나 화내셨는데. 선우 오빠 마음 약한 거 알잖아, 아엽아."

아엽은 귀로 들어온 문장을 해석하지 못했다. 시선은 혜영이 안고 있는 쿠션에 가 있었는데, 그 쿠션은 이케아에서 아엽이 골랐던 거였다. 그때 이케아에 사람 진짜 많았는데, 따위를 생각하는 동안 혜영의 말은 계속되었다.

"니 편집본 때문에 우리가 받은 손해가 진짜 크거든. 이렇게 말하긴 그렇지만 손해배상을 청구할 수도 있는 문제야."

아엽의 머릿속에는 이케아 매장이 일순 사라지고 손해배상이라는 단어가 들어찼다.

"손해배상이요? 저한테요?"

"니가 책임감 있게 일했으면 이런 일이 없잖아. 너 아까도 딴짓했지, 그지?"

아엽은 입을 열 수가 없었다. 괜히 타임 세일 쿠폰에 혹해서 빌미 잡힐 짓을 해 버렸다. 고양이용품 사이트의 홈은 화려해서 혜영이 분명 봤을 거다. 에어컨 수리를 검색하는 창도 봤을까? 후회하는 중에 혜영이 자신도 너무 괴롭다는 표정을 지으며 말했다.

"그러니까 너, 내일부터는 안 나와도 돼."

결국 아엽은 자신이 엄청난 잘못을 저지른 것 같은 기분에 사로잡혔다. 하지만 웹서핑 외에 무슨 그렇게 엄청난 잘못을 했는지는 알 수 없었기 때문에 어리둥절하기도 했다. 출근해서 단 몇 시간 만에 일어난 일이었다.

*

비품을 정리하고 하드에 개인 데이터를 백업해서 아엽이 쫓겨나는 동안, 선우는 말 한마디 건네지 않았다. 혜영만이 날카로운 시선으로 아엽의 일거수일투족을 따르며 그거 챙겨 가? 저건 니 거 아냐? 그럼 버려? 하고 참견을 했다.

짐을 챙겨 나오자 점심시간이 다 되어 있었다. 선우와 함께 구내식당이라고 부르던 부산 백반집 앞을 지날 때, 습관처럼 허기가 느껴졌지만 그냥 지나쳤다. 플라스틱 박스를 안고 지하철에 타서야 머릿속의 실타래가 하나하나 풀리기 시작했다. 하지만 여기저기가 엉망으로 꼬여 있어서 전체를 풀어내는 데에는 시간이 조금 더 걸렸다. 버스를 타고 집에 들어와 평소와 다른 시간에 등장한 아엽을 보고 꼬리를 세우며 반기는 치니를 한참 쓰다듬은 후에야 마침표가 찍혔다.

눈 둘 곳을 몰라 이케아 쿠션만 바라보고 있던 동안에도 다행히 귀는 활짝 열려 혜영의 목소리를 듣고 있었다. 그 목소리를 조합해 보면, 상황을 이렇게 정리할 수 있겠다. 문화재단 팀장은 편집본이 너무 싫었다. 봉상용에게 화를 내며 엠엠을 자르자고 했고 봉상용은 자기 체면이 깎였다며 선우를 혼냈다. 선우는 모든 잘못이 부하직원 때문이라고 둘러대며 그 부하직원을 자를 테니 기회를 달라고 부탁했다. 봉상용은 엄청난 관용으로 원하는 기회를 주었고 선우는 문제의 부하직원, 아엽을 잘라야 하는데 배짱이 없어서 아내에게 도움을 청했다. 아내는 장군처럼 등장해서 선우 대신 아엽의 목을 쳤다. 혜영이 아엽을 탓했을 때, 선우 오빠가 기획하고 컨펌했는데 왜 나한테 그러느냐, 이 말을 했던가? 아니, 못했다. 딴짓하다 걸렸던 게 민망해서 한마디도 못 한 채 더 큰 죄를 뒤집어쓰고 쫓겨났다.

그때 제대로 말을 했어야 했는데. 아엽은 한숨을 내쉬며 치니의 머리통을 쓰다듬었다.

"치니가 한번 들어 봐, 알았지? 선우 오빠가 다 시켰잖아요. 근데 왜 저한테 그래요?"

도중에 치니가 아엽의 손가락을 핥아 주어서 목소리에는 웃음기가 묻어났다. 아니지, 집중해야지. 아엽은 눈에 힘을 주며 다시 말했다.

"기획하고 컨펌한 사람이 책임을 져야죠."

이번에는 제대로 내뱉었지만, 상쾌해지기는커녕 걱정만 커졌다. 큰일이네, 진짜 손해배상 청구하면 어쩌지? 당장 퇴직금은 고사하고 소송 걸리면 변호사 선임하고 그래야 하나? 그러려면 산와머니 같은 데서 대출받고 그래야 할까? 아, 어쩌지? 불안은 상상력을 자극했다. 아엽은 머릿속으로 판사 앞에서 울먹이는 자신을 그려 보았다. 가만, 그럼 치니는 어쩌지? 이 집에 치니 혼자 남겨지는 건가? 아니, 그럴 수는 없다. 치니를 위해서라도 강해져야 한다. 아엽은 벌떡 일어서서 아까부터 스멀스멀 냄새가 나던 치니의 화장실 모래 청소를 시작했다. 하지만 뭉친 모래를 거칠게 퍼내는 동안에도 자신이 자꾸만 작아지는 기분이 들었다. 아마 핸드폰이 울리지 않았다면 작아지다가, 치니보다 더 작아지다가, 화장실 모래알보다 더 작아지다가, 소멸했을지도 모르겠다.

*

아엽이 작업실에 들어섰을 때, 미옥은 시끄러운 메탈을 틀어 놓고 작업 중이었다.

"나 왔어."

아엽은 최대한 목소리를 키워 인사했지만 미옥은 듣지 못했다. 다가가서 얼굴 앞에 손을 휘휘 저었더니 그제야 미옥이 고개를 들었다.

"잠깐만."

메탈을 끄고 났더니 작업실은 더없이 고요해졌다. 들리는 것은 천장에 달린 에어컨 소리뿐이었다. 정수리로 내리꽂히는 바람이 비현실적으로 차가웠다. 이제야 좀 살 것 같다. 아엽은 바깥의 온도를 떠올리며 몸서리쳤다.

미옥은 대학 시절부터 함께한 친구였다. 그 시절 미옥은 일러스트 작업을 주로 했었는데 졸업 전시를 기점으로 대형 유화 작업을 시작했다. 과일 단면을 확대한 이미지가 주요 소재로, 변화보다 규칙을 강조하는 스타일이라 대부분의 결과물은 패턴처럼 보였다. 미옥에게 말한 적 없지만, 솔직히 아엽의 취향은 아니었다. 가까이에서 보면 붓 터치 때문에 참을 만했지만, 멀리서 보면 자글자글 환 공포를 불러일으켰다. 하지만 미옥의 노력만큼은 언제나 대단하다고 생각했다. 아엽은 미옥처럼 장시간 그림을 그리는 사람은 그전에도 후에도 만난 적이 없다. 강의실에서도, 함께 살던 자취방에서도, 미옥은 강박적이라고 할 정도로 그림을 그렸다. 그림은 단순한 도형일 때도 있고 사람일 때도 있고 시커먼 원일 때도 있었다. 뭐든 징그러울 정도로 빼곡하게, 미옥은 매일 그렸다. 아엽의 눈에 비친 작업 중인 미옥은 주문을 거는 것도 같고 기도를 하는 것도 같아서 섬뜩할 때가 많았다. 미옥은 펜을 좀 특이하게 잡아서 오른손 약지 손톱 아래에 굳은살이 불룩했다. 가끔 불안하거나 화가 나면 미옥은 그 굳은살을 물어뜯었다. 굳은살이 어찌나 두꺼운지, 뜯고 또 뜯어도 피가 나오지 않았다.

졸업 후에 미옥은 신인 회화 작가로 소개되면서 활동을 이어나갔다. 디자인과에서 회화 작가로 전향한 경우는 거의 없었기 때문에 교수들조차 그 행보에 놀라워하는 듯했다. 아엽은 그전까지는 관심도 없던 미술계라는 곳을 긍정하게 되었다. 연고도 없는 미옥의 작품을 알아봐 주는 사람들이 있는 곳이니까. 하지만 큐레이터가 소개하는 미옥의 팸플릿을 보고는 조금 어리둥절해졌다. 메타 리얼리즘, 경계 실험 등 미옥과 관련 없어 보이는 단어들만 눈에 들어왔다. 그들이 미옥의 작품이 아닌 전혀 다른 것에 관해 이야기하는 것만 같았다.

아엽이 불려 나온 이유는 전시장에 걸릴 프레임 때문이었다. 미옥은 아엽의 손에 사포와 목장갑을 쥐여 주고 나무 프레임 귀퉁이를 사포로 밀며 시범을 보였다.

"가시가 나온 부분을 이렇게, 갈아 줘."

이번 전시는 유명 작가들이 모인 단체전인데 작가 한 명이 빠져서 미옥이 참여하게 되었다고 했다. 평소 미옥의 그림에 관심이 있던 큐레이터의 제안 덕분이었다. 소식을 전하는 미옥은 단체전에 끼게 된 상황에 몹시 흥분한 듯 보였다. 미술대전에서 수상하지 않은 작가는 자기밖에 없다며, 거듭 영광이라고 했는데 아엽의 귀에는 꼭 단체전만으로 대전 수상급 작가가 되었다는 것처럼 들렸다.

백 호짜리 캔버스에는 석류 알갱이가 알알이 박혀 있었다. 목장갑을 낀 아엽은 나무 프레임의 거친 단면을 사포로 다듬으며 최대한 캔버스에 닿지 않도록 신경을 썼다. 작품을 훼손시킬까 봐 그런 건 아니었고 그림이었지만 석류 알갱이를 만지는 게 싫었다. 작업실이 그리 넓은 편이 아니라서 벽에 기댄 작품 프레임을 사포질하기 위해서는 몸을 구부리거나 틈새로 팔을 넣는 등의 묘기를 부려야 했다. 나무 프레임은 이미 작업장에서 태우고 기름칠을 해서 잘 갈렸다.

열심히 갈고 또 갈면서 아엽은 자신이 지금 이럴 때인가를 잠시 생각했다. 오늘 해고당한 주제에 친구 작품을 돕고 있다는 게 스스로도 터무니없이 느껴졌다. 그런 속내를 알 리 없는 미옥은 배정받은 공간 양옆의 작품을 세세하게 설명하고 있었다. 아엽은 머릿속으로 혜영 언니가 말했던 손해배상 청구의 실현 가능성에 대해 생각하면서 입으로는 어, 그랬어? 추임새를 넣었다. 부랑자가 되는 것보다는 대전 아빠 집에 내려가는 게 나을 거야, 상상 속에서 아엽은 장쾌하게 추락했다. 멍한 옆통수에, 뾰족한 시선이 꽂히는 게 느껴졌다.

"너 또 그러지?"

그제야 아엽은 사포질을 멈추고 미옥을 돌아봤다. 언제부터 그러고 있었는지 미옥은 사포를 내린 채 아엽을 빤히 보고 있었다.

"뭐 있는데, 말 안 하지?"

"아닌데?"

"무슨 일인데. 이거 하기 싫어?"

"아니. 왜?"

아엽은 자기가 생각해도 좀 급하다 싶을 정도로 빠르게 미옥의 말을 부정했다. 미옥은 미간의 주름을 모았는데, 그 표정이 책망으로 느껴져서 아엽은 황급히 시선을 돌리고 사포질을 했다. 미옥은 한숨을 깊게 내쉰 후 말했다.

"티 나는데, 그럼 내가 기분이 이상하잖아."

아엽도 미옥에게 엠엠에서 잘렸다고 말하고 싶었다. 하지만 어디서부터 무슨 말을 꺼내야 할지 도통 알 수가 없었다. 엠엠에 들어갈 때부터 말렸던 미옥이었기에 것 봐라 내가 뭐랬니, 하는 소리를 들을까 봐 겁도 났다. 잘나가는 작가들과의 단체전으로 한껏 들뜬 미옥의 기분을 망치고 싶지도 않았다. 미옥을 배려해서 말을 꺼내지 않은 것이었다. 하지만 미옥은 대단한 무시라도 당한 것처럼 반응했다. 그래라 그래, 말하지 마라, 하고. 미옥은 아엽보다 언제나 빨랐다. 먼저 느꼈고 먼저 말했

24

고 먼저 행동했다. 아엽이 뒤늦게 무언가 느끼거나 말하거나 행동할 때에는 미옥의 영향을 받을 수 밖에 없었다. 미옥이 먼저 해 버렸으니까. 자신을 기다려 주지 않았으니까. 이제 아엽의 머릿속에는 선우와 혜영에 대한 분노가 사라지고 미옥에 대한 섭섭함이 들어앉았다. 그동안 작업실에는 사포질 소리만 울려 퍼지고 있었다. 아까 들었던 메탈이라도 다시 듣고 싶어지는 침묵이었다.

어느 정도 시간이 흐르자 아엽이 잡은 프레임이 꽤 매끄러워졌다. 아엽은 여러 번 손으로 쓸어내린 후에 입을 열었다.

"이거, 괜찮아?"

하고 돌아보았더니 미옥은 사포질하는 손을 멈추지 않고 말했다.

"어, 고마워. 이제 가도 돼."

아엽은 미옥의 그 익숙한 말투에 열이 올랐다. 봐준다는 듯한 태도가 몹시 거슬렸다. 아엽과 미옥 사이에는 이런 순간이 잦았다. 과거 어느 때 그랬던 것처럼 이번에도 아엽은 끓어오르는 속을 누르며 미옥의 말투를 흉내 내어 답했다.

"그래. 또 연락하자."

아엽에게 미옥은, 학년이 바뀌고도 바뀌지 않은 유일한 친구였다. 아엽은 교우관계라는 것을 정확하게 1년에 맞추어 시

25

작하고 끝냈다. 초중고 12년간, 개학과 함께 친해진 친구와 겨울방학이 가까워질 무렵에는 어김없이 소원해졌다. 더 긴 관계는 아엽에게 불가능했다. 관계가 끊어지는 이유도 알고 있었는데, 친구들이 떠날 때 말해 주었기 때문이다.

거짓말쟁이.

딱히 자신이 거짓말을 한다고는 생각하지 않았지만, 거의 모두 그렇게 말했기 때문에 아엽도 그렇게 생각할 수밖에 없었다. 더군다나 그 포인트도 어렴풋하게나마 알고 있었다.

서로가 탐색전을 시작하는 새 학기에 새 친구가 소개를 부탁하면 아엽은 어딘가에서 봤거나, 읽었거나, 맡고 싶은 배역으로 자신을 설명했다.

"나는 남동생이 있어."

"우리 집은 슈퍼를 해."

"어릴 때 바닷가에 살았어."

한 음절 한 음절을 내뱉는 그 순간이 너무나 짜릿했다. 그렇게 말하는 동안에는 자신이 말하는 바로 그 사람이 된 것만 같아서 속에서 에너지가 솟았다. 영화나 티브이에 나오는 배우가 된 것도 같았다. 자신을 궁금해하는 상대에게, 새로운 누군가가 되어 보는 것 자체가 좋았다. 후에 사실을 알게 된 친구들의 반응은 다양했다. 어떤 애는 침묵했고 어떤 애는 무리를 지어 아엽을 공격했으며 어떤 애는 따졌다. 하지만 아엽에게

던지는 첫 질문은 거의 모두 비슷했다.

"왜 그딴 거짓말을 하는 건데?"

이 질문 덕분에 아엽은 다른 친구들은 거짓말을 하지 않는다는 것을 깨닫게 되었다. 그전까지는 모두가 자신처럼 새로운 배역을 연기하며 관계를 시작한다고 생각했기 때문이다. 다른 애들은 이 짜릿한 욕망을 참고 사실만을 말했다고 생각하자 아엽은 부끄러웠다. 자신만이 쾌감을 쫓았다는 게 도덕적이지 않게 느껴졌다.

하지만 그렇다고 다음 새 학기가 시작되고 자기소개를 할 때, 사실만을 말하게 되었다는 건 아니다. 아엽은 새로운 배역을 맡는 동시에 죄책감을 느끼게 되었고 덕분에 연기는 점점 어색해졌다. 게다가 거짓말을 끝까지 밀어붙일 정도로 용의주도하지도 못해 한두 가지 사실 차이로 아엽의 거짓말은 쉽게 들통이 났다. 대부분 2학기가 시작되고 찬 바람이 불어올 무렵이었다. 그때부터 아엽의 침묵은 시작되었다. 조금만 더 버티면 겨울방학이니까 버틸 만했다.

겨울방학. 아엽은 겨울방학이 좋았다. 첫 거짓말을 지키기 위해 쌓아 올린 창작의 무게에 압사당하기 직전에 찾아오는 겨울방학. 친구들의 괴롭힘이 견딜 수 없이 잔인해지기 직전에 찾아오는 겨울방학. 팽팽한 긴장감은 해결되지 않고 겨울방학에 맞춰 종료되었다. 버튼을 누르듯 간단하게. 그러다 보니, 아엽은 해결할 방법보다는 버티는 방법에 더욱 열을 올리게 되었다. 뒤에서 자신을 비난하는 목소리를 자체적으로 음소거하거나, 밀치는 힘에 넘어지지 않기 위해 무게중심을 잡는 등의 소소한 능력이 향상되었다. 1, 2년이 아니라 12년이었기 때문에 아엽도 깨닫고는 있었다. 이런 일을 겪지 않으려면 자기소개 때 사실만을 말하면 된다. 새로운 누군가가 되어 보는 쾌감을 잠시만 참으면 된다. 하지만 그건 아엽에게는 불가능에 가까웠다.

대학에 와서 제일 놀랐던 것은 1년이 지났는데도 관계가 끝나지 않는다는 사실이었다. 1년이었던 유통기한이 갑자기 4년으로 늘어나자, 아엽은 수법을 바꾸어야만 했다. 다행히 함께 살던 미옥과 그 시간을 어찌어찌 넘겨 냈고 그건 아엽에게 처음 맺는 관계였다. 거짓말은 여전히 존재했다. 1학년, 서로를 한창 배우던 무렵, 미옥은 자신의 동생이 자살했다고 얘기해 주었는데 아엽은 그걸 듣다가 불쑥 엄마가 죽었다는 말을 내뱉어 버렸다. 그때 가슴속에 들어찼던 벅찬 감각을 아엽은 아직도 기억한다. 엄마가 자신을 버리고 도망갔다는 사실보다는 아예 죽어 버린 것이 여러모로 나았다. 그래, 엄마는 죽은 거야. 미옥에게 말하면서 아엽은 그것을 사실로 삼고 있었다. 지금까지도. 7년이나 되는 긴 시간이었지만, 미옥에게 발각되지 않았고 그 덕분에 아엽과 미옥은 계속 친구일 수 있었다. 그러기 위해서는 노력이 필요했고 세세한 거짓말들은 계속해서 쌓였다. 엄마의 기일, 엄마의 장례절차 등이 새롭게 만들어졌고 아엽은 잊지 않고 그것들을 기억해 두어야 했다. 그건 괴롭고 짜증 나고 무엇보다 무척 귀찮은 일이었다.

그리고 2년 전, 치니를 만났다. 아엽은 고해성사를 하듯 자신이 했던 모든 거짓말을 치니에게 들려주었고 그 과정에서 스스로 깨달았다. 이거 별로구나. 그럴 필요 없구나. 새로운 누군가가 되어 보는 쾌락의 순간만 넘기면 되는구나. 자기 소개 직전에 한 호흡만 가다듬으면 되는구나. 여의치 않을 때는 아예 말을 하지 않으면 되는구나. 이제껏 아엽에게 불가능했던 것이 가능해졌다. 그 후, 원래도 말수가 적던 아엽은 더욱 말이 없어졌다.

아엽은 언젠가 미옥에게 이 모든 것을 말해 줄 생각이다. 미옥은 유일한 친구이므로. 그때는 엄마가 죽지 않고 살아 있다는 것도, 엄마를 죽이기 위해 해야 했던 그 모든 창작의 괴로움도, 모두 알려 줄 것이다.

버스 안에서 열심히 미옥에 대한 복잡한 마음을 정리한 덕분에, 집에 돌아온 후에는 꽤 괜찮은 컨디션으로 퇴사 문제에 관해 생각해 볼 수 있었다. 노트북을 펼치고 고용복지와 관련된 키워드를 검색해 본 것만으로도 자신이 소송에 걸릴 것이라는 두려움에서 벗어났다. 인터넷에서 조언해 주는 법조계 전문가들의 단어를 빌리자면, 아엽은 부당해고를 당한 것이고 법은 노동자를 위해 존재한다. 갑자기 보호받는 노동자가 된 아엽은 자신이 배운 것을 선우 부부에게 외치고 싶었다. 당신들은 함부로 사람을 잘라서는 안 된다. 후배라고 막하면 안 된다. 무서운 표정까지 지어 보이며 한참 동안 그렇게 속으로만 외쳤다.

2

다음 날, 아엽은 고용복지센터를 찾았다. 상담사는 모니터에 시선을 박은 채 한 번도 눈을 맞춰 주지 않았다. 말의 속도도 빨라서 아엽은 상담사의 너른 이마를 바라보며 설명을 기억하기 위해 필사적으로 집중했다. 몇 가지 서류를 제출하면 실업 급여를 받을 수 있고 부당 노동 행위 신고를 하면 퇴직금을 받을 수도 있다고 했다. 접수 신청은 당장 가능하지만 결과는 일주일 후에나 알 수 있단다.

안내를 받은 후, 아엽은 로비에 자리를 잡고 앉아서 핸드폰과 노트북을 함께 펼쳤다. 편집본을 수정할 때 선우가 보냈던 카톡 '1분 20초, 단장 클로즈업 샷으로' '인트로 라이브러리 곡으로 교체' 등을 캡처해서 폴더에 저장하고 있으니 마음이 불편했다. 자신이 배신자가 된 것만 같은 기분이었다. 상담사는 퇴직 권고 녹음본이나 문자 등이 있으면 제일 좋다고 했지만, 그 사실을 알았더라도 선우 부부 앞에서 녹음 버튼을 누를 수는 없었을 것 같다.

제출할 것들을 정리해 상담사에게 전달했더니, 상담사는 접수가 완료되었다며 프로그램 북을 아엽 쪽으로 밀었다.

"다음 주에 연락드리겠습니다. 프로그램 살펴보세요."

일주일 후, 상담사에게 실업 급여 대상자가 되었다는 연락을 받은 후에야 아엽은 프로그램 북을 다시 꺼내 들었다. 실업 급여를 받기 위해서는 몇 가지를 이행해야 하는데 그중 가장 중요한 것이 직업 훈련 프로그램 참여였다. 프로그램 북을 찬찬히 살펴본 후에 아엽은 자신의 전공인 영상 편집 수업을 신청했다. 뭔가를 배우기보다는 이 과정을 빨리 처리하고 싶다는 마음이 앞섰기 때문이었다. 다음 주부터 매주 3회, 한 달 동안 센터에 가서 수업을 듣기만 하면 3개월 생활비를 지원 받을 수 있다. 그 후에도 취업을 못 한다면, 구직 활동 증빙을 하고 연장 지원을 받을 수도 있다. 우리나라 좋은 나라구나, 아엽은 상담사와 통화를 마친 후 진심으로 그렇게 생각했다. 직업 훈련 프로그램 앞표지에는 다양한 직업군의 사람들이 함박웃음을 띤 채 손을 잡고 있었다.

*

직업 훈련 수업은 센터 2층의 컴퓨터실에서 진행되었다. 재활용 쓰레기 버리는 날과 동일한 월수금이라 까먹지는 않을 것 같았다. 아엽은 조금 일찍 도착해서 컴퓨터실에 들어갔다. 화이트보드 앞쪽 책상에 앉아 있던 커트 머리 여자가 샌드위치를 우물거리며 고개를 들었다. 여자의 얼굴은 창백할 정도로 하얗고 눈빛이 날카로웠다. 아엽이 방을 잘못 찾은 건가 싶어서 사과하고 나가려는데 여자가 물었다.

"이름이 어떻게 되세요?"

아엽은 어정쩡하게 답했다.

"곽아엽, 입니다."

여자는 앞에 놓인 프린트물을 훑어보더니, 왼손으로 펜을 들어서 체크를 했다. 왼손잡이구나, 아엽은 무례하다는 자각도 없이 여자의 동작을 지켜보고 있었다. 그동안 샌드위치에서 소스가 흘렀는데 여자는 그것을 날름 핥으며 말했다.

"전 김병선입니다. 아무 곳에나 앉으시면 돼요."

그러고는 남은 샌드위치를 입에 욱여넣었다. 아엽은 귀퉁이 자리에 앉으며 빠르게 프로그램 북을 뒤졌다. 맞다, 영상 편집 강사가 김병선이다. 제대로 왔구나. 안도하는데 목소리가 들렸다.

"아엽은 한글 이름이에요?"

"아뇨, 고운 잎이라고, 고울 아, 잎 엽 써요."

그 질문은 아엽이 살면서 가장 많이 들어 온 질문 중 하나여서, 대답은 거의 자동으로 흘러나왔다. 다만 대화가 더 이어지면 어쩌지? 하는 마음에 초조해졌다. 병선은 그저 오호, 하고 고개를 끄덕이며 샌드위치 포장지를 구기고는 손에 묻은 소스를 바지에 슥슥 닦았다. 아엽은 황급히 고개를 숙이고 프로그램 북에 시선을 고정했다. 강사 소개에 적힌 병선의 프로필을 열심히 읽는 척했다. '단편영화 감독―「요크셔테리어」, 「별로인」, 「몸매 관리 교본」 외 다수.' 제목만으로는 대체 어떤 내용의 영화를 찍는 사람인지 알 수가 없었다.

잠시 후, 학생들이 우르르 몰려들어 컴퓨터실은 금세 시끄러워졌다. 학생들의 나이대는 다양했다. 지원 신청을 해서 들어온 대학생들도 있었고 노인대학에서 온 노인들도 있었다. 학생이 들어올 때마다 병선은 아엽에게 그랬던 것처럼 이름을 묻고 프린트물에 체크했다. 얼추 모였다는 판단이 섰는지, 병선이 일어서며 마이크를 잡았다.

"안녕하세요. 영상 편집 수업 맡게 된 김병선이라고 합니다."

병선은 첫날이니 단편영화 제작 과정을 간단하게 소개하겠다고 했다. 시나리오를 완성하고 스텝을 꾸리고 촬영을 하는 전체 과정을 「요크셔테리어」라는 작품의 실제 콘티와 스케줄표를 보여 주며 설명했기 때문에 이해가 쉬웠다. 아엽은 꼼꼼하게 메모를 하며 들었는데, 특히 카메라 렌즈에 대한 설명은 그림까지 그리며 열심히 받아 적었다. 강의를 하는 병선의 목소리는 또렷했고 말투도 야무졌다. 설명을 마친 병선이 손뼉을 짝, 치며 프로다운 표정으로 말했다.

"10분간 휴식 후에는 영상 소스를 프로그램에 올려 보겠습니다."

*

아엽이 화장실에 다녀왔더니 병선은 인상을 쓴 채 통화 중이었다. 누군가에게 프로그램에 대해 문의하는 것 같았는데, 목소리를 낮췄는데도 익숙한 용어라 아엽의 귀에 쏙쏙 박혔다.

"어, 브라우저에는 불러졌다니까? 확장자? 다른데? 어. 어."

다른 포맷으로 압축된 소스는 타임라인에 올렸을 때 문제가 생긴다. 렌더를 걸어 주기만 하면 되는데, 설마 그걸 모르는 걸까? 거의 대부분의 학생들이 착석한 상태인데도 병선은 통화를 끊지 않았다. 아엽은 자신이 뭔가 도울 수 있을 것 같았지만, 그러지 않는 게 좋겠다는 생각이 들어서 고개를 푹 숙이고만 있었다. 다급하게 통화를 마친 병선이 일어서며 공지했다.

"각자 컴퓨터에 제 영화 소스가 있어요. 프로젝트 열어서 확인하고 계시면 제가 돌아다니면서 소스 불러들이는 방법을 알려 드릴게요."

아엽은 병선이 말한 대로 「요크셔테리어」 소스를 브라우저에 불러들였다. 소스는 세 가지 종류의 압축본이었기 때문에, 타임라인에 올려서 렌더를 걸었다. 이걸 편집하겠구나 싶어서 다시 익스포트 렌더를 거는데, 병선이 옆에 와서 앉았다.

"이거, 어떻게 한 거예요?"

"편집하려면 필요할 것 같아서요."

"보여 주세요."

병선의 목소리는 단호했기 때문에 아엽은 렌더를 멈추고 다시 출력하는 과정을 보여 주었다. 몇 번의 클릭으로 이루어지는 과정인데도 아엽은 긴장되었다. 설마 편집을 위해서는 확장자를 통일해야 한다는 걸 모르는 걸까, 이 수업을 들어도 되는지 하는 레벨 테스트 같은 건가, 편하게 수업을 들으려고 했는데 나가라고 하면 어쩌나, 혼란스러웠다.

아니나 다를까, 수업이 끝나고 최대한 유령처럼 자리를 뜨려고 했던 아엽을 병선이 불러세웠다. 편집 프로그램을 뚫어져라 바라보며 말이 없는 병선 옆에 서서 아엽은 불안하고 어색해서 어쩔 줄을 몰랐다. 그때 병선이 입을 열었다.

"아엽 씨는 툴 어디까지 써 봤어요?"

이건 좀 이상한 질문이라서 아엽의 머릿속에는 너른 툴의 벌판에서 지팡이를 잡고 여정을 떠나는 이미지가 펼쳐졌다. 아엽의 혼란을 캐치했는지 병선이 질문을 바꾸었다.

"디자인과 졸업하셨던데, 맞죠?"

아엽은 병선의 반짝이는 눈에서 빠르게 시선을 거뒀다. 신청할 때에 간단한 자기 소개란을 채웠으므로 병선이 자신에 대해 알고 있다는 게 그리 놀랍지는 않았다. 다만 저 눈빛. 당신을 알고 싶다는 호기심이 어린 저 눈빛은 피하고 싶었다. 아엽은 그동안 훈련해 온 것처럼 이번에도 어금니를 꽉 물며 혹시나 튀어나올지 모를 거짓말을 참아 냈다. 아엽의 표정이 심각해 보였던지 병선이 내뿜던 호기심을 거두며 차분한 목소리로 다시 물었다.

"프로그램 쓰시는 거 뭐 있어요?"

아엽은 바뀐 질문에 안도하며 답했다.

"파컷이랑 애펙은 편하게 써요. 마야랑 맥스는 더듬더듬 쓰고요."

"초급자 대상 수업이에요, 알고 오신 건가요?"

드디어 나가라는 소리를 듣는구나, 싶어서 아엽의 뒷머리가 쭈뼛 섰다.

"조용히 들을게요. 저는 진짜 괜찮거든요."

병선은 한숨을 내쉬며 말했다.

"제가 안 괜찮아요."

아엽은 인중이 하얗게 되도록 입술을 안으로 물었다. 어떤 입장을 취해야 할지 판단이 서지 않을 때 호흡을 고르는 아엽만의 버릇 같은 것이다. 설득을 해야 하나? 부탁을 해야 하나? 약간의 침묵이 흐른 후에 병선이 거칠게 머리를 쓸어 넘기며 말했다.

"제가 초급자라서요. 좀 도와주세요."

아엽은 입술을 문 채로 빠르게 고개를 끄덕였다. 자기소개를 하라는 것도 아니고 수업에 나가라는 것도 아니구나. 수업 중에 품었던 궁금증도 풀렸다. 설마 몰라서 그러는 건 아니겠지 싶었는데, 진짜 모르는 거였다. 그러자 새로운 궁금증이 일었다. 프로그램 초급자가 어떻게 수업을 맡았을까. 아엽이 그렇게 속으로 질문하는 동안 병선은 노트북을 펼쳐 보였다.

"이 소스들로 수업할 건데, 수업 전에 잠깐만 봐 주세요."

아엽은 소스를 눈으로 확인하며 병선의 이야기를 들었다. 「요크셔테리어」 촬영 클립들인 것 같았다. 병선은 교재와 유튜브를 보고 공부했으나 일방적인 학습이라 배움이 더디다며 필요한 몇 가지 질문에 대답만 해 달라고 부탁했다. 매우 이상한 거래이기는 했지만, 아엽은 받아들였다.

"네, 제가 할 수 있는 거면 할게요."

"말 바꾸기 없기예요. 잠깐만 기다려 줘요."

벌떡 일어선 병선은 아엽이 말릴 틈도 없이 컴퓨터실을 달려 나갔다. 남겨진 아엽은 조금 불안해졌다. 오늘 처음 만난 사람과 괜히 이상한 약속을 해 버린 건 아닐까? 하지만 곧장, 이미 회사에서 잘린 자신이 별로 잃을 것이 없음을 깨닫고는 안도했다. 병선이 사기나 뭘 치더라도 실직자인 자신을 두고 일을 벌이지는 않을 것 같다. 그렇구나. 쓸쓸하게 자신을 객관화한 후, 아엽은 병선이 펼쳐 놓은 노트북으로 시선을 옮겼다.

미리 보기로 보이는 클립 중에 이상한 게 눈에 들어왔다. 그 클립에 커서를 대고 재생 버튼을 눌렀더니, 화면 가득 빙글빙글 미러볼이 돌아갔다. 계속해서 빛의 색상은 바뀌었기 때문에 아엽은 눈에 힘을 주었다. 노랑, 초록, 핑크, 마젠타, 주황. 색상의 변화가 너무 빨라서 동공을 이리저리로 굴리며 빛만 쫓고 있었더니, 언제 들어왔는지 병선이 아엽에게 음료수를 건넸다.

"예쁘죠? 이거 찍을 때 진짜 고생했어요."

"아, 죄송해요."

아엽은 함부로 노트북을 만진 것에 대해 사과부터 했다.

"뭐가 죄송해요. 보여 주려고 연 건데. 고속으로 찍은 것도 있어요."

말하며 병선은 다른 소스를 재생시켰다. 그리고는 빠르게 손을 뻗어 컴퓨터실 형광등까지 꺼 버렸다. 행동력이 대단한 사람이구나. 미러볼이 일렁이며 뿜어내는 빛이 공간에 가득 찼다.

아엽은 병선이 보여 주는 갖가지 미러볼 영상을 모두 관람한 후에야 고용복지센터를 나올 수 있었다. 손에는 병선이 준 음료수를 꼭 쥔 채였다. 버스 정류장으로 걸음을 옮기면서도 미러볼의 잔상이 남아 어지러웠다. 아엽의 시선에 닿는 아스팔트와 가로등에 색색의 빛이 뿌려지는 듯했다. 그 잔상 속에 싱글벙글 웃는 아빠의 얼굴이 끼어들었다.

아빠는 고향 대전에 혼자 살고 있다. 아엽이 어릴 때만 해도 가족은 넷이었다. 아엽, 엄마, 아빠, 할머니. 아엽이 초등학교 5학년으로 올라가던 해에 엄마가 집을 나가고 셋이 되었다가, 고등학생 때 할머니가 돌아가시고는 둘이 되었다. 대학생이 된 후에 아엽도 서울로 올라와서 아빠는 혼자가 되었다.

남겨진 아빠에게 짠한 마음이 들 때도 있었지만, 언제나처럼 싱글벙글 웃는 얼굴을 보면 그런 마음이 싹 가셨다. 아엽은 엄마가 집을 나간 이유를 자신 때문이라고 믿으면서도 다른 한편으로는 아빠가 아빠이지 않았더라면 그래도 남았을 거라고, 죗값을 나누었다. 자신의 몫이 8할이라면 아빠의 몫은 2할은 될 거라고.

친척이나 동네 사람들은 아빠를 좋은 사람이라고 했다. 싱글벙글 탈바가지를 쓴 사람과 사는 게 어떤 기분인지 모르고 하는 소리였다. 화가 나도 싱글벙글, 슬플 때도 싱글벙글. 할머니 말에 따르면 아엽도 어릴 때는 아빠만 좋다고 졸졸 따라다녔다는데 그건 기억나지 않는다. 아엽은 내면세계의 틀을 만들어 가면서 아빠와 대화라는 것을 시도하려고 할 때마다 실패했다. 아빠는 생각을 들려주지 않는 사람, 생각을 들어 주지 않는 사람이었다. 아빠에게 하는 말은 벽에 대고 치는 공 같았다. 아빠의 생각이 듣고 싶어서 수없이 질문을 던졌지만, 실패만 거듭했다. 그 수많은 실패 후에 아엽은 아빠에게 생각 자체가 없음을 깨닫고는 절망했다. 근심, 걱정, 고뇌, 이런 게 없는 사람이 어떤 모습일지 궁금하다면 아빠를 만나면 된다. 대전광역시 서구 둔산북로 218로 찾아가면 만날 수 있다.

대학생 때는 그래도 본가에 몇 번은 내려갔었다. 아빠가 보고 싶어서는 아니었고 챙겨 갈 물건이 있으면 들르는 식이었다. 마지막 방문은 광주 비엔날레를 구경한 날이었는데, 해질 녘쯤 대전역에 내려서 바로 본가로 갔다. 현관문을 열자 아빠는 무척 당황한 얼굴이었다. 아엽이 시큰둥하게 인사하며 들어가 보니 놀랍게도 거실에 미러볼이 있었다. 클럽이나 노래

방에 있는 그 미러볼. 그것도 사이즈별로 여러 개가 거실 천장에 위용을 드러내며 달려 있었다. 소파와 할머니가 아끼던 찬장은 사라지고 너른 벽에는 거울이 붙어 있었다.

거울에 반사된 미러볼은 수를 더하며 어지러운 광경을 연출했기 때문에 아엽은 지금도 몇 개의 미러볼이 달려 있었는지는 기억하지 못한다. 비엔날레에서 보았던 그 어떤 작품보다 충격적이고 실험적인 비주얼이었다. 자기가 먹고 자고 공부하던 집에 미러볼과 거울밖에 남지 않았다는 사실을 두 눈에 단단히 박은 후에, 아엽은 신발을 신고 집을 나왔다. 아빠도 따라 나왔다. 시각적인 충격에서 벗어났더니 그래도 말이 입 밖으로 나왔다.

"드디어 미친 거야?"

아빠는 그 끔찍한 싱글벙글을 유지한 채 말했다. 자기는 춤이 좋다고. 누구한테 보일 생각은 없는데 춤추는 게 재밌다고. 춤을 추다 보면 모든 걸 잊게 된다고. 그래서 더 좋을라고 욕심을 좀 부렸다고. 조명 켜고 음악 틀고 춤을 추면 차암 좋다고. 아엽은 듣는 내내 끔찍하다는 생각뿐이었다. 아빠는 술을 마시지 못한다. 한두 잔의 맥주에도 얼굴이 벌게지는 사람이다. 그러니까 술도 없이 맨정신으로 미러볼을 돌리며 춤을 춘다는 거다. 그걸 또 거울로 비춰 보고. 자연스럽게 연상되는 이미지에 아엽은 질겁했고 그 후로는 대전에 내려가지 않았다.

아빠 생각을 하며 걷다 보니 어느새 집 대문이었다. 2층 현관 앞에는 택배 박스가 쌓여 있었다. 아엽은 도어락 비밀번호를 누르고 박스를 발로 밀며 목소리를 냈다.

"치니야, 치니."

그전까지는 낮에 엠엠에 있어서 몰랐는데 집 안은 열기로 꽤나 후덥했다. 똑똑한 치니는 화장실 타일 위에 있을 거다. 아엽이 화장실 문을 열었더니 웅크린 치니가 실눈을 뜨고 우엥 답을 해 줬다.

"누나 반갑지? 누나가 일찍 왔지?"

아엽은 세면대에 서서 땀으로 찐득거리는 손부터 씻었다. 그동안 치니는 기지개를 길게 켜며 일어섰다. 입을 크게 벌리고 하품을 하는 타이밍에 맞춰 아엽이 코를 들이밀었다. 음, 매운 새우깡 냄새군. 중독성이 강해서 더 맡고 싶은데 치니는 새침하게 고개를 돌려 버렸다. 아엽은 깨끗해진 손으로 치니 엉덩이를 만지며 말을 걸었다. 새로 만난 병선과 수업에 관해서는 알려 주었지만, 병선의 노트북에서 본 울렁거리던 빛과 그것으로 인해 떠오른 아빠의 스텝에 대해서는 생략했다. 치니는 이야기는 듣지도 않고 택배 박스에 관심을 보이며 발톱으로 긁어 댔다. 무시당한 아엽은 투덜거리며 박스를 열었다.

에어컨은 여전히 먹통이었다. 문의해 봤지만 수리는 한참이 걸린다고 했다. 괴이한 더위에 다들 난리인지, 기사들은 각자

다른 어휘를 사용하며 수리가 밀려서 출장 날짜는 기약할 수 없다는 동일한 내용을 전했다. 아엽은 혹시나 비는 시간이 생기면 꼭 연락 달라고 주소와 연락처를 남겼다. 에어컨 없이 버티기 위해서는 새로운 것들이 필요했다. 냉풍기를 제일 먼저 주문했고 다음에는 치니를 위한 아이스 매트와 대리석 타일을 골랐다. 추가 상품 장난감 중에 귀여운 게 몇 개 있어서 같이 주문했다.

박스에서 물건을 꺼낸 후에는 치니가 냄새를 맡도록 해 주었는데, 킁킁 수염을 세우며 점검을 마치고 나서야 아엽은 다른 물건을 들었다. 비닐 포장지는 특히나 치니가 좋아하는 장난감이라 비비며 흔들어 주기도 했다. 그러고 나니 시간이 훌쩍 흘러, 택배 물건을 정리했을 뿐인데 피곤해져 버렸다.

거실 한쪽에 대충 쓰레기를 밀어두고 아엽은 냉풍기를 끌어당겼다. 빌딩 미니어처같이 생긴 냉풍기는 중국산이라 그런지 마감이 거칠었다. 얼린 냉매 팩을 넣으면 차가운 바람을 만드는 구조인데 후기에서 얼린 팩은 아무거나 쓰면 된다고 했던 게 기억났다. 아엽은 냉동실에서 얼음 팩을 꺼내 냉풍기에 넣고 버튼을 눌렀다. 필터가 열리는 소리와 함께 바람이 나오기 시작했는데 조금 기다렸더니 서서히 차가워졌다. 아엽은 치니를 안아서 시원한 바람을 쐬게 해 주며 말했다.

"신기하지, 차갑지, 응?"

버둥거리던 치니는 갑자기 시원해진 영문을 모르겠는지 움찔움찔 수염을 움직이다가 또 버둥거리다가 혼자 난리였다. 아엽은 치니를 놓아주고 대리석 타일 위에 치니 최애 담요를 깔았다. 몇 걸음 도망쳤던 치니는 자신의 담요 아래 놓인 낯선 물건을 검사하기 위해 돌아와서 담요 끝을 뒤집었다. 꼬리를 빳빳이 세우며 바쁜 치니를, 아엽이 와락 껴안았다.

"백수 좋구나. 대낮에 우리 치니랑 알콩달콩, 좋구나."

아엽의 품에 안긴 치니는 몸을 살짝 틀더니 혀를 쑥 내밀어 자신의 가슴 털을 그루밍했다.

3

냉풍기와 아이스 매트, 기타 등등. 중소기업 에어컨 한 대 가격에 육박하는 비용을 지불했지만, 집 안의 온도는 낮아지지 않았다. 냉풍기는 얼음이 유지되는 두세 시간 동안만 찬 바람을 만들어 냈기 때문에 깊은 잠에 들 수도 없었다. 새벽에 깨서 몇 번씩이나 얼음 팩을 갈아야 했다. 근래 제일 긴 잠을 잤던 게 택배를 받은 날의 낮잠이었다. 냉 샤워를 여러 번 해서 피부도 짓무르기 시작했다. 수건으로 닦지 않고 자연 건조되도록 나체로 집 안을 돌아다녔는데, 치니에게 민망해서 몇 번이나 양해를 구했다.

주말을 그렇게 보내고 났더니 월요일 센터 수업이 감사하게 느껴졌다. 이른 아침에 나갈 준비를 하면서 해가 지면 들어

오리라, 다짐했다. 노트북과 다이어리도 가방에 단단히 챙겼다. 우엥, 어디를 가냐고 묻는 치니에게 미안한 생각이 들어서 집 안 곳곳에 얼음 팩을 두고서야 집을 나섰다.

로비 테이블에 노트북을 펼치고 앉아서 에어컨 바람을 쐬고 있으니 몸통 깊은 곳에서 작은 에너지가 생겼다. 에너지는 서서히 온몸으로 번져 나갔다. 테이크아웃 해 온 아이스 아메리카노의 얼음까지 씹어 먹고 났더니 드디어 할 수 있다, 파워 업, 하는 상태가 되었다.

막강해진 아엽이 취업 사이트 공고란을 누비고 있을 때, 테이블 앞에 누군가 와서 앉았다. 고개를 들어 보니 병선이었다. 주말 동안 염색을 했는지 까만 커트 머리는 이제 파란 커트 머리가 되어 있었다. 그러고 보니 에반게리온의 레이를 닮았다. 본인도 알고 염색을 한 걸까? 캐릭터 코스프레를 하는 쪽인가? 아엽은 병선의 취향이 갑자기 궁금해져서 곁눈질로 살폈다. 피어싱이나 문신, 핸드폰 장식품 등을 찾으려던 것인데 별다르게 눈에 띄는 것은 없었다.

"아엽 씨 일찍 오셨네요."

"네. 선생님도요."

말하며 노트북 시계를 봤더니 수업은 한참 남았다. 설마 지금부터 가르쳐 달라는 걸까? 그 생각을 읽기라도 한 듯 병선이 말했다.

"저는 수업이 또 있어요."

그러고는 한숨을 내쉬었는데 그 짧은 순간, 얼굴에 피로가 스쳤다. 아엽은 그제야 허겁지겁 샌드위치를 먹던 모습이 이해되었다. 연강이라서 시간이 없었던 거구나. 병선은 12시 40분까지 컴퓨터실로 와 주면 좋겠다고 했고 아엽은 그러겠다고 약속했다. 병선이 힘을 짜내듯 그럼, 하고는 일어서는데 아엽은 왠지 응원해 주고 싶어서 말을 얹었다.

"머리색, 어울려요."

"감사합니다."

병선은 자신의 목덜미를 쓸어 올리며 머쓱한 듯 웃어 보였다. 숨어 있던 보조개가 드러나며 순식간에 개구진 얼굴로 바뀐 병선은 금세 고개를 돌리고는 계단으로 걸어갔다. 아엽은 병선이 사라진 곳을 바라보다가 어쩌면 자신보다 어릴지도 모르겠다는 생각이 들었다. 그 생각이 무척 흥미롭게 느껴져서 검색창을 열어 '김병선 감독'이라고 입력했다.

대학이나 나이 등의 정보는 없고 확인할 수 있는 건 영화제 인터뷰 기사와 수상내역 정도였다. 인터뷰를 훑어보니 강원도에 있는 대안학교에서 영화를 배웠다고 한다. 나이 계산을 하기 위해서는 작품 제작연도를 맞춰 보아야 했는데 대안학교 졸업 영화가 「요크셔테리어」였다. 시기가 아엽의 고등학교 졸업과 맞물렸으므로 비슷한 나이가 아닐까, 혼자 정리를 했다.

동갑일지도 모르는 병선은 인터뷰 사진 속에서 뭐가 못마땅한지 부루퉁한 얼굴이었다. 아엽은 병선의 얼굴을 빤히 들여다보다가 이걸 내가 왜 보고 있나, 머쓱해져서 다급하게 창을 닫아 버렸다.

병선은 학습 능력이 탁월한 학생이었다. 단순 암기에 그치지 않고 기본 원리를 이해하고 싶어 했다. 원래 그런 거라며 대충 넘기려던 아엽은 쏟아지는 병선의 질문에 답하기 위해 진땀을 흘렸다. 프로그램을 사용하는 것과 가르치는 것은 다르다는 것도 깨달았다. 오랫동안 사용했으나 누구에게 설명하는 것은 이번이 처음이었다.

병선은 필름과 관련된 아날로그적인 개념에 대해 특히 질문이 많았다. 대부분의 편집 프로그램처럼 파이널 컷 프로도 필름을 기본 소스로 가정하고 만들어졌다. 예를 들어, 자르기 툴이라는 게 있는데 필름을 자르던 것처럼 칼 모양의 도구로 타임라인에 놓인 클립을 잘라 낸다. 그러면 컷이 이루어진다. 아엽은 칼로 자른다는 개념, 자석으로 붙인다는 개념에 관해 설명하며 이게 필름에서 온 거라 그렇다고 모호하게 알려 줄 수밖에 없었다. 답을 할수록 역량이 부족하다고 느껴져서 더 나은 선생을 찾아보라고 권하고 싶었다.

"다음 시간에도 잘 부탁드려요."

아엽이 그러지 않는 게 좋겠다고 말하려고 입술을 막 떼는데, 병선이 선수를 쳤다.

"이렇게 세 번만 더 봐 주세요. 그럼 저도 좀 이해가 될 것 같아요."

그러고는 파일 북 안에서 봉투를 꺼내 아엽에게 건넸다.

"저 편집 수업 백육십 받아요. 아엽 씨도 돈 받는 게 맞는 거 같아요."

급작스러운 돈 얘기에 당황한 아엽은, 못 하겠다는 말도 하지 못하고 돈도 받지 못한 채 멀뚱히 병선을 바라보았다. 잠시 시선을 교차하다가 병선이 봉투를 아엽 앞으로 밀었다.

"네 번 수업하고 전화로 질문도 좀 하고, 삼십. 이렇게 하죠."

"이거 안 받고 가르쳐 드릴게요."

아엽은 봉투를 다시 병선 앞으로 밀었다.

"저는 돈을 받는다니까요?"

병선은 단호하게 입장을 밝혔다. 자신은 돈이 필요하고 돈을 벌기 위해서 아엽의 도움을 받아야 하는데 아엽이 돈을 받지 않으면 자신은 양아치가 되는 거라고 했다. 받기 싫다는 감정밖에 내세울 것이 없던 아엽은 점점 궁지에 몰리기 시작했고 급기야 봉투를 쥔 채 웅얼거리듯 알았다고 말할 수밖에 없었다.

*

버스에서 내린 아엽은 편의점에 들렀다. 두둑해진 지갑 덕분인지 평소 먹던 도시락보다 1000원이나 비싼 프리미엄 불고기 도시락을 골랐다. 별 이유없이 새로 나온 팝핑 캔디도 샀다. 그렇게 과소비를 하고 편의점을 나와 집으로 향하는데 고작 두 블록 거리인데도 땀이 줄줄 흘렀다.

코너를 돌아 집 대문 앞에 서는데 갑자기 느낌이 이상했다. 뭔가 낯설었다. 이런 걸 뭐라고들 하나, 뭔가 단어가 있었던 것 같은데, 생각하는 중에 이미 발은 계단 위로 걸음을 옮기고 있었다. 시선을 들어 자신의 현관문을 바라보니, 도어락 뚜껑이 위로 올라가 번호판이 드러나 있었다. 직접 설치했던 도어락이 흉물스러운 생명체로 느껴져 아엽은 멍하니 바라보기만 했다.

귀가하며 몇백 번은 뚜껑을 올리고 번호를 눌렀지만, 뚜껑이 올라간 상태는 처음이다. 자신이 아닌 다른 누군가가 뚜껑을 올렸나? 그럴 수도 있나? 아엽은 도어락 뚜껑을 닫아 두고 집을 나섰다. 정확하게 기억나진 않지만, 분명 그랬을 것이다. 그런 건 의식하지 않고도 자연스럽게 이루어지는 것 중 하나다. 도어락 뚜껑을 다시 닫아야 할지, 현관문 손잡이를 잡아야 할지, 그 우선순위를 정할 수가 없다. 축축한 겨드랑이와 등에서 땀이 식으며 서늘한 기운이 느껴졌다.

아엽은 천천히 손가락을 들어, 무섭게 느껴지는 번호판에 비밀번호를 눌렀다. 띠띠띠띠, 그리고 빠르게 뚜껑을 닫아 보지만 곧장 띠리리, 울려야 하는 알림음이 울리지 않는다. 아엽은 침묵하는 도어락을 내려다본다. 정수리가 찌릿하다. 머리통을 흐르는 피가 너무 빠른 건지, 느린 건지는 모르겠지만 얼굴이 저려 온다. 이상한 감각을 느끼면서도 아엽은 논리적인 사고를 하기 위해 노력한다. 비밀번호를 입력했는데도 띠리리, 하는 소리가 없다면, 그 의미는 그러니까, 장치가 잠겨 있지 않았다는 뜻이다. 그렇게 생각하자 손가락이 덜덜 떨리기 시작한다. 머릿속에서 이런저런 정보들이 얽히는 중에 치니가 떠오른다. 아엽은 문고리를 확 열어젖히며 소리를 지른다.

"치니야! 치니!"

도둑이 들었다면 안에 있을 수도 있는 상황이었지만 치니에 대한 걱정이 두려움을 물리쳤다. 신발을 신은 채 성큼성큼 집 안에 들어선 아엽은 화장실 문부터 열어젖혔다. 치니가 웅크리고 있던 타일 바닥에는 아무것도 없다. 특대 사이즈의 모래 화장실에도, 2인용 식탁 위에도, 아래에도, 의자 위에도, 아래에도, 치니는 없다. 아엽은 작은 거실 겸 주방을 숨 가쁘게 오가다가 그제야 침대 방이 떠올라서 방문을 연다.

"치니야!"

옷장 문이 열려 있고 서랍장 서랍도 열려 있다. 자신이 열어 둔 게 아니라서 섬뜩하다. 누가 들어오긴 했구나. 그렇다면 치니는? 아엽은 허둥거리며 치니를 찾았다. 침대 아래와 옷장 안, 서랍장 위, 치니가 들어갈 수 있는 모든 공간을 뒤졌다. 치니는 숨기 대장이니까, 택배 기사만 와도 숨어들곤 했으니까, 지금도 숨어서 아엽을 보며 재밌어하고 있을지도 모른다. 아엽은 다시 욕실로, 거실 겸 주방으로, 침대 방으로, 작은 공간을 몇 번이나 오갔는지 모르겠다. 횟수가 거듭될수록 속도가 빨라져서 다시 온몸에 땀이 흐르고 있다.

다리가 후들거려서 침대에 걸터앉아 내려다보니 신발을 신은 채다. 손에는 도시락과 캔디가 든 비닐이 그대로 들려 있다. 어쩌면? 아엽은 벌떡 일어서서 간식 통을 열어 츄르를 꺼내 그릇에 담았다. 사운드가 제대로 안 난 것 같아서 다시 츄르를 하나 더 깠고 조금 부족하다는 느낌이 들어서 캔도 땄다. 자신의 어색한 연기를 들킬 것 같아 손을 덜덜 떨어 가면서도, 해냈다. 딸깍, 분명한 사운드가 경쾌하게 울렸다. 됐다, 아엽은 그 앞에 퍼져 앉아서 도시락 포장지를 뜯었다.

"누나가 다 먹어야지."

평소처럼 함께 식사하자는 사인을 온몸으로 내보이며 꾸역꾸역 불고기와 밥을 입에 넣었다. 치니의 캔을 뺏어 먹듯 젓가락질도 해 보았다. 하지만 치니는 나타나지 않았다. 치니가 없

다. 치니가 없구나. 그럴 수도 있구나.

*

경찰은 신고 후 10분이 채 안 돼서 도착했다. 아엽은 귀가하며 본 풍경과 상황을 설명했다. 진지하게 이야기를 듣던 경찰은 도어락 비밀번호를 알 만한 주변인에 대해 물었다. 최근에 수상한 사람을 본 적이 있는지도. 아엽이 그런 사람은 없다고 했더니 떠보는 듯한 어투로 경찰이 물었다.

"비밀번호가 1111, 이런 건 아닐 거잖아요 그죠?"

"그건 아니지만…… 1234요."

경찰은 이제껏 도둑이 들지 않은 게 용하다며, 비밀번호는 남들이 알기 어려운 숫자로 조합하라고 했다. 마구잡이로 도어락 번호를 눌러 보는 미친놈들이 생각보다 많다고. 그러고는 아엽에게 없어진 물건이 무엇인지 물었다. 모르겠다고, 고양이가 없어진 건 분명하다고 거듭 말했지만, 경찰은 고개를 갸웃거리며 분실 물품을 확인해 보라고만 했다. 비밀번호 이후로 경찰의 말투는 확연히 심드렁해져 있었고 아엽은 억울한 마음이 들었다. 용기 내 따지려는데, 경찰이 널브러진 불고기 도시락을 보고 인상을 썼다.

"이놈 이거, 악질이네."

수치심이 일어서 모르는 척 넘길까 했지만, 경찰이 도시락 뚜껑에서 흔적을 찾으려고 수고스럽게 몸을 숙이기에 작게 실토했다.

"그건, 제가 먹던 거고요."

눈에 띄게 어이없어 하는 경찰에게 아엽은 빠르게 치니의 외형, 6킬로그램 가까이 되는 크기와 까만 털이 얼마나 윤기나는지 등등을 설명했다. 경찰은 아엽의 말을 끊으며 도난당한 물건을 확인해야 접수가 가능하고 수사도 진행할 수 있다고 말했다. 아엽이 물건은 괜찮으니 고양이 실종을 접수해 달라고 답하자 경찰이 물었다.

"그럼, 없어진 게 없다는 거죠?"

아엽은 입을 벌리고 경찰을 쳐다보았다. 세상에서 제일 중요한 치니가 없어졌는데 이 사람은 대체 무슨 소리를 하는 건가. 아엽이 작게 물었다.

"도둑이, 고양이를 훔쳐 간 거면요?"

"고양이를 훔쳐 가요? 왜요?"

경찰이 험상궂은 얼굴로 되물었기 때문에 아엽은 귀여우니까요, 하고 답하려던 것을 조용히 삼켰다. 시선을 내리까는 아엽에게 경찰은 명함을 건네주며 도난당한 물품이 생각나면 신고하라고 강조하고는 돌아갔다.

남겨진 아엽은 신발을 신은 채 현관 앞에 잠시 서 있었다. 생각을 정리할 시간이 필요했다. 옷장과 서랍장이 열린 것으로 보아 분명 도둑이 들었다. 경찰 말대로 비밀번호가 쉬웠기 때문일까? 자신의 잘못인 걸까? 우선은 그것부터 바로잡자. 아엽은 도어락 내부 뚜껑을 열었다. 매뉴얼에 따라 네 자리가 아닌 여섯 자리로, 치니를 처음 만난 날로 입력한 후 고개를 돌려 집 안을 둘러보았다. 집에 귀중품은 없다. 제일 비싼 축에 드는 노트북은 아엽이 가지고 나갔으니, 도둑은 허탕을 쳤을 것이다. 뒤지고 뒤지다가 그냥 갔다. 심플한 동선이 쉽게 그려졌다.

문제는 치니인데, 모르는 사람이 들어와서 놀라 튀어 나간 걸까? 아니면 정말 그 도둑이 귀여워서 데리고 갔을까? 아니, 그럴 순 없었을 거다. 도둑이 재빠른 사람이었다고 해도 치니를 잡을 수는 없었을 거다. 위기라고 느낄 때 치니는 빛의 속도로 숨어 버리니까. 아엽의 생각은 이어지지 않고 뚝뚝 끊어졌다. 그렇게 한참을 헤매다가 고양이 탐정이 생각났다. 그래, 고양이를 찾아 주는 사람이 있었지. 자신보다 유능한 누군가의 도움을 받자. 아엽은 식탁에 앉아 노트북을 열었다.

고양이 탐정은 구마다 몇 명씩 있었다. 서로 간에도 시스템이 잡혀 있는지, 문의하면 지역에 맞는 다른 탐정을 소개해 주기도 하는 것 같았다. 출장비는 탐정마다 약간씩 차이가 있는데, 대부분 선금을 받는 분위기였다. 아엽은 관악구 탐정 중에 추천이 제일 많은 탐정을 골라 디엠을 보냈다. 곧 답이 왔고 선금 30만 원은 바로 이체했다.

입금 완료 메시지를 확인하며 아엽은 오늘 하루 자신에게 예기치 않게 들어오고 나간 30만 원을 생각했다. 병선에게서 자신에게로 다시 탐정에게로. 30만 원의 여정을 그리다 보니 스멀스멀 어두운 생각이 일었다. 혹시 이거 사기인가? 30분 후에 정말로 올까? 돈만 받고 오지 않는 것은 아닐까? 의혹은 점점 불어나며 아엽을 압박해 왔으므로 좁은 공간을 정신없이 움직이며 떨쳐내기 위해 노력해야 했다.

정확하게 30분 후, 벨이 울려서 나갔더니 40대쯤으로 보이는 통통한 남자가 배낭을 메고 서 있었다.

"안녕하세요."

"아, 들어오세요."

"네, 실례하겠습니다."

아엽은 탐정이 시간에 맞춰 등장해 주었다는 것만으로 이미 그를 신뢰하고 있었다. 현관에서 탐정이 신발을 벗으려고 했는데, 아엽은 그때까지도 신발을 신고 있었으므로 그냥 들어오시라고 했다. 잠깐 고민하던 탐정은 기어이 신발을 벗고 거실로 들어섰다. 아엽은 허둥거리다가 자기도 신발을 벗어서 현관에 밀어 두고 다시 들어왔다. 탐정이 실내를 둘러보았다.

"추정 시간이 어떻게 된다고 하셨죠?"

"오전 9시 10분에 나갔다가 오후 4시 27분에 들어왔더니 없었어요."

아엽은 덧붙여서 경찰에게 했던 말을 거의 그대로 전했다. 경찰이 반려동물에 대한 감수성이 떨어지더라며 욕도 하고 싶었지만, 탐정이 자신을 경박한 사람으로 보고 일을 대충할까 봐 간단한 정황만 설명했다. 탐정님이라고 부르는 것은 아무래도 낯간지러워서 저기요, 정도의 호칭을 썼다.

탐정은 아엽의 이야기를 들으며 집 안 곳곳의 창문부터 점검했다. 방충망이 뜯긴 흔적은 없어서 아엽의 눈에도 그쪽으로 나간 것으로는 보이지 않았다.

"현관문으로 나간 거겠죠?"

"아마도요?"

질문으로 답을 대신한 탐정은 공간을 조금 더 둘러보다가 메모장을 꺼내 들었다. 뭔가를 빽빽하게 적던 탐정은 필기를 멈추지 않고 아엽에게 이것저것을 묻기 시작했다. 대부분 치니의 행동 패턴에 대한 것들이었다. 위와 아래 중 어느 곳에 자주 숨는지, 말을 하는 쪽인지, 잠을 깊게 자는 편인지, 아엽이 답하는 내용을 탐정은 꼼꼼하게 받아 적었다. 아엽은 하나라도 더 치니를 알려 주어야 한다는 절박함에, 빠른 호흡으로 말을 쏟아 냈다. 온몸이 까맣고 눈은 노란색이다, 덩치는 이만한데 살이 많이 찐 편이라 점프 실수가 잦다, 다른 고양이랑 섞인 적은 없지만 가끔 울음소리에 반응했다. 한참 이어질 줄 알았던 치니에 대한 이야기가 생각보다 빨리 끝나서 아엽은 저가 더 놀랐다. 치니가 어땠지? 설마 이게 끝이라고? 머릿속을 헤매느라 입을 벌린 채 잠시 있었더니 탐정이 펜을 놓았다.

"그 정도면 되겠네요. 혹시 최근 사진 볼 수 있을까요?"

왜 그 생각을 못 했을까. 아엽은 치니의 외형을 말로만 설명했지 사진을 보여 줄 생각은 못했다. 급하게 노트북을 식탁에 올리고 사진 폴더를 열어서 탐정에게 마우스를 건넸다. 천장이 넘는 사진이 있어서 프리뷰만으로도 한참 아래로 내려갔다. 탐정은 사진들을 훑으며 이것, 이것, 이것을 자신의 카톡으로 보내 달라고 했다. 치니의 전신과 얼굴이 나온 사진이었다. 이 사진들을 넣어서 전단지를 붙이는 것도 도움이 될 거라고 조언해 주어서 아엽은 탐정이 가고 나면 전단지를 만들어야지, 결심했다. 할 일이 있어서 다행이라는 안도도 일었다.

탐정은 아엽이 카톡으로 보내 준 치니 사진을 잠시 들여다보다가 치니의 모래와 냄새가 묻은 물건을 부탁했다. 아엽이 애착 담요와 고등어 인형, 화장실 모래 등을 따로 담아서 건넸더니 탐정은 식탁 의자에서 일어섰다. 함께 움직이려고 아엽도 따라 일어서니 탐정이 말렸다.

"저 혼자 둘러보면 됩니다. 전화하겠습니다."

현관에 멈춰선 아엽은 탐정이 신발을 신는 걸 내려다보다가 물었다.

"확률이 얼마나 될까요?"

탐정은 현관 손잡이를 잡고 잠시 뜸을 들였다. 현관문의 윗부분은 불투명한 유리인데 노을빛이 들어와서 탐정의 그림자가 거실로 길게 깔렸다.

"오십 대 오십, 정도 되겠네요."

장난이나 농담은 아닌 것 같았다. 탐정의 표정은 진지했다. 아엽은 평소 같으면 그런 말은 나도 하겠다며 조롱했을 것이다. 하지만 지금은 긍정의 오십에 마음을 담아 고개를 숙였다.

"잘 부탁드립니다."

탐정은 고개를 작게 끄덕인 후 문을 열고 나갔다. 아엽은 닫힌 현관문을 바라보며 잠시 서 있었다. 눈꺼풀을 몇 번 깜빡인 후에야 할 일이 생각나서 노트북 앞에 앉았다.

포토샵 텍스트 레이어를 만들고 큼직하게 '고양이를 찾습니다.'라고 타이핑했다. 탐정이 골라 준 치니 사진은 확대했더니 포커스가 맞지 않아서 다른 사진을 고르려고 폴더를 열었다. 2년 동안 찍어 놓은 치니의 사진이 주르륵 떴다. 아기 때는 청회색이던 치니의 눈동자는 서서히 노랗게 변하더니 성묘가 된 후에는 샛노란 색으로 굳어졌다. 찾아봤더니 고양이 홍채 색은 이렇게 한 번씩은 바뀐단다. 두 눈은 얼굴 전체 비율에서 살짝 모인 편인데, 실제로 들여다보면 신비롭고 빠져드는 느낌이지만 화면에서는 죄다 그저 그랬다. 포실포실하던 배내털은 고동색에 가까웠는데 자라면서 새까만 색이 되었다. 털빛은 계절에 따라 약간씩 바뀌는데 추울 때는 갈색빛이, 더울 때는 푸른빛이 감돌았다. 전체가 까맣다 보니, 사진을 찍으면 대부분 그냥 시커먼 덩어리다. 축축했다가 까슬까슬했다가 변화무쌍하던 작은 코도, 앙증맞은 이빨이 숨은 입도, 뭐 하나 제대로 포착해 낸 게 없다. 이러다가는 사진만 들여다보느라 아무것도 못 하겠다. 아엽은 자신을 꾸짖듯 엄한 표정을 지으며 그나마 포커스가 제대로인 사진을 두 장 골라냈다.

전신 한 장, 클로즈업 한 장. '고양이를 찾습니다.' 아래에 큼직하게 두 장을 배치해 넣고 정보를 기재했다. '치니, 2살 수컷. 전체 까맣고 눈은 노란색. 귓속 털이 길어서 밖으로 나와 있는 게 특징임. 입천장에 오백 원짜리 동전 크기의 까만 점 있음. 목소리 하이톤으로 귀여움. 꼬리 긴 편임, 앞발 왼쪽 젤리에 까만 점 있음.'

이상해 보이는 문장을 다듬고, 정보를 넣고 빼고를 한참 하다 보니 주변이 깜깜해졌다. 더 늦어지기 전에 전단지를 붙여야겠다. 아엽은 실내등을 켜고 노트북에 프린터를 연결했다.

징징 프린터가 전단지를 뱉어 내는 동안 집 안을 한 바퀴 둘러보았다. 입을 벌린 채로 있는 서랍장과 옷장이 눈에 들어왔다. 저곳에 값나가는 물건 따위는 없다. 서랍장과 옷장이 통째로 사라져도 괜찮다. 사라지면 안 되는 건 치니뿐이다. 유일하게 소중한 것, 아엽 인생에서 처음으로 지키고 싶었던 것. 그게 사라졌다. 아엽은 서랍과 옷장 문을 닫고 다시 의자에 앉아서 애매한 '사례하겠음' 대신에 '사례금 100만 원'이라고 수정했다. 그 정도의 배포는 부려야 했다.

*

전단지와 테이프, 가위 등을 챙겨서 나오니 골목이 까맣다. 띄엄띄엄 선 가로등은 조도가 낮은 노란 불빛이라 꽤 어두웠다. 아엽은 곳곳을 눈으로 살피며 전단지 붙일 곳을 찾았다. 어쩌면 다행일지도 모르겠다. 낮에 붙였더라면 이 정도의 어둠은 고려하지 못하고 헛수고를 했을 거다. 가로등 불빛을 제대로 받는 곳을 골라야겠다.

아엽은 바로 앞에 있는 전봇대에 서서 크로스백에 넣어 온 전단지 한 장을 꺼냈다. 왼손으로 전봇대에 전단지를 붙여 잡고 오른손으로 테이프를 꺼내 자르려는데 처음이라 손이 제대로 움직이지 않았다. 잘못 자른 테이프가 전단지에 붙어 버려서 한 장을 못 쓰게 되었다. 낑낑거리며 다 붙이고 난 후에는 조금 떨어져서 제대로인지 살펴보았다. 그때 뒤에서 탐정의 목소리가 들렸다.

"테이프를 더 쓰시는 게 좋겠어요."

전단지 귀퉁이에 붙인 테이프는 10센티미터 정도의 사이즈였다.

"그런가요?"

"네, 잘 떨어져요."

답하며 탐정은 손을 내밀었고 아엽은 테이프를 건넸다. 탐정은 익숙한 솜씨로 테이프 끝을 전단지에 붙이더니, 귀퉁이뿐만 아니라 전단지의 네 면을 꼼꼼히 붙였다.

"너무 멀리까지는 가실 필요 없어요. 어차피 애들도 못 가니까요."

정확하게 어디까지요? 라고 묻고 싶었지만, 빈틈없이 테이프를 붙인 탐정이 다시 손을 내밀어서 가위를 전해 주느라 질문을 꿀꺽 삼켜 버렸다. 그렇게 타이밍을 놓쳤더니 굳이 질문할 필요가 없을 것 같다는 생각이 들었다. 자신이 알아서 동네 주변, 가능한 곳에 전부 붙이면 되겠다.

"비가 안 와도 습기에 잘 젖어요. 코팅하시든지 테이프로 덮어 버리는 게 좋아요."

코팅지는 번거로우니 투명 테이프를 더 사야겠다고 생각하며 아엽이 물었다.

"아직 안 가셨네요?"

간다는 연락은 없었지만 한참이 지났으니 당연히 갔을 줄 알았다. 탐정은 조금 어두워진 얼굴로 경과를 보고해 주었다. 웬만한 곳은 살펴보았지만 치니는 찾을 수 없었단다. 현관 옆 야외 베란다에 담요를 두었는데 혹시 밤에 찾아들 수도 있으니 건들지 말라고도 했다. 숨을 만한 몇몇 곳에 치니 모래와 간식을 넣어 두었으니 나타나길 바라보자고. 새벽에 주로 활동하니까 다시 나와서 확인해 보겠다고. 아엽이 고개를 끄덕이며 들은 내용을 머릿속에 새기는 동안 탐정이 혼잣말하듯 말했다.

"찾으면 보통 3일 안에 찾거든요."

말을 끝낸 탐정은 꾸벅 고개를 숙이고는 골목 끝을 향해 멀어졌다. 3일. 아엽은 입안으로 날짜를 굴려 보았다. 오늘, 내일, 모레. 3일 안에 찾아야 한다.

한참을 붙인 것 같은데 출력한 전단지는 줄어들 기미가 없었다. 집 근처인데도 처음 들어가 보는 골목이 많아서 나오는 길을 못 찾아 헤매기도 했다. 그동안 몇 마리의 고양이와 눈인사를 하게 되었는데, 그 애들은 피하지도 않고 그 자리에 웅크리고 아엽을 빤히 올려다보거나 내려다보거나 했다. 특히 통실한 회색 태비는 아엽의 보폭에 맞춰 몇 걸음을 따라 걸었다. 낮에는 안 보이던 길냥이가 많다는 것도 신기했는데 하나같이 담력이 세다는 것도 신기했다. 왜 그런 건지는 경로당 뒷골목으로 돌아섰더니 금세 파악이 되었다.

기능성 운동복을 입은 마른 체형의 여자가 군더더기 없는 행동으로 핸드 카트에서 사료를 푹 퍼서 빈 그릇에 착착 담고 있었다. 캣맘이구나. 주변에는 서너 마리의 고양이들이 꼬리를 세우고 캣맘의 다리에 몸을 비벼 대고 있었다. 우엥우엥, 할 말이 많은 고양이들에게 캣맘이 몸을 숙여 작게 말했다.

"조용해야지, 조용 조용."

종종 편의점 앞에서 젊은 애들이 길냥이들 먹으라고 크레미나 캔을 사다 주는 풍경을 보기는 했었으나, 이런 프로페셔널은 처음 봤다. 그 전에 봤더라도 아마 무심히 흘려버렸을 것이다. 아엽은 전단지를 든 채, 캣맘이 사료 담는 것을 바라보고만 있었다. 어둠 속이라 캣맘의 얼굴은 잘 보이지 않았는데 상대방 쪽도 사정은 마찬가지인 것 같다. 돌아서다가 아엽을 발견한 캣맘이 먼저 말했다.

"여기 사세요? 그릇은 바로 치울게요."

딱딱하고 긴장한 목소리라 그동안 주민과의 분쟁이 잦았겠구나, 곧장 파악되었다.

"아니요, 저 위에 사는데요, 고양이를 찾고 있어요."

그 말에 캣맘이 아엽 쪽으로 성큼성큼 다가왔다. 가까이에서 본 캣맘의 외모는 목소리보다 나이 들어 보였다. 머리가 희끗희끗했다. 가로등 빛을 받은 얼굴은 땀으로 번들거렸는데, 그럼에도 꽤 이지적인 분위기를 풍겼다. 아엽이 전단지 한 장을 건네자 캣맘은 제대로 보려고 가로등 아래로 몇 걸음을 걸어갔다. 우엥우엥 고양이들도 뒤따랐다. 뒤늦게 물통과 사료를 양손에 든 캣맘이 전단지를 받을 수 없다는 걸 파악한 아엽은 전단지를 거두며 말했다.

"밥 먼저 주고 보셔도 돼요."

"아, 그럴까요?"

"어디까지 가세요?"

"한참 남았어요, 저는 저 위까지 올라가요."

캣맘은 답하며 뒷산을 가리켰다. 아엽은 거기까지 따라갈 엄두는 나지 않아서 이 골목 끝까지만 핸드 카트를 끌어 드리겠다고 했다. 골목에는 세 곳이나 사료 그릇이 숨어 있었다. 보물찾기처럼 캣맘이 그릇을 하나하나 꺼낼 때마다 아엽은 감탄했다. 사료를 채우는 동안 아엽은 치니의 생김새와 특징을 얼추 설명했고 캣맘은 진지하게 들어주었다.

골목 끝에서 캣맘은 핸드 카트 지퍼를 열며 전단지를 달라고 했고 아엽은 한 장을 건넸다.

"더 줘요. 위에는 제가 붙일게요."

"감사합니다."

캣맘은 아엽이 건넨 몇 장의 전단지를 핸드 카트 앞에 넣었다. 아엽은 번뜩 연락처를 받아야겠다는 생각이 들었다. 동네 고양이 사정을 잘 알고 있을 테니 도움을 요청할 일이 있을 거다. 아엽이 핸드폰을 건네며 연락처를 부탁했더니 캣맘은 번호를 찍어 주었다.

"치니 만나면 꼭 전화 줄게요."

아엽은 받은 번호로 전화를 걸어 자신의 번호를 남겼다.

"제 번호에요, 곽아엽입니다."

"네. 아엽 씨, 찾을 거예요."

정말 찾을 수 있을까요, 아엽은 고개 인사를 하며 속으로만 되물었다. 우리 치니는 민첩하지 못한데요, 길에 고양이가 이렇게 많은데 해코지당하지 않을까요? 치니는 아무것도 모르는데, 저밖에 모르는데 그래도 찾을 수 있을까요? 대답 대신 뒷산으로 올라가는 캣맘의 핸드 카트 소리가 들려왔다. 아엽은 솟구치는 질문을 삼키고 삼키며 전단지를 붙였다. 작업은 12시가 넘어서야 끝났다. 전단지 전면까지 테이프로 붙였더니 쓰고 남은 테이프 심지만 열 개가 넘었다.

한가득 쓰레기를 안고 집 골목으로 들어서는데 키야악 찢어지는 비명이 들렸다. 아엽의 눈도 순간적으로 또렷해졌다.

높은 비명 뒤에는 그보다 낮은 음의 아우우, 하는 울음이 이어지고 후에는 우아아 하고 연거푸 울었다. 고양이들, 고양이들이다. 아엽은 소리 난 방향을 향해 몸을 돌렸다. 시커먼 골목은 휑했다. 움직이는 거라곤 가로등 아래의 날파리들뿐이었다. 다시 어딘가에서 키야악 소리가 들려왔지만, 전혀 방향을 잡을 수가 없다. 좌인지 우인지 앞인지 뒤인지 아무것도 모르겠다. 아엽은 정신없이 휙휙 고개를 돌리며 방향을 짐작해 보았다. 다시 소리가 들려오기를 바라면서. 하지만 끊어진 비명은 이어지지 않았다.

적막 속에서도 이리저리 돌아가던 아엽의 고갯짓은 어느 순간 멈추었다. 시선은 허공에 붙들렸다. 그 상태로 다음 비명을 기다렸다.

2부

4

치니를 처음 만난 건 2년 전이었다. 이 집으로 이사 오기 전, 아엽은 동기인 미옥과 미옥의 친구 세정, 셋이 함께 학교 앞에서 자취를 했었다. 같이 사는 일은 순탄치 않았다. 제각각의 이유로 먼저는 세정이, 이후에는 미옥까지 집을 나가 버렸고, 아엽은 혼자 부담하기엔 너무 큰 월세를 내며 그 집에 남겨졌다. 엠엠에 출근은 하고 있었지만 수입은 부족했고 월세가 저렴한 집을 알아봐야 하는 상황이었다. 퇴근 후에 부동산까지 돌아보느라 당시 아엽은 많이 지쳐 있었다.

그날도 아엽은 퇴근을 하고, 낯선 동네의 원룸 몇 개를 보고 나서야 동네에 도착했다. 피곤했고 배가 고팠다. 지하철에 내려서 늦은 저녁을 해결하기 위해 자주 가던 편의점에 들어가려는데 파라솔 벤치 아래에 우엥우엥 울고 있는 까만 새끼 고양이가 보였다. 아엽은 잠깐 고양이를 보다가 편의점으로 들어가서 도시락을 사서 나왔다. 파라솔 아래에는 그새 구경꾼이 늘어 있었다. 여고생 둘이 새끼 고양이 앞에서 어떡해, 어떡해, 즐거움이 담뿍 담긴 비명을 질러 댔다. 아엽이 여고생들을 피해 걸음을 옮기는데, 새끼 고양이가 키양, 하는 새된 소리와 함께 뛰어들었다. 그러고는 놀랍게도 완벽한 기술로 아엽이 신고 있던 버켄스탁 위로 착지했다.

매우 작은 발톱이 버켄스탁에 붙은 버클을 움켜잡은 게 느껴졌다. 온 신경이 발등에 집중되었다. 발가락에 닿은 꼬리털의 감촉에 소름이 돋았다. 조금 전까지 우엥 우엥 울던 고양이는 울음을 멈추고 그릉그릉 이상한 진동을 내기 시작했다. 아엽이 자신의 발등에서 벌어지고 있는 사태에 대해 이성적 판단을 내리기 전에 여고생들이 비명을 섞어 외쳐 주었다.

"언니가 좋대요, 간택이다, 간택!"

내려다보니 까만 새끼 고양이는 청회색 눈을 동그랗게 뜨고 아엽을 올려다보고 있었다. 그릉그릉, 작은 몸체에서 뿜어져 나오는 과하다 싶은 진동을 발등으로부터 끊임 없이 전달받으며 아엽은 난생처음 이상한 감각, 그러니까 운명 같은 걸 느꼈다. 누군가는 결혼할 상대를 만나면 그렇게 느낄지도 모르겠다. 그 감각은 어쩔 수 없다는 포기와 묘한 흥분이 뒤섞인 복잡한 것이었다.

여고생들의 축하와 응원을 받으며 아엽은 새끼 고양이를 오른손 엄지와 검지로 집어 올렸다. 주먹만 한 크기였는데 왼손에 든 도시락 봉지보다 가벼웠다. 이렇게 가벼운 존재라면 보호해 줄 어미나 주인이 어딘가에 있어야 마땅했다. 아엽은 새끼 고양이를 든 채 편의점으로 들어가서 안면 있던 남자 아르바이트생에게 물었다.

"얘, 여기 사는 앤가요?"

"완전 아기네요?"

아르바이트생은 근처에 까맹이가 자주 왔었는데 그 새끼일 수도 있겠다고 했다. 까맹이는 손님들이 던져 주는 간식을 먹고 살았는데 사장이 싫어해서 사료통이나 물통을 두지는 못했단다. 그러면서 자기도 고양이를 키운다며 묻지도 않은 정보를 말해 주었다. 아엽은 예전부터 알바가 꽤 귀엽다고 생각하고 있던 터라 이런 사적인 대화를 나누는 게 좋았다. 담배를 사는 사람, 라면을 사는 사람이 들어와서 계산하고 나가는 동안에도 대화는 계속되었다.

아르바이트생은 한 가지 기준으로 사람을 구분했는데, 그건 바로 '고양이를 좋아하는가'였다. 위층 피씨방 사장은 고양이를 혐오하는 나쁜 사람이고 지하 노래방 아저씨는 고양이를 챙기는 좋은 사람이라는 식이었다. 아엽은 꽤 과묵하다고 생각했던 아르바이트생이 이런 이야기를 조잘조잘해 주는 이유가 자신을 좋은 사람으로 인정했기 때문이라는 걸 단단히 의식하고 있었다. 그동안 새끼 고양이는 아엽의 손에서 계속 그릉그릉 진동을 내고 있었다.

"애 어디 아픈 건 아닐까요?"

진동음에 관해 물었더니 고양이가 편하고 좋을 때 내는 소리라고 했다. 엄마 품이라고 생각하는 거라고. 진짜 그쪽을 좋아하는 거라고. 그리고는 조금 난처한 표정으로 아엽에게 물었다.

"혹시 고양이 처음이세요?"

처음이세요? 그것 참 정확하게 답을 할 수 없는 어려운 질문이라고 생각하면서 아엽이 고개를 작게 끄덕였더니 아르바이트생은 상품 진열대로 가서 츄르와 고양이용 우유, 참치 캔 등을 가져와 담아 주었다. 인터넷에 검색해 보면 새끼 고양이 키우는 방법을 배울 수 있을 거라는 말도 덧붙였다. 거기까지 미처 생각하지 못했던 아엽이 감사합니다, 인사하며 계산을 하려는데 아르바이트생은 손사래를 치며 계산을 말렸다. 자기도 얼마 전에 고양이 두 마리를 합가했는데 그것만 아니면 키우고 싶어서 그러니 잘 키워 달라고 부탁하며.

그 편의점 아르바이트생이 매력적이지 않았으면 어땠을까? 그 여고생들이 시끄럽지 않았다면 어땠을까? 그래도 아엽이 새끼 고양이를 운명이라고 느꼈을까? 아엽은 집에 돌아와서 새끼 고양이를 장판 바닥에 내려놓았다. 자신이 어디 와 있는 건지를 파악하려는 듯, 새끼 고양이는 작은 얼굴을 이리저리 돌리며 주변을 살펴보다가 아엽이 분리수거를 하려고 쌓아 둔 폐지 무더기 위에 폴짝 앉아 버렸다.

마침 제일 위에 놓인 폐지가 중국집 '친친' 광고지였다. 그때부터 아엽은 새끼 고양이를 '친친'이라고 부르기 시작했다. 후에는 편리하게 '친이', 음운 규칙을 적용하여 '치니'가 되었다. 얼굴을 마주 보고 싶어서 아엽이 그 옆에 모로 눕자, 새끼 고양이는 다시 그릉그릉 진동음을 울리며 아엽의 옆구리로 올라탔다. 관람객이 없는 자신의 집에서 아엽은 더욱 확실하게 깨닫고 있었다. 그 무게는 그러니까 책임감의 무게였다.

아엽은 치니 생각을 하다가 저도 모르게 잠이 들었다. 먼저 깨어난 것은 청각이었다. 낯선 소리가 귀를 통과하며 감각을 깨워서 아엽은 자신이 잠에 들었음을 깨달았다. 정신은 여전히 몽롱한 와중에 언제부터 잤던 건가 되짚어 보는데 다시 부스럭거리는 소리가 들렸다. 아엽은 눈을 번쩍 떠서 천장을 바라봤다. 순식간에 정신이 돌아왔지만, 소리의 정체는 여전히 불분명했기 때문에 공포가 앞섰다. 소리는 끊어지지 않고 이어졌는데 덕분에 어느 쪽에서 들려오는 것인지 알 수 있었다.

야외 베란다. 머릿속에서 상황이 파악되기 전에 입이 먼저 외쳤다.

"치니야! 치니야!"

아엽은 거의 튕겨 오르듯이 일어서서 한달음에 베란다를 향해 뛰어 나갔다. 맨발인 채로 헉헉거리며 야외 베란다에 섰더니, 웅크리고 있던 남자가 놀라서 엉덩방아를 찧었다.

고양이 탐정이었다. 아엽은 눈꺼풀을 몇 번 깜빡인 후에야 인사를 건넬 수 있었다.

"벌써, 오셨네요."

탐정은 찧은 부위가 꽤 아팠는지 인상을 찡그리며 몸을 세웠다.

"네, 활동 시간대라서요. 시끄러웠나요?"

"아니요, 아닙니다."

둘러보니 먼동이 트기 시작해 주변이 파랬다. 시계를 보지는 않았지만 5시 언저리일 것 같았다. 어젯밤 탐정이 가면서 새벽에 온다고 했던 게 그제야 기억이 났다. 일을 제대로 하는 사람이구나.

"다른 고양이들이 왔던 것 같아요. 찾으시는 고양이는 아닌 거 같고요."

말하면서 탐정은 들고 있던 물티슈를 아엽의 얼굴 앞으로 들이밀었다. 베란다 벽을 닦아 낸 것 같았다. 짧은 순간에 시

76

큼하고 쿰쿰한 냄새가 코로 들어왔다. 아엽은 갑작스러운 공격에 고개를 돌리며 탐정을 살짝 밀쳤다.

"죄송해요. 고양이들이 스프레이를 사방에 뿌려 놔서요."

어제 둘러보았을 때는 깨끗했다고 했다. 담요에 묻은 냄새 때문에 다른 고양이가 영역 표시를 한 것 같은데 이럴 경우 집 고양이가 위협을 느끼고 못 들어올 수 있기 때문에 냄새를 제거하는 게 좋다고 덧붙였다. 아엽은 그 설명까지 듣고서야 탐정이 벽을 물티슈로 닦고 있던 이유가 이해되었다. 탐정은 혹시 다른 탈취제가 있는지를 물었고 아엽은 가져오겠다고 답하며 집으로 들어갔다. 벤토나이트 모래는 기관지에 좋지 않아서 두부 모래로 바꾸었는데 냄새 흡착력에 문제가 있어서 얼마 전에 탈취제를 샀었다. 다행히 치니는 이 냄새를 좋아했다. 아엽은 모래 탈취제를 가지고 나오며 슬리퍼도 챙겨 신었다.

"여기요."

커다란 몸을 구부린 채 베란다 벽을 닦는 탐정 옆에 탈취제를 놓았다.

"감사합니다. 저도 챙겨 오긴 했는데 고양이들마다 취향을 타서요."

그랬구나. 치니가 싫어하는 향일까 봐 뿌리지 않았던 거구나. 탐정의 배려에 아엽은 긴장이 조금 풀렸다. 그 바람에 다리 힘이 풀려서 베란다 문에 기대어 섰는데 탐정은 일하는 손을 멈추지 않고 말했다.

"들어가서 더 주무세요. 그게 좋습니다."

탐정과는 어제 처음 만난 사이이지만, 아엽은 그 말의 의미를 충분히 눈치챌 수 있었다. 없어져 주는 게 도와주는 것이다. 그렇게 해석했음에도 전혀 기분이 나쁘지 않았다. 아엽은 허리까지 숙여 인사를 했다.

"잘 부탁드립니다."

탐정은 바닥 쪽의 스프레이를 닦아 내느라 못 본 것 같았다. 집 안으로 들어가려고 아엽이 막 몸을 돌리는데 어디선가 키야악 비명이 들려왔다. 아엽은 탐정을 돌아보았고 탐정도 아엽을 향해 고개를 돌렸다. 찰나에 둘의 시선이 맞닿았다. 탐정의 동공은 아엽 얼굴 너머의 무언가를 가늠하느라 미세하게 이리저리로 움직이고 있었다. 방해하면 안 될 것 같아서 아엽도 움직임을 멈추고, 숨까지 참았다.

뭔가 감을 잡았는지 탐정이 벌떡 일어섰다. 베란다를 나가 대문을 넘어 달리는 탐정을 따라 아엽도 뛰었다.

민첩하게 골목골목을 달리던 탐정은 벽에 막히듯이 경로당 주차장 앞에서 멈춰 섰다. 허공을 바라보며 정보가 될 만한 다른 소리를 기다리는 듯했지만, 더 이상의 비명은 없었다. 아엽도 약간의 거리를 두고 정지한 채 기다렸다. 탐정은 어젯밤의 아엽처럼 사방으로 몸을 돌리며 방향을 잡아 보려 애쓰고 있었다. 몇 분이나 지났을까. 보다 못한 아엽이 말을 걸었다.

"어제도 들었거든요, 저 소리."

"영역은 매번 바뀔 테니까요."

"혹시, 치니랑 싸우는 걸까요?"

멍청한 질문인 것을 아엽도 알면서 내뱉었다. 정말 궁금했기 때문이다. 치니의 목소리도 모르는 탐정은 아엽을 배려하듯 긍정의 뉘앙스를 담아 반반의 대답을 해 주었다.

"그럴지도요. 어쩌면요."

그때, 탐정의 목소리에 섞여 작지만 분명한 하악 소리가 났다. 아엽은 눈을 동그랗게 떴고 탐정도 들은 것 같았다. 고개를 획 돌리더니 발소리를 낮춰서 경로당과 옆 건물 사이로 움직였고 아엽도 몇 걸음 뒤에서 함께 움직였다. 먼저 건물 사이를 보던 탐정이 상체를 살짝 옆으로 빼며 아엽에게도 저기 보라는 손짓을 했다. 탐정의 두툼한 어깨 너머로 고양이 두 마리가 보였다. 한 놈은 회색 태비였고 다른 한 놈은 삼색이였다. 치니는 아니었다. 어젯밤에 캣맘 주변을 돌던 애들 같아 보였다. 두 고양이는 인간들이 구경하는 걸 아는지 모르는지 서로를 노려보며 몸을 잔뜩 부풀리고 있었다. 그 상태로 느리게 한 걸음씩 한 걸음씩 오른쪽으로 돌고 있었다. 둘 사이에는 보이지 않는 선이 있는 듯했는데, 그 선은 그들이 움직이는 동안에도 짧아지거나 길어지지 않았다. 그건 어색한 남녀가 춤을 추기 위해 서로를 탐색하는 것도 같고 링 위에 선 레슬러들이 서로의 허점을 노리는 것도 같았지만, 사실 그 모든 것이 아엽에게는 그리 중요하지 않았다. 탐정이 숨을 죽인 채 집중하기 때문에 아엽도 바라볼 뿐이었다. 아엽에게 중요한 것은 치니밖에 없다. 눈에서 레이저를 뿜으며 서로를 노리는 저 고양이들 말고 자신의 소중한 치니 말이다.

*

집으로 돌아오자 새벽 5시 25분이었다. 하루가 온전히 눈앞에 놓여 있었다. 그리고, 탐정이 말했던 골든타임 3일 중에 벌써 하루가 사라졌다. 여러 가지 다짐들이 한꺼번에 밀려와서 아엽은 조바심이 났다. 무엇부터 해야 할지 우선순위를 정할 수가 없었다. 일단, 노트북을 열고 일정 정리부터 했다. 오늘 내일은 잠들지 말아야지. 이따가 편의점에서 레드불도 몇 병 사야겠다. 내일 직업 훈련 수업은 빠지는 게 좋겠다.

계획은 세 줄 만에 끝났는데, 타이핑은 계속되었다. 메모장에는 치니를 찾아야 한다는 단순한 문장이 어순과 단어를 바꾸며 끊임없이 적혔다. 긴장을 늦추면 무언가가 속에서 튀어나올 것만 같아서 타이핑 속도를 높였다. 메모장을 반 페이지

넘게 채우며 아엽은 자신이 좀 이상하다고 느꼈다. 언제부터 그러고 있었는지 다리가 소리 나게 달달달 떨리고 있었다. 그러면서 입으로는 적고 있는 내용을 중얼거렸다. 누군가가 봤더라면 미쳤다고 할지도 모르겠다. 하지만 아엽은 미친 게 아니라 미치지 않기 위해 노력하는 중이었다.

"나가서 찾자, 지금 당장."

그 말을 내뱉고서야 타이핑하던 손과 떨리던 다리가 멈췄다. 아엽은 노트북을 닫고 핸드폰을 들었다. 탐정에게도 배웠고 카페나 유기동물 보호 사이트를 통해서도 확인했다. 대부분의 집고양이는 밖으로 나와서도 멀리 가지 못한다. 치니는 분명 근처에 있다. 어디든 한 곳이라도 더 샅샅이 찾아봐야 한다. 신발장 앞에서는 많이 걷게 될 것 같아서 운동화를 빼냈다가 혹시라도 기억해 줄까 싶어서 치니가 올라탔던 버켄스탁을 꺼내 신었다.

몇 블록을 뒤져 보는 동안 골목은 훤해졌고 금세 직장인과 학생으로 붐볐다. 아엽은 그 수에 놀랐다. 알을 깨고 나오는 벌레들처럼 대문을 열고 사람들이 바글바글 나오고 또 나왔다. 이 동네에 이렇게나 많은 사람이 살고 있었구나. 출근과 등교는 한 두 시간 이어질 텐데, 그동안 치니가 자신을 드러낼 것 같지는 않았다. 그래도 나왔으니까, 집에서는 불안하기만 했으니까, 아엽은 사람들 사이를 뚫고 들어가 모르는 집의 에어컨 실외기와 보일러실 주변을 꼼꼼하게 살폈다. 동시에 뒤통수로는 자신을 흘깃거리며 수상쩍어하는 사람들의 시선이 느껴졌는데, 상당히 난처했다. 한 명 한 명을 붙잡고 고양이를 찾고 있어서요, 라고 설명하고 싶었다. 머릿속이 어수선해졌고 행동은 더욱 어색해졌다. 그 결과 대단한 의지를 품고 나온 지 한 시간도 채 안 되어 아엽은 다시 귀가했다.

식탁에 앉아 버티다가 다시 집 밖으로 나오고, 골목을 확인한 후에는 또 들어가고. 현관 도어락을 점심때까지 몇십 번은 여닫았다. 어느 순간부터는 나오기 위해서 들어가고 들어가기 위해서 나오는 것 같았다. 도어락 뚜껑을 여는 텀이 점점 빨라졌다. 땀을 줄줄 흘리며 다시 집을 나오는데 야외 베란다에 있던 탐정과 마주쳤다. 혹시나 자신의 경박스러운 동선을 보았을까 봐, 아엽은 변명으로 인사를 대신했다.

"가만히 있지를 못하겠네요."

탐정은 쓰레기봉투를 야무지게 묶으며 고개를 끄덕여 주었다.

"저는 이제 들어갑니다."

단호한 그 선언에, 갑자기 아엽은 탐정에게 매달리고 싶었다. 가지 말라고, 더 찾아 달라고, 자신의 이상 행동을 막아 달라고 배낭을 잡고 칭얼거리고 싶었다. 그러면서도 이건 비정

상적인 감정이라는 걸 분명하게 느꼈다. 탐정과는 어제 만난 사이이고 이 사람은 할 일을 제대로 하고 있다. 추태를 부려선 안 된다. 눈이 마주치면 복잡한 속내를 들킬까 봐 아엽은 눈을 감으며 물었다.

"어디로 가세요?"

"재택근무라서요, 집으로 갑니다. 이따 다시 둘러보려고요."

"저는 뭘 하면 좋을까요?"

"주변을 살펴보시는 것 말고는, 저도 모르겠네요."

10년 넘게 고양이 탐정으로 활동해 온 사람도 모른다면 자신은 대체 뭘 어떻게 해야 하는 걸까. 치니를 찾지 못한다면 계속 이런 상태일 텐데, 생활이 불가능할 것 같았다. 아엽의 표정이 절박해 보였던지 탐정은 조금 더 말을 얹어 주었다.

"안 하면 후회할 것 같은 걸 하시면 돼요. 제가 그러거든요."

안 하면 후회할 것? 그게 뭐지? 해야 하는 것과 뭐가 다르지? 뭘 후회할 줄 알고? 그런데 후회가 정확하게 어떤 걸까? 아엽은 질문으로 가득 찬 머리를 숙이며 예의를 차렸다.

탐정이 떠난 후, 여름 오후의 볕은 더욱 맹렬해졌다. 그 덕에 어수선하던 아엽의 움직임에서 군더더기가 현저히 줄어들었다. 행동이 간소해지니 머릿속도 정리되는 듯했다. 배가 고프지는 않았지만 땀을 계속 흘려서 물은 많이 마셨다. 이 골목에서 저 골목으로 같은 곳을 수십 번 오갔다.

빌라 주차장 화단을 살피느라 몸을 숙였다가 고개를 들었더니 주변이 온통 붉었다. 하늘을 올려다보니 다홍색의 하늘에 레몬, 핑크, 옐로 등 색들이 오묘하게 섞여 들고 있었다. 노을이구나. 인생에서 처음으로 노을을 본 사람처럼 아엽은 입까지 벌리고 멍하니 하늘을 바라보았다. 섬세하게 깔린 구름 틈새로 언뜻언뜻 금빛이 내비쳤다. 장엄하고 아름다운 풍경은 거대한 존재처럼 느껴졌는데, 그러자 갑자기 천벌이라는 단어가 떠올랐다. 그 단어는 순식간에 아엽의 머릿속에 가득 찼다. 스스로가 하찮고 보잘것없어서 천벌을 받는 것이 당연하게 느껴졌다. 아엽은 도로에서 스스로를 치워 버리듯 고개를 떨구고 집으로 돌아갔다.

냉풍기의 얼음 팩을 갈고 거실에 널브러져 바람을 맞는 동안에도 천벌에 대한 생각은 계속되었다. 신발장 언저리에 시선을 둔 채 아엽은 한참을 멍하니 있었다.

냉풍기 바람이 따뜻해졌다 싶을 즈음 미옥에게 전화가 걸려 왔다.

"여보세요?"

"너 뭐야. 오늘 안 와?"

"오늘?"

"단체전 오늘이라고 했잖아!"

아, 당황한 아엽이 말이 없자 미옥은 한숨을 한 번 푹 내쉬었다. 문자도 했는데 답이 없어서 전화하는 거라고. 하지만 책망하는 목소리는 들뜬 듯 높았다. 핸드폰 너머 들리는 주변의 잡음 때문은 아닌 것 같았다. 누구도 왔고 누구도 왔고 정보를 전하는 미옥의 목소리에는 즐거움이 스며 있었다.

"인터뷰하다 덜덜 떨었잖아. 큐레이터 언니도 몰랐대, 기자들이 올지는. 여기 장난 아냐."

아엽은 모로 누워 핸드폰을 볼에 올린 채, 쉼 없이 쏟아지는 미옥의 이야기를 들었다. 현관 유리로 은은한 빛이 새어들며 이상한 아지랑이를 만들고 있었다. 그 모양에 집중하느라 잠시 미옥의 이야기를 듣지 못했는데 핸드폰 너머가 시끌시끌해지며 미옥이 다급한 목소리를 냈다.

"여보세요? 야, 잠깐."

갑자기 들리는 소음에 아엽은 얼굴을 찌푸렸다. 미옥이 아닌, 다른 목소리가 귀를 찔렀다.

"진짜 아엽이라고? 어디래? 여보세요? 아엽이니? 너 언제 오는데? 나 세정이야."

미옥이 세정에게 전화를 바꿔 준 모양이었다. 아엽은 자신의 공간을 침범당한 듯 불쾌해졌다. 세정과 이야기할 마음의 준비가 전혀 안 되었기 때문이다. 몇 년 전 함께 살다가 헤어진 후 세정과는 만난 적도 없었고 통화를 한 적도 없었다. 혼란스러운 중에도 세정의 목소리는 이어졌다.

"여보세요? 아엽아 들려?"

그러다가 갑자기 뚝, 통화가 끊겼다. 저 너머 비현실적으로 느껴지던 세상도 함께 사라졌다. 아엽은 조심스럽게 목소리를 내 보았다.

"여보세요?"

답이 없다. 세정이 미옥에게 핸드폰을 건네주다가 꺼진 것 같았는데 아엽에게는 차라리 다행이었다. 문자를 뒤져 보니, 미옥이 보낸 문자가 세 통이나 있었다.

미옥에게 치니가 사라졌다고, 도둑이 들었다고, 엠엠에서 잘렸다고 말했으면 어땠을까? 그래도 이렇게 아엽에게 묻지도 않고 세정을 바꿔 줬을까? 만약 그랬다면 얼마나 더 비참했을까. 말하지 않아서 얼마나 다행인가. 더 나빠질 수 있다는 가능성이 현재를 그나마 버틸 만하게 해 주었다.

미옥과의 통화 후에도 전화는 계속 걸려 왔다. 평소 조용하던 아엽의 핸드폰이 웅웅 부지런히 몸을 떨었다. '고양이를 찾습니다.' 전단지 때문이었다. 처음 온 세 통은 중학생 같아 보이는 애들이 장난친 것이었다. 진짜 100만 원 줘요? 진짜요? 구라 아니고 진짜요? 묻고는 낄낄거리다가 끊었다. 그래서 그다음 모르는 번호로 전화가 걸려 왔을 때, 아엽은 따끔하게 혼을 내려고 했다. 하지만 통화 버튼을 누르자 웬 할아버지가 호통을 쳐 댔다. 자기 집 앞에 전단지가 붙었던데, 허락도 없이 왜 붙였냐는 거였다. 아엽은 죄송하다고 사과한 후에 곧장 할아버지가 말한 주소지로 가서 전단지를 떼어 냈다. 전단지를 붙이는 행위가 누군가에게 피해를 줄 수도 있다는 것을 전혀 예상하지 못했던 아엽은 뜯어 낸 전단지를 보며 나머지도 모두 수거해야 하나 잠시 고민했다. 하지만 그럴 수는 없었다. 아직 치니는 찾지도 못했는데, 그럴 수는 없었다.

다음 전화는 진짜 제보였다. 버스 정류장 부근인데 사진 속 고양이를 봤다고 했다. 아엽이 뛰어가서 확인했으나 치니는 없었다. 제보자는 50대 정도 되어 보이는 미용사였다. 아엽이 미용실 옆 식당과 여기저기를 둘러보는 동안 미용사는 까만 콩 같은 것을 입안에 톡톡 털어 넣으며 지켜보고 서 있었다. 치니의 흔적을 찾지 못한 아엽이 미용사에게 다가가서 보신 게 확실하냐고 물었더니, 미용사는 자기가 거짓말할 사람으로 보이느냐며 화를 냈다. 기분을 상하게 한 것 같아서 아엽은 사과했다. 미용사는 봐준다는 표정으로 돈을 달라고 했다. 아엽이 잘못 들은 줄 알고 다시 물었더니 미용사가 당당하게 답했다.

"그래, 돈. 누가 다 달래요? 10프로만 줘요."

"왜요?"

"전화했잖아요, 내가."

그러면서 지갑도 찾아 주면 원래 10프로를 주는 거라는 이상한 말을 붙였다. 아엽은 치니는 지갑이 아니고 아줌마가 찾아 주지도 않았다고 쏘아붙이려고 했으나, 입 밖으로 목소리는 나오지 않고 대신 하아…… 헛바람만 나갔다. 입술은 열린 채로 덜덜 떨리고 있었다. 미용사 앞에 더 있다가는 자신이 괴상한 짓을 할 것만 같아, 아엽은 말없이 몸을 휙 돌리고 자리를 떴다. 뒤에서 미용사는 돈을 떼어먹힌 사람처럼 시끄럽게 소리를 질러 댔는데 그 때문에 아엽이 꼭 도망치는 꼴로 보였다.

몇 통의 전화로 전단지에 걸었던 희망은 깨끗이 사라졌다. 아엽은 자신이 허세를 부리며 '사례금 100만 원'이라고 적었던 것을 후회하고 또 후회했다. 매직으로 금액만이라도 지워 버려야겠다. 아니, 청테이프가 좋겠다. 작게 잘라 붙여 버리자. 그 길로 편의점에 들어간 아엽은 청테이프를 사다 전단지에 적힌 금액 위에 덧붙였다. 청테이프는 유리 테이프와 다르게 손으로 잘 뜯어졌다. '사례금 100만 원'을 지운 후에 그 위에 적힌 자신의 핸드폰 번호를 바라보았다. 지워 버리고 싶지만, 손에는 번호를 덮을 수 있는 청테이프가 있지만, 혹시 모를 일이었다. 번호를 지워 버린다면 전단지를 붙인 목적이 사라진다. 누군가 치니를 찾더라도 자신에게 닿을 방법이 없을 거다.

번호는 남겨 두자, 결심하고 다음 전단지 앞에 서는데 또 유혹이 일었다. 허위제보의 불쾌함 따위가 치니를 찾고 싶다는 열망을 이렇게 끈덕지게 방해할 줄은 몰랐다. 시끄러운 속을 누르며 청테이프 작업을 하는데 주머니에서 반짝반짝 빛이 났다. '캣맘'이라는 단어가 눈에 들어왔다. 이미 부재중 전화가 두 통이나 와 있었다. 아엽이 곧장 통화 버튼을 눌렀더니 캣맘의 목소리가 다급했다.

"여기 경로당 뒤예요. 좀 전에 까만 고양이가 지나갔어요."

아엽은 달렸다. 전단지 보수 작업을 하느라 산책로 입구까지 올라와 있어서 내리막길을 달려야 했다. 아까 경로당 부근 전단지에도 청테이프를 붙였는데 까만 털은 보지 못했다. 가쁜 숨을 고르며 도착했을 때 캣맘은 헌 옷 수거함 속을 들여다보고 있었다. 아엽이 말없이 곁에 서자, 그제야 캣맘이 고개를 들었다.

"휙 지나가 버렸어요."

"어디서 보셨는데요?"

숨이 차서 아엽의 목소리가 평소보다 크게 나갔다. 캣맘은 봤던 것을 설명하기 시작했고 정확한 전달을 위해 필요한 위치에 직접 가서 서거나 자세를 취해 주었다. 까만 고양이는 경로당 주차장 보도블록에 웅크리고 있다가 캣맘이 다가갔더니 헌 옷 수거함 밑으로 후다닥 달려갔단다. 이때 캣맘은 고양이처럼 웅크렸다가 튀어 나가는 몸짓을 해 주었는데 탄탄한 근육 덕에 박진감이 느껴졌다.

"어두워서 첨엔 확신을 못 했거든요. 근데, 여기 스칠 때 봤어요."

바로 앞은 헌 옷 수거함이었다. 아엽은 몇 걸음을 옮겨 캣맘과 함께 초록색 헌 옷 수거함 옆에 섰다. 뒤는 빌라 담벼락으로 막혀 있었는데, 담벼락은 3미터는 족히 될 정도로 높아서 치니가 그 위로 오르내린다고는 상상하기 힘들었다. 그 고양이가 정말 치니였다면 못 나왔을 텐데, 그렇다면?

아엽은 조금 전의 캣맘처럼 까치발을 들고 헌 옷 수거함 속을 들여다보았다. 깜깜해서 핸드폰 라이트를 밝혀 안을 살폈다. 옷 더미로 보이는 덩어리뿐 움직이는 물체는 없었다. 퀴퀴한 냄새가 불쾌해서 숨을 참으며 고개를 빼내는데 갑자기 캣맘이 아스팔트 바닥에 엎드렸다. 아엽도 엉거주춤 엎드리며 함께 바닥을 살폈지만, 헌 옷 수거함 다리가 짧아서 그 밑은 보이지 않았다.

"핸드폰 좀 빌릴 수 있을까요?"

아엽은 캣맘이 건네는 핸드폰의 라이트를 켜고 자신의 핸드폰 카메라를 켰다. 두 대의 각도를 이리저리 맞춰 헌 옷 수거함 아래를 비췄더니 뒷벽까지 보였지만, 죄 담배꽁초 무더기뿐이었다. 그래도 샅샅이, 여러 번 살핀 후에야 바닥에 엎드렸던 캣맘과 아엽은 손을 털며 일어섰다. 아엽은 캣맘에게 핸드폰을 돌려주었다.

"감사합니다."

핸드폰을 받아 드는 캣맘은 속상한 얼굴이었다. 자신의 핸드폰을 빤히 보다가 입을 열었다.

"제가 잘못 본 건지도 몰라요."

"아니에요, 전화 주셔서 감사해요."

아엽은 조금 더 감사함을 표현하고 싶었지만 별 의미가 없을 것 같아서 인사하고 골목을 빠져나왔다. 전단지 보수 작업을 하던 산책로 입구로 향하는데 속에서 질문이 솟구쳤다. 캣맘이 본 게 정말 치니였을까? 내가 치니를 거기서 보면 알아볼 수 있을까? 치니가 근처에 있었다면 내 냄새를 맡고 목소리를 들었을 텐데, 왜 나오지 않았을까? 이런 생각들은 아엽의 마음을 무겁게 눌렀고 골목을 오르는 다리는 자꾸만 휘청거렸다.

*

3일째 되는 날도 사정은 비슷했다. 잠을 자지 않았기 때문에 아엽에게는 긴 하루로 느껴졌는데 오전에 병선에게 전화가 와서 직업 훈련 수업이 기억났다. 미리 연락한다는 걸 깜빡했다. 병선을 만났던 것이 아주 오래전의 일처럼 느껴졌다. 오늘은 출석하지 못한다고 했더니 병선이 진지하게 물었다.

"무슨 일 있어요?"

아엽은 개인 수업을 못 해 주는 게 미안해서 사과부터 했다. 학생으로 불참하는 것보다 그게 더 마음에 걸렸다. 받았던 30만 원을 돌려주고 싶다고 했더니 조금 화를 내는 투로 병선이 답했다.

"됐어요, 그건. 수업은 천천히 하죠. 이유 물어보면 실롄가요?"

"별일은 아니구요, 고양이가 없어져서요."

핸드폰 너머로 짧은 침묵이 이어져서 아엽은 후회했다. 그 호흡 동안 병선이 자신을 비웃고 있을 거라고 생각했기 때문이다. 잘 알지도 못하는 사람에게 시시콜콜한 이야기를 해 버렸다. 그러지 말걸, 입술을 씹는데 병선의 목소리가 들렸다.

"키우던 고양이요?"

"그렇긴 한데요."

"근데 왜 그렇게 말해요. 그거 큰일이잖아요."

갑작스러운 질책에 아엽은 어리둥절해졌다. 병선은 수업을 마치면 같이 찾아볼 수 있으니 집 주소를 알려 달라고 했다. 목소리가 다급한 것이 정말 금방이라도 달려올 기세였다. 아엽은 무척 놀랐는데 병선과 자신은 그럴 사이가 아니라고 생각했기 때문이다. 피붙이도 아니고 친구도 아니었다. 그런데 왜? 주소를 가르쳐 주지는 않았지만, 갑자기 병선과 가까워진 기분이 들었다. 그런 기분은 아엽에게는 상당히 낯선 것이었다.

밤 9시가 되었을 때, 모르는 집의 야외 계단을 살펴보던 아엽의 핸드폰에서 요란하게 알람이 울렸다. 자기 알람에 놀란 아엽은 허둥거리느라 종료 버튼을 찾지 못해 핸드폰을 힘껏 움켜쥔 채 달렸는데, 골목 끝까지 와서야 정신이 들어 알람 종료 버튼을 눌렀다.

탐정이 알려 줬던 골든타임이 끝난다는 메시지였다. 왜 이런 걸 저장해 뒀을까? 분명 알람은 자신이 설정해 둔 것일 텐데 의도가 기억나지 않았다. 하지만 묘하게도 마음 깊은 곳에서는 드디어 끝났구나, 라는 작은 목소리가 들렸다. 끝났다고? 치니를 찾지도 못했는데 끝났다고? 곧장 안도의 목소리를 비난하는 다른 목소리들이 솟구쳤는데, 자신의 내부에서 다투는 여러 목소리들이 버거워 아엽은 힘없이 걸음을 옮겼다.

편의점 옆을 막 돌아서는데 자신이 청테이프로 덧붙였던 전단지에 누군가 낙서를 해 둔 게 보였다. 사진 속 치니 눈을 시커멓게 지운 장난이었는데 그건 꼭 안구를 도려낸 듯 끔찍해 보였다. 아엽은 거칠게 그 전단지를 뜯어냈다. 이미 복잡했던 마음에 분노까지 섞여 들어 손에 쥔 전단지를 마구 구겨 버렸다. 주먹 크기로 쪼그라든 전단지를 꼭 쥐고 아엽은 조금 더 걸었다. 자신이 목적 없이 걷는 줄 알았는데 저 앞에 집 대문이 보였다. 집에 도착했다고 생각하자 갑자기 졸음이 몰려왔다. 첫날 쪽잠을 잔 후로 잠들지 못했는데 그 때문에 이렇게 속이 들끓는 건지도 모르겠다. 숙면을 취하고 나면 분명 뭐든 나아질 거다. 힘겹게 대문으로 들어서는데 옆집 문에서 탐정이 나오는 게 보였다. 아엽은 온몸의 힘을 끌어모아 인사했다.

"안녕하세요."

"안녕하세요."

오늘만 일곱 번째 마주치는 탐정이었지만 질문해야 할 것이 있다. 졸려서 몽롱한 중에도 아엽은 힘주어 입을 열었다.

"이제는 어떻게 하면 될까요?"

무슨 뜻인지 모르겠다는 듯 탐정은 멀뚱히 바라보기만 했다.

"말씀하셨던 3일이 지나서요."

"그런가요?"

"네."

"못 찾았으니까, 더 찾아봐야죠."

답하는 탐정의 목소리에도 피로가 짙었다. 하지만 아엽은 더 묻고 싶었다. 골든타임을 넘긴 후에 고양이를 찾은 사례가 있는지, 자신이 추가로 뭘 해야 하는지, 뭐든 묻고 싶었다. 아엽이 머릿속으로 질문을 고르는데 탐정이 말했다.

"작년에 의뢰받았던 동네에 지금도 가끔 가 보거든요."

그렇게 다니는 동네가 열 곳은 된다고 했다. 아엽은 진심으로 탐정이 대단하다고 생각했다. 자신은 고작 3일을 찾고도 엉망이 되어 버렸는데 1년이라니, 열 곳이라니, 너무 거대해서 상상조차 힘겹다. 생각이 아엽의 입 밖으로 새어 나왔다.

"힘드시겠어요."

탐정은 허공에 시선을 둔 채 답했다.

"찾으면 끝인 건데, 못 찾으면 끝이 안 나잖아요. 힘들다면 그게 힘들죠."

아엽은 들으면서 고개를 끄덕였지만 이해했다는 뜻은 아니었다. 말을 마친 후에 탐정은 꾸벅 인사를 하고 멀어졌기 때문에 되묻지도 못했다. 다시 혼자가 된 아엽은 대문에 기댄 채 시야에서 탐정이 사라질 때까지 가만히 서 있었다.

5

치니가 사라진 날로부터 보름이 지났다. 8월이 되면서 날씨
는 더욱 험악해졌다. 최고 기온은 38도에 육박했고 최저 기온
도 30도 아래로 떨어지지 않았다. 더워 죽겠다는 말이 곳곳에
서 들려왔고 실제로 더워서 죽은 사람들의 기사가 여러 개 떴
다. 요즘 아엽은 죽음에 대한 기사들은 못 본 척하는 습관이
들었다. 치니는 살아 있다, 그 전제를 흔드는 것은 뭐라도 막
고 싶었다.

치니가 사라진 후 아엽에게는 안팎으로 확실한 변화가 생
겼다. 먼저 아엽의 내부에, 스스로에 대한 의심이 들어차기 시
작했다. 치니의 등에 코를 파묻었던 순간이 조금 전인 것도 같
고 자신의 상상인 것도 같아서 스스로를 믿을 수 없게 되었다.

거짓과 진실의 구분도 불분명해졌다. 뭐가 진실이지? 뭐가 거짓이지? 내가 뭘 그렇게 잘못했지? 아엽이 질문하면 치니는 어떤 식으로든 답을 해 주었다. 하지만 이제는 치니가 없고 답을 들을 수도 없다. 스스로 묻고 답하는 동안 미움이 싹텄고 미움은 분노로 번졌다. 이런 과정을 거치며 치니의 실종은 아엽 내부의 실종으로 이어졌다. 치니는 아엽을 떠나지 않는 친구였다. 아엽은 치니에게만은 어떤 것을 지어내지 않고도 친구일 수 있었다. 그런 친구를 잃고 났더니, 지난 2년간 딛고 서 있던 땅이 쩍쩍 갈라지기 시작했다. 틈은 걷잡을 수 없이 넓어져 아엽 자신도 그 속으로 추락하는 기분이었다.

생활에도 변화가 생겼다. 우선은 화장을 하지 않게 되었다. 그전에도 아엽의 화장법은 간단했다. 눈썹 손질을 하고 선크림 위에 비비크림을 바르는 정도였지만 이제는 전부 생략했다. 고등학교 졸업 후 7년간 이어 오던 화장을 멈추었더니 아엽의 얼굴은 다시 학생 때로 돌아간 듯했다. 피부 톤이 붉어지고 눈썹이 도톰해졌다. 직사광선을 받아서 기미도 올라왔는데 주근깨를 그려 넣은 것처럼 보였다. 직업 훈련 수업은 챙겨서 나갔지만 그 외의 시간은 대부분 집 주변을 둘러보며 지냈다. 버스 정류장까지 크게 순찰하는 2시간 코스와 경로당까지 순찰하는 30분 코스를 번갈아 도는 나름의 규칙도 생겼다. 편의점에 의존하던 식사는 더 간편해졌다. 도시락마저 거추장스러워서 돌아다니며 먹을 수 있는 초콜릿이나 과자로 바꾸었다. 밤잠도 두 시간씩 끊어 잤다. 중간에 깨면 나와서 그때그때의 코스를 돌았다.

그렇게 아엽은 3일의 단기전을 끝내고 영원같이 느껴지는 장기전으로 돌입했다.

거실에 모로 누운 아엽은 장판 위에 길게 내려앉은 해 그림자를 보다가 부스스 일어났다. 집 안에는 온갖 쓰레기가 쌓여 있어서 츄르를 꺼내기 위해서는 장애물 넘기처럼 몇 개의 쓰레기 덩어리를 지나야 했다. 주머니에 츄르를 구겨 넣고 밖으로 나왔다. 야외 베란다 문을 열고 냄새를 맡았더니 아까 자신이 뿌렸던 탈취제 향만 났다.

밖으로 나와 화단 귀퉁이에 놓인 캣맘의 사료 그릇을 보고 시간대를 가늠했다. 캣맘이 아직인 걸 보니, 8시가 안 됐구나. 뒤돌아서려는데 언제 왔는지 회색 태비가 웅크린 채 사료 그릇을 보고 있었다. 얘는 참 똘망똘망 예쁘게도 생겼다. 삼색이가 엄마라고 들었는데 무슨 사연이 있어서 엄마랑 대치하며 지낼까? 아엽은 주머니에서 츄르를 꺼내 회색 태비에게 짜 주었다. 좋아서 주는 게 아니다. 치니한테 해코지하지 말라고 주는 거다. 아엽은 죽죽죽 츄르를 짜면서 자신의 바람을 눈빛으로 쏘았다. 하지만 회색 태비는 맛을 음미하는듯 새초롬하게 눈을 감고 있어서 아엽의 메시지를 전달받지 못한 것 같았다. 어쩔 수 없지. 츄르를 다 먹고 회색 태비가 돌아선 후 아엽도 일어서서 본격적으로 골목을 살폈다. 화단, 대문, 계단, 전봇대, 주차장, 곳곳을 뒤져 보고 있었더니 멀리서 핸드 카트 끄는 소리가 들렸다. 그 소리가 반가워 아엽은 속도를 높였다. 가까이서 보니, 캣맘의 왼쪽 손목에 붕대가 감겨 있었다.

"다치셨어요?"

"네, 그렇게 됐어요."

아엽은 익숙하게 핸드 카트의 손잡이를 받아들었다. 캣맘은 부끄럽다는 듯 일을 하다가 삐었다고 했다. 아엽은 캣맘이 어떤 일을 하는지 모른다. 카톡 프사에서도 정보를 얻을 수 없었다. 마라톤 복장으로 포즈를 취한 몇 장이 전부였다. 캣맘은 아엽에게 직업을 묻지 않았고 아엽도 불편한 자기소개는 생략했다. 둘 다 꽤 규칙적이어서 최근에는 거의 매일 만나고 있었다. 나누는 대화의 소재는 고양이뿐이었지만, 현재의 아엽에게는 치니가 전부였기 때문에 충분했다. 캣맘은 손목에 붕대를 감은 탓에 사료 그릇을 채우는 일이 지체되었고, 아엽이 대신 그릇을 꺼내며 보조를 맞췄다.

고양이 누가 누가 싸웠고 누구는 보이지 않는다는 얘기를 나누다 보니 산책로 입구였다. 이제껏 아엽은 매번 여기서 캣맘과 헤어졌었다. 캣맘은 산책로를 오르고 아엽은 난간 위를 살펴보다가 내려왔다. 하지만 오늘은 캣맘이 손목을 다쳤으니, 패턴을 바꿔 보기로 했다. 캣맘이 자연스럽게 핸드 카트 손잡이를 잡으려는 걸 아엽이 자기 쪽으로 당기며 말했다.

"같이 올라가요."

"에이, 뭘 그래요. 전 괜찮아요."

"가는 김에 위쪽도 살펴보고요."

예의상 말을 건네며 아엽은 산책로 계단을 성큼성큼 올랐다. 호기롭게 번쩍 든 핸드 카트는 생각보다 무거워 팔의 근육이 팽팽해졌다. 뒤에서 몇 번이나 말리는 소리를 내던 캣맘은 잠시 후에는 이렇게 당부했다.

"좀 많이 다니는데, 괜찮겠어요?"

"네. 가 보죠, 뭐."

아엽은 믿음직하게 답하고 싶었지만, 핸드 카트를 든 팔이 떨려서 목소리도 함께 떨렸다. 한 계단 한 계단을 힘주어 오르는데 중간쯤에서 캣맘이 작게 불렀다.

"그 위에 서 주세요."

두 계단 위에 아엽이 먼저 섰고 캣맘도 잠시 후 나란히 섰다. 밟고 선 바닥은 세 단을 이어 붙인 정도의 폭으로 왼쪽 난간 아래에 길냥이 급식소가 있었다. 주변으로는 울창한 숲 덤불이었다. 캣맘은 급식소 사료 그릇을 꺼내려고 몸을 숙였는데, 아엽 때문에 폭이 좁았다. 눈치껏 아엽이 한 단을 내려가

준 후에야 캣맘은 사료 그릇을 꺼냈다.

"이건, 우리가 민원을 넣어서 만든 거거든요."

'우리'라 함은 캣맘들을 말하는 건가? 관악구? 아님 서울 전체? 생각하며 주변 덤불을 둘러보니, 움직임이 느껴졌다. 나뭇가지가 흔들리며 삐죽 노랑 고양이 얼굴이 튀어나왔다. 그쪽을 바라보던 아엽과 눈이 마주쳤는데 동그랗던 동공이 길어지는 걸 보니 위협적이지 않다는 판단이 선 모양이었다. 노랑 고양이는 몸을 쑤욱 빼내며 자신을 드러냈다. 그러고는 길게 기지개를 켰는데, 그 자태가 우아해서 아엽은 홀린 듯 바라봤다.

캣맘은 가득 채운 사료 그릇을 급식소 안에 밀어 넣고 생수를 옆 그릇에 따랐다. 그런 후에는 보온병에 담아 온 닭죽 같은 것을 플라스틱 통에 담았다. 왜 여기만 특별식일까? 어디가 아픈 걸까? 아엽은 노랑 고양이를 살펴보았다. 꼬리를 빳빳하게 세운 노랑 고양이는 캣맘의 다리에 몸통을 슥 비볐는데 그때, 어디선가 빽빽 형광 불 번쩍이는 아기 신발 소리 같은 게 들렸다. 고개를 들었더니 새끼 고양이들이 급식소로 몰려들었다. 아엽은 발등이 저렸는데, 그 새끼들이 2년 전 편의점 앞의 치니 정도 크기여서 그런 것 같았다. 눈으로 마릿수를 세어 보았더니 네 마리였다. 회색, 갈색, 노랑, 삼색, 털색이 제각각이었다. 캣맘은 새끼 고양이들을 바라보는 아엽을 잡아끌었다.

"우리가 가야 먹어요."

"아, 네."

캣맘을 따라 오르다가 뒤돌아보니, 새끼들이 플라스틱 통에 얼굴을 파묻은 중에도 어미인 노랑 고양이는 꼿꼿하게 몸을 세우고 아엽을 올려다보고 있었다. 그 눈빛에는 서늘한 책망의 기운이 서렸다. 아엽은 냉큼 시선을 돌렸지만, 머릿속에서는 돌아보는 유혹에 빠져 아내를 지옥에 떨어뜨린 신화 속 남자가 자꾸만 떠올랐다.

뒷산에는 이런 급식소가 다섯 곳이나 더 있었다. 캣맘이 사료를 채우는 동안, 아엽은 주변을 살피며 치니를 찾았다. 가로등 불빛이 닿지 않는 덤불은 완벽한 어둠이라 무섭기만 했다. 집주변을 찾아본다는 지침은 골든타임과 함께 끝났지만 아엽은 수색 구역을 확장하지 않았었다. 구역을 정할 수 없었기 때문이다. 뒷산, 지하철역, 다른 구, 서울 외곽, 어디까지? 아엽은 치니가 집 주변에 있다는 가정을 이어 갈 수밖에 없었다. 보름 동안, 물도 사료도 없이 근처에 숨어만 있다는 게 억지스러운 가정임을 알면서도 생떼를 부리듯 매달리고 있었다. 캣맘의 부상 덕분이긴 하지만 뒷산에 올라와 본 것은 그래서 의미가 있었다. 수색 구역의 확장. 발을 들였으니 이제 이곳도 챙겨서 살펴보아야겠다. 치니 입장에서도 차와 사람이 지나는 골목보다는 나무와 풀이 있는 이곳이 나을 듯했다.

급식소 사료 그릇을 모두 채운 후, 캣맘은 정상에 조성된 우레탄 공원에 섰다. 운동기구와 벤치가 중앙에 놓여 있고 주변으로는 화단이었다. 캣맘은 핸드 카트를 철봉 옆에 세워 두고 허리 운동 기구 앞에 섰다. 오른손으로만 기구를 잡고서도 캣맘의 움직임은 자연스러웠다. 이렇게 간단한 운동까지 하는 게 코스인가 보다. 앞 벤치에 앉는 아엽에게 캣맘이 말했다.

"괜히 저 때문에 오늘 고생했네요."

아엽은 아니라고, 자기에게 필요했다고, 도움이 되었다고, 과장되게 말했다. 캣맘은 허리만 돌릴 뿐 별 반응이 없었다. 잠시 후 운동을 마친 캣맘은 핸드 카트에서 물통을 꺼내 마시고 아엽에게도 권했다. 마침 목이 탔던 터라 아엽은 받아 마셨다.

"아엽 씨는 참 반듯한 것 같아요."

꿀떡꿀떡 물을 넘기다가 사레에 들릴 뻔했다. 가까스로 물을 삼키느라 답을 하지 못했다. 반듯하다니, 처음 들어보는 평가였다. 혹시 나도 모르게 캣맘에게 거짓말을 한 게 있나? 그간의 대화를 빠르게 머릿속으로 훑어보았지만, 딱히 걸리는 건 없었다. 캣맘 앞에서는 특별한 배역을 맡은 적이 없었다. 아엽이 안도하는 동안 캣맘의 이야기는 이어졌다.

"우리 복자가 나갔을 때, 저도 아엽 씨처럼 그랬어요."

"복자요?"

캣맘이 키우던 복자는 6년 전 집을 나갔다고 했다. 복자는 회색 숏헤어로 눈은 에메랄드빛이었단다. 단어 몇 가지만으로도 아엽의 머릿속에 귀하고 아름다운 복자의 외형이 그려졌다. 어느 날, 복자는 방충망을 뜯고 집을 나가 버렸다. 캣맘은 복자를 찾으러 다니다가 굶고 있는 길냥이들을 보게 되었다. 누구든 그때 길냥이 몰골을 봤더라면 그냥 지나칠 수 없었을 거라며 동의를 구했지만, 아엽의 생각은 달랐다. 그 고양이는 치니가 아니니까 지나쳤을 것이다. 치니가 사라진 지금도 캣맘처럼 집 앞에 사료 그릇을 놓을 생각은 없었다. 캣맘이 보기에 이런 자신이 이기적이고 편협한 인간일지라도 어쩔 수 없었다.

캣맘의 이야기는 조금 더 이어졌다. 길냥이들에게 밥을 주며 생긴 동네 주민들과의 마찰을 이야기하면서는 언성을 높이기도 했다. 사료를 주는 데 반발해서 고춧가루나 약을 타는 주민도 있었고 경찰에 신고한 주민도 있었다. 지금이야 암묵적으로 동의하는 분위기이지만 당시에는 많이도 싸웠단다. 캣맘의 목소리에는 분노가 배어 있었고 아엽은 처음 만났을 때 캣맘이 보였던 적의가 떠올랐다. 고양이들을 살피다 보면 인간을 긍정하기 힘들지도 모르겠다. 어느새 이야기의 주제는 주변에 사는 고양이 학대범으로 흘렀고 아엽은 너무 많은 정보를 듣느라 조금 피곤해져 있었다. 날아다니는 날파리들이 보이기 시작했고 맨다리와 팔이 간지러웠다. 들키지 않게 작은 동작으로 가려운 부위를 긁고 있는데 캣맘이 말했다.

"아엽 씨는 그런 생각 안 들어요? 치니가 왜 그랬을까."

아엽의 머릿속에 커다란 물음표가 떴다. 무슨 소리인지 이해가 되지 않아서 멀뚱히 허공을 바라보고 있는데 캣맘 목소리가 다시 들렸다.

"저는 그 생각이 제일 힘들더라고요. 우리 복자가 왜 나갔지?"

아엽의 귀에 이 목소리는 날카롭게 꽂혔고 뇌 언저리가 흔들리는 괴이한 감각이 전해졌다. 더듬더듬 낯선 단어들을 해석하는 데 얼마간의 시간이 필요했다. 그러니까, 캣맘은 치니가 의도적으로 나갔다고 말하는 건가? 도둑이 들어서 도망을 친 게 아니라, 나가고 싶어서 나갔다는 말을 지금 하고 있는 건가? 그전까지는 상상할 수도 없던 가능성에 현기증이 느껴져서 혀뿌리에 힘을 줬다. 아엽에게 더없이 잔인한 말을 내뱉은 캣맘은 아엽의 마음은 까맣게 모른 채 온화하게 미소 짓고 있었다. 아엽은 못 들은 것으로 하고 싶었다. 치니가 의도적으로 자신을 버렸다는 사실만큼은 부정하고 싶었다. 하지만 바람과 달리, 머릿속에 새로이 박힌 가능성은 빠르게 뿌리를 내렸다.

그날 밤, 아엽은 잠들지 못했다. 가능성은 어느새 사실이 되었다. 치니가 왜 그랬을까? 치니가 왜 날 버렸을까? 그전에는 치니를 찾아야 한다고만 생각했지, 자신이 버림받았다는 생각은 하지 못했다. 하지만 의도에 대해 생각해 보니 실종보다 가출이 더 말이 되게 느껴졌다. 보름이 지나도록 돌아오지 않는 것을 보면, 매일 외치고 뒤졌지만 찾지 못한 것을 보면, 치니가 의도적으로 숨은 것이 분명하다. 다른 고양이랑 잘 놀다가 아엽의 냄새가 나면 후다닥 숨어 버리는 치니가 눈앞에 그려졌다. 왜? 대체 왜? 어리광부리듯이 질문하고는 있지만 아엽은 그 답을 이미 알고 있었다. 누구든 자신을 버리니까. 엄마도 자신을 버렸으니까. 아빠나 할머니에게 이야기한 적은 없지만 아엽은 엄마가 집을 나간 이유를 알고 있었다.

"이럼 못 쓰는데."

어떤 물건을 대상으로 했는지는 기억나지 않지만, 엄마 입 밖으로 나왔던 그 말은 분명 기억이 난다. 그 말을 하며 잔뜩 찌푸렸던 엄마의 미간도. 며칠 후, 엄마는 모습을 감추었고 아엽은 엄마의 마지막 목소리를 속으로 듣고 또 들었다. 엄마가 그렇게 말할 때 거기에는 엄마와 아엽, 둘뿐이었으므로 아엽은 그 못 쓰게 된 대상이 자신이라고 생각할 수밖에 없었다.

아엽이 기억하는 엄마는 갑갑할 정도로 단정한 사람이었다. 집에 있을 때도 흐트러짐 없이 꼿꼿했다. 그와 반대로 아빠와 할머니는 주변에 누가 있건 없건 방귀를 뀌거나 트림을 해 댔고 뭔가를 먹을 때면 손가락을 쪽쪽 빨았다. 엄마가 아빠와 할머니 면전에 대고 뭐라고 한 적은 없지만, 하던 일을 멈추거나 작게 인상을 쓰는 등으로 그 불편을 드러냈다. 아엽은 엄마의 그런 반응을 알아챘고 덩달아 아빠와 할머니의 행동을 불편해하게 되었다. 그러자니 자신의 생리현상도 부끄러워하게 되었는데, 억지로 참는 것은 어린아이에게 꽤 힘든 일이었다. 하지만 아엽은 해냈다. 방귀를 참고 트림을 참으며 엄마를 닮은 단정한 사람이 되기 위해 노력했다. 말투와 동작을 흉내 내기 위해 엄마를 자주 훔쳐보기도 했는데, 엄마는 종종 허공에 시선을 둔 채 한참을 있었다. 그럴 때마다 아엽은 엄마가 멀리 가 버린 것만 같아 덜컥 겁이 났다. 절박하게 엄마의 텅 빈 눈에 매달리고 있으면 어느 순간 돌아온 엄마는 아엽의 시선을 피하듯 차갑게 고개를 돌려 버렸다. 엄마가 돌아왔다는 걸 기뻐할 겨를도 없이 아엽은 슬퍼졌다. 그 몸짓에서 엄마가 자신을 싫어한다는 느낌을 받았기 때문이다.

학교에서 새로운 배역을 맡는 놀이에 빠진 건 그때부터였다. 선생님에게도 아엽은 새로운 누군가가 되려고 했기 때문에, 엄마는 학교로 불려 갔다. 교과서에 사우디에서 보낸 아빠의 편지가 실렸었는데 그걸 보고 선생님에게 자신의 아빠도 사우디에 있다고 했던 것이다. 당시 아빠는 집에서 놀고 있었다. 선생님은 엄마에게 일러바쳤을 것이고 엄마도 아엽이 거짓말쟁이임을 알게 되었을 것이다. 운동장에서 면담 중인 엄마를 기다리면서 아엽은 그전까지는 무서워서 못 올라가던 제일 높은 구름다리에 올라갔다. 거기서 떨어져 죽어 버리고 싶었다. 하지만 죽지 못했고 살아서 엄마와 함께 교문을 통과하여 집으로 갔다. 집에 도착할 때까지 엄마는 한마디도 하지 않았다. 아엽은 그 침묵을 실망으로 해석했다. 나이가 들면서는 혐오라고 해석했다. 엄마는 자신을 혐오했다.

아엽은 이 모든 이야기를 치니에게 했었다. 아직 새끼였던 치니의 청회색 눈을 보다가 갑자기 엄마 얘기가 튀어나왔다.

"내가 그렇게나 싫었을까? 집을 나갈 만큼?"

치니가 사람의 언어로 답해 주기를 바라고 물은 게 아니었다. 그 문장이 속에서부터 차올랐고 성대를 울리며 밖으로 나왔다. 정신이 나간 것은 아니었기에 머릿속 한쪽에서는 내가이걸 고양이한테 왜 묻지? 생각하고 있었다. 그런데 바로 그때, 치니가 우엥 작은 이를 드러내며 소리를 내 주었다. 목적도 이유도 없는 헛말에 치니가 대답을 해 준 것이다. 그러니까 그것은 대화였다. 치니를 향한 아엽의 고해성사는 그때부터 시작되었다. 자신이 판단하는 잘못과 억울한 것들을 분리해서 차곡차곡 들려주었다. 치니의 작은 뇌에는 담길 수 없을 만큼 많은 이야기가 아엽의 입 밖으로 나갔다. 그 모든 것을 듣고도 치니는 실망하거나 비난하지 않고 옆에 있어 주었다. 위로하듯 그릉그릉 진동을 만들거나, 우엥 소리 내어 답해 주었다. 그런 시간을 보낸 후에 아엽은 자신의 인생을 걸고 두 가지를 결심했다. '더 이상은 거짓말을 하지 말자.'와 '치니를 평생 지키자.'가 그것이었다.

그랬는데, 그랬었는데 도대체 왜? 치니에게는 거짓말을 한 적이 없었다. 그건 엄마에게도 마찬가지였다. 그런데 둘 다 떠났다. 이제는 절대 치니를 찾지 말아야지, 아엽은 화가 난 채 결심했다. 처음으로 치니가 미웠다. 미움을 높이 쌓고 단단히 다지고 싶었다. 하지만 자꾸 무너졌다. 떠오르는 것들은 치니의 그릉그릉 하는 소리와 섬세한 눈빛과 촘촘한 이빨 등이었다. 그래서 미움을 지속할 수가 없었다. 이리저리 몸을 뒤척이며 골몰하던 아엽은 새벽 푸르스름한 빛이 거실로 새어 들 즈음에야 타협안을 만들어 냈다. 여기서 포기한다면 치니가 어딘가에서 아엽을 기다리고 있을 경우, 돌이킬 수 없는 죄를 짓게 된다. 그러니, 우선 치니를 찾고 그다음에 치니에게 물어보자. 진짜 자신이 싫어서 떠난 것인지 우발적으로 도망친 것인지. 만약 집에 와서도 다시 나가려고 한다면 그때 보내 주자. 그래, 그러자. 아엽은 우울한 기분으로 다시 힘주어 결심했다.

6

센터에 가는 날이어서 아엽은 오랜만에 거울을 들여다봤다. 다크서클이 짙고 얼굴이 푸석했다. 잠깐 선크림이라도 바를까 고민했으나, 땀으로 끈적일 피부를 생각하니 불쾌해서 생략하기로 했다. 새벽에 새로운 것들을 이해하고 떠나보내며 나름 바빴던 것 같은데, 실상은 달라진 것이 없다. 치니를 찾아야 한다는 결론에는 변함이 없기 때문이다. 아엽은 모자를 푹 눌러쓰고 나와서 야외 베란다를 꼼꼼하게 살펴본 후 정류장으로 향했다.

센터 로비에 도착해서 노트북을 열고 취업 활동을 증명하라는 메일을 확인했다. 상담사에게 받았던 취업 활동 가이드

북도 꺼내서 살펴 보았다. 집에 있을 때는 챙길 생각조차 하지 못했다. 면접을 보러 간 곳에서 명함만 받아 와서 제출하면 되는데, 면접을 본 곳이 없다. 고민하고 있을 때 병선이 앞에 와서 앉았다.

"고양이는 아직인가요?"

그새 머리색이 바뀌었다. 염색약이 빠지고 뿌리가 자라나면서 전체적으로 회색빛에 가까워졌다. 원래 그런 머리카락 색으로 태어난 듯 병선에게 어울렸다. 치니가 사라진 주에는 결석할 수밖에 없었는데 후에 병선은 몇 번이나 전화를 걸어 사정을 물었다. 처음에는 결석에 대한 해명을 요구한다고 생각했지만, 그게 아니었다. 병선은 진심으로 아엽을 걱정하는 듯했다. 왜 이렇게 잘해 주지? 아엽은 병선의 친절이 께름칙했다. 맹목적인 관심의 끝에는 실망이나 분노가 도사리고 있다는 것을 잘 알기에 영 석연치가 않았다.

아엽의 오해는 지난주 개인 수업에서 풀렸다. 병선은 아엽에게 관심이 있는 것이 아니라, 반려동물을 잃어버린 처지에 공감한 것이었다. 편집 소스로 이용하는 병선의 영화, 「요크셔테리어」는 중학생 소년이 잃어버린 개를 찾으러 다니는 내용이었다. 미러볼이 갑자기 등장하는 장면은 이해하기 어려웠으나, 그 외의 분위기는 꽤 마음에 들었다. 병선은 「요크셔테리어」가 실제 경험을 바탕으로 만든 영화라고 했다. 중학생 때

111

잃어버린 개 때문에 아직도 꿈을 꾼단다. 영화를 만들게 된 이유도, 지금처럼 살고 있는 이유도 전부 개를 잃어버린 것 때문이라고도 했다. 잃어버린 개가 테마가 되어 준 거라고. 아엽은 병선처럼 거리를 두고 자신의 상황을 볼 수가 없었다. 이 상황이 자신의 인생에서 어떤 의미인지를 정의 내릴 수도 없었다. 치니가 사라졌는데, 어리둥절한 채로 시간만 흐르고 있었다.

병선이 배낭을 주섬주섬 뒤지다가 머그컵 사이즈의 작은 박스를 꺼냈다. 아엽은 이게 뭔가 싶어서 물었다.

"저 주시는 건가요?"

병선은 의기양양한 표정으로 끄덕, 고갯짓을 했다. 아엽은 긴장된 표정으로 박스를 열었다. 사과 정도 크기의 미러볼이 모습을 드러냈다.

"좋아하시는 거 같아서요. 촬영한다고 사 둔 게 있었거든요."

미러볼 영상을 보고 있던 걸 기억하는 듯했다. 아엽은 고맙다고 받아야 할지 괜찮다고 거절해야 할지 결정을 내리지 못한 채, 멀뚱히 미러볼을 내려다보고만 있었다. 작은 거울 조각을 촘촘하게 이어 붙인 미러볼에 아엽의 눈이 비춰 보였다. 수십 개의 거울 조각을 볼 때 수십 개의 눈동자가 자신을 바라보고, 눈을 감을 때 다시 수십 개의 눈동자가 사라지는 걸 멍하니 응시하다가 불쑥 말이 나갔다.

"영화에 미러볼은 왜 등장한 거예요?"

"오호. 공격인가요? 후지다, 이건가?"

아엽은 놀라서 미러볼에서 시선을 거둬 병선을 보았다.

"아니요, 전혀. 진짜 궁금해서요."

"영화적 상징인데 왜 나오냐는 질문을 한다는 건, 기능을 못했다는 거죠."

병선의 눈썹과 입꼬리가 아래로 축 처졌다. 작품을 공격할 의도가 전혀 없었던 아엽은 당황해서 말을 붙였다.

"아는 사람 집에도 미러볼이 있거든요. 그게, 이유가 있나, 궁금해서……."

말을 끝맺지도 못하고 아엽이 횡설수설하는 동안 병선은 뭔가를 곰곰이 생각하는 듯했다. 얼마나 깊이 빠졌던지, 아엽의 취업 활동 가이드북 표지 끝을 잘게 뜯어내면서도 의식하지 못하는 것 같았다. 잠시 후 병선이 입을 열었다.

"그 사람 이유까지는 모르겠고요."

병선은 가이드북의 표지를 계속해서 뜯으며 말했다.

"저 같은 경우에는 의지가 되더라고요. 빙글빙글 도는 게요. 맨정신으로는 도저히 무리일 때가 있잖아요. 그럴 때 의지가 됐어요."

"미러볼이요?"

"네. 술보다 낫죠. 숙취도 없고."

말하고서야 자신이 아엽의 가이드북을 훼손시켰다는 것을 깨닫게 된 듯했다.

"악! 미쳤나 봐. 말리지 그랬어요."

"괜찮아요. 센터에서 받은 건데요, 뭐."

병선은 뜯어낸 종잇조각들을 아무렇게나 테이블 아래로 쓸어 버린 후, 가이드북을 아엽 쪽으로 밀어 주며 물었다.

"회사 알아보시는 거예요?"

아엽은 병선의 말을 곱씹어 보느라 하마터면 질문을 놓칠 뻔했다.

"네?"

"회사 알아보냐고요."

"아니요. 취업 활동 증명 때문에요. 뭐, 비슷하겠네요."

병선은 수업 시간이 되어 먼저 일어섰다. 그 뒷모습을 멀뚱히 바라보며 아엽은 생각했다. 맨정신으로는 도저히 무리일 정도의 힘든 시간이 저 사람에게도 있었구나. 뭐가 그렇게나 힘들었을까? 그런데 이렇게 궁금해하는 거 좀 위험하지 않나? 이러다 또 거짓말하고 망치고 그러지 않을까? 아엽은 병선이 사라진 쪽을 한참 동안 멍하니 바라보았다.

개인 수업과 편집 수업을 모두 마친 아엽은 백팩을 정리한 후 일어섰다. 화이트보드 앞에 앉은 병선에게 인사를 하려는

데, 병선이 기다리라는 눈짓을 보냈다. 남은 학생들이 나가는
동안 아엽은 어정쩡하게 자리에 다시 앉았다. 마지막 학생이
컴퓨터실 문밖으로 나가자, 쪼르르 병선이 아엽에게 달려왔다.

"면접 땄어요. 언제 볼래요?"

아엽이 눈을 동그랗게 떴더니, 병선은 아는 언니가 일하는
곳에서 딱 아엽 씨 정도의 경력자를 구했는데 쉬는 시간에 연
락했더니 면접을 보자고 했단다. 아엽은 구체적인 취업 계획
은 없었지만, 면접 증빙은 필요하고 다른 수를 부리느니 진짜
면접을 보는 게 나을 것 같다는 판단이 섰다. 아엽이 긍정의
고갯짓을 해 보이자 병선은 어딘가로 전화를 걸었다.

"나야. 아까 면접, 날짜 잡자고."

몇 마디를 주고받던 병선은 아엽에게 가능한 날짜 몇 개를
물었다. 이상하게 몰린 기분이 되어 버린 아엽은 제일 먼 날짜
를 골랐다. 다음 주 금요일이었다. 전화를 끊은 병선은 자신도
함께 가 주겠다고 했다. 아엽은 고맙다고 인사를 한 후에, 까
먹지 않도록 핸드폰 스케줄러에 면접 날을 기입했다.

센터를 나와서 버스 정류장으로 가는데 미옥에게 문자가
왔다. 길거리에 멈춰 서서 핸드폰을 들여다보았으나, 강렬한
햇빛 때문에 단어가 눈에 들어오지 않았다. 바로 앞에 있는 편
의점에 들어가서야 내용을 확인할 수 있었다.

곽아엽, 이럴래?

미옥은 단단히 화가 나 있었는데 단체전 이후로 아엽이 연락을 하지 않았기 때문인 듯했다. 집에 들어가면 밖으로 나오기가 힘드니까 미옥을 보고 들어가는 게 좋겠다는 생각이 들었다. 전화를 걸었더니 다행히 바로 받았다. 아엽이 지금 만나자고 했더니 미옥은 잠시 뜸을 들이다가 작업실로 오라고 했다. 그 잠깐의 침묵이 거슬렸지만, 아엽은 자신의 편의대로 시간을 잡은 것이기에 신경 쓰지 않으려고 했다.

*

미옥의 작업실 에어컨은 여전히 성능이 좋았다. 백 호짜리 그림들이 모두 빠지자 공간은 더 넓어진 것처럼 보였다. 소파에 백팩을 두고 앉았더니 급작스러운 온도 차로 두피가 근질거렸다. 아엽은 모자를 벗고 빠르게 머리칼을 쓸어 넘기며 긁은 후에 다시 썼다. 미옥은 평소처럼 완벽한 화장을 한 상태여서 모자까지 벗으면 자신만 나체인 기분이 들 것 같았다.

"설명해 봐."

미옥은 라임 에이드 두 잔을 테이블에 올리며 말했다. 생각했던 것보다 표정이 부드러웠기 때문에 아엽은 마음이 좀 놓였다.

"바빴어, 진짜로."

"그니까 뭐가 바빴냐고."

아엽은 어디서부터 설명해야 할지를 머릿속에 그려 보았다. 그동안 미옥은 빨대로 쉬지 않고 라임 에이드를 빙빙 저었는데 그게 재촉으로 느껴져서 두서없이 문장을 뱉어 냈다.

"치니를 잃어버렸어. 도둑이 든 거 같은데, 그때 없어졌어."

말한 후에야, 자신이 미옥에게 치니의 이름을 말했던 적이 있는지를 더듬어 봤다. 둘 사이 대화 주제는 언제나 미옥의 현재였다. 미옥의 작품, 미옥의 성과, 미옥의 전시, 미옥의 친구. 아엽은 주로 그 말을 듣는 쪽이었기 때문에 자신의 이야기를 제대로 했던 기억이 없다. 아엽의 말이 끊어지니, 미옥은 빤히 아엽을 보다가 한숨을 폭 내쉬었다. 그게 꼭 할 말이 목구멍까지 찼지만 참는다는 뜻으로 보여서 아엽이 다급하게 말을 붙였다.

"치니라고, 키우던 고양이. 내가 얘기 안 했었나?"

"너, 선우 오빠한테는 왜 그랬던 거야?"

순간, 아엽의 눈꺼풀은 깜빡거리는 것도 잊은 채 고정되었다. 자신의 전부인 치니의 실종이 이렇게 간단하게 무시될 수 있다는 사실에 고요히 충격을 받았고, 미옥이 내뱉은 이름에 신경이 곤두섰다. 거짓말을 들켰을 때처럼 목덜미로 피가 쏠리는 게 느껴졌다. 눈이 시려서 깊게 눈꺼풀을 닫으며 추측해 보았다. 미옥이 누구를 만나서 무슨 이야기를 들은 걸까?

"혜영 언니가 엄청 속상해하더라."

그렇구나. 선우를 대신해서 단칼에 아엽의 목을 친 혜영과 도 친분이 있구나. 둘이 원래 그렇게 친했나? 엠엠에 들어간다 고 했을 때 미옥은 분명 그들 부부를 못 미더워했다.

"단체전 때, 봉상용 화백님이랑 같이 왔더라고."

맙소사, 화백님이라니. 그제야 아엽은 상황이 파악되었다. 엠엠에 입사하려던 자신에게 경고했던 미옥이 왜 갑자기 부부 의 편에 섰는지. 미옥을 신뢰할 수 없게 된 아엽은 입술을 지 그시 깨물었다. 미옥은 아엽의 침묵을 반성의 기미로 파악했 는지 듣기 싫은 정보를 줄줄이 쏟아 냈다. 다행히 문화재단 영 상은 잘 마무리되어 어디 디자인 금상도 받았고, 그 덕에 화백 님 면이 섰고 선우도 혜영 언니도 마음이 풀렸단다. 그러다 마 지막으로 대뜸 이렇게 말했다.

"니가 사과해, 그게 맞아."

너그러운 재판관처럼. 아엽은 이제 손끝 발끝이 차가워지고 있었다. 감정이 격해지면 가끔 이러는데 얼굴이 저릿해지면서 정신은 또렷해진다. 아엽은 눈을 치켜떠 미옥을 보았다. 미옥 은 에이드 속의 라임을 건져 먹느라 아엽을 보지 않고 말했다.

"내가 자리 만들어 줘?"

"그렇게까지 해 주려고? 수고스럽게?"

그제야 시선을 든 미옥은 아엽의 바뀐 기운에 어리둥절한 표정이다.

"뭐야, 너?"

당황한 미옥을 보자 의도하지 않았음에도 숨구멍이 열리듯 웃음이 새어 나왔다. 미옥의 눈매가 험악해졌다.

"지금 웃은 거야?

"너는 그럼 안 되는 거 아냐? 걔들이 뭐라든 내 얘기를 들어 야지."

아엽의 목소리가 떨렸다. 떨림 끝에 뱉은 마지막 말은 스스로도 예상치 못한 것이었다.

"못 쓰겠다, 너."

그것은 엄마의 말이었다. 아엽은 자신의 존재를 의심할 때마다 그 말을 떠올렸다. 그 말을 실제 입 밖으로 내뱉기는 처음이었다. 당황한 아엽은 입을 벌린 채 미옥을 보았는데, 그 의미가 전달되었는지 미옥은 눈을 부라리며 아엽을 쏘아보고 있었다. 이제부터는 버티기라는 걸 잘 알지만, 시선을 내리거나 눈꺼풀을 깜빡이는 쪽이 지는 것임을 잘 알지만, 아엽은 버틸 수가 없었다. 미옥의 커다란 동공에 비친 자신을 견딜 수 없었다. 미옥에게 난데없는 욕을 해 버린 스스로가 실망스러워서 스르륵 눈꺼풀이 내려갔다. 닫히는 눈꺼풀 너머로 미옥의 미소를 본 것도 같았다.

　신입생 시절, 미옥은 긴 앞머리로 얼굴의 반 이상을 가리고
다녔지만 단연 눈에 띄었다. 아름다움이라는 것은 추함과 비
슷해서, 가린다고 가려지지 않았다. 아엽은 미옥이 앞머리를
기르는 것이 헛수고임을 알아보았고 이를 안쓰럽게 여겼다.
12년 동안 줄곧 아엽의 무기는 평범함이었다. 평범한 외모와
성적 뒤에 숨었기 때문에 친구들과 관계가 망가져도 새 학기
리셋 쿠폰을 발급받을 수 있었다. 모든 것이 새로울 수 없었다
면 아엽은 버티지 못했을 것이다. 하지만 미옥 같은 애들은 사
정이 달랐다. 저런 특별한 외모의 아이들은 같은 반이 아니라
도 모두가 알았고 결과적으로 초중고를 비슷한 감시 안에서
보낼 수밖에 없다. 미옥의 긴 앞머리는 그 불쌍한 애들의 사정
을 설명해 주는 것만 같았다.

　멀리서 바라보기만 하던 아엽에게 먼저 다가온 것은 미옥
이었다. 같이 점심을 먹자고 했고 같이 수업을 듣자고 했다.
둘은 죽이 잘 맞았다. 마침내 미옥이 같이 기숙사를 나가자고
제안했을 때는 부담스러운 마음도 있었으나, 고민 끝에 승낙
했다. 미옥의 자취 계획에는 아엽과 함께 세정도 포함되었다.
세정은 동양화과였는데 미옥과는 고등학교 친구라고 했다. 세
정도 기숙사에 살고 있었고, 아엽과는 미옥 덕분에 안면만 튼

사이였다.

정문 앞 넓은 빌라로 이사하던 날, 세정의 아이디어로 세숫대야에 소주와 과일주스를 부어서 퍼마시는 기행을 벌이면서도 아엽은 방이 생겼다는 사실이 마냥 좋았다. 처음 몇 달간은 장점만 느껴졌다. 먼저는 기숙사 소등 시간이 없다는 게 좋았다. 방장이었던 국문과 언니에게 지적을 받지 않는 것도, 세탁하기 위해서 오백 원짜리를 준비해 두지 않아도 된다는 것도, 샤워실을 이용할 때 찜찜함 때문에 손가락을 세워 물을 틀지 않아도 된다는 것도 모두, 좋은 것투성이였다.

하지만 그다음 학기에 세정과 미옥이 나란히 휴학을 하고, 두 사람이 함께 지내는 시간이 늘면서 문제가 시작되었다. 원인은 냄새였다. 세정은 미옥의 유화 냄새가 견딜 수 없었고 미옥은 세정의 먹 냄새가 견딜 수 없었다. 서로가 생각하는 역한 냄새의 기준은 달랐고 그건 절대 희석되지 않을 것만 같았다. 둘 중 한 명이 얼굴을 찡그리며 아엽에게 무슨 냄새 안 나? 하고 물어보면 아엽은 입을 꾹 다문 채 곧 벌어질 싸움에 대비해야 했다. 당시 아엽은 학교에 다니고 있었기 때문에 미옥과 세정이 둘만 있을 때 어떤 시간을 보내는지는 알지 못했다.

어느 날, 아엽이 집에 돌아오니 둘은 욕실 앞에서 소리를 지르고 있었다. 악을 쓰며 서로 말꼬리를 잡느라 아엽이 온 것도 모르는 것 같았다. 미친 사람처럼 내지르는 이야기들을 조합하며 상황을 그려 보니, 세정이 세탁기를 돌렸는데 미옥의 앞치마가 들어 있어서 옷이 망가진 것 같았다. 하지만 조금 지나자 싸움의 주제는 바뀌었다. 어젯밤의 술자리에서 비롯한 이야기인 듯했다. 어떻게 그쪽으로 번졌는지 아엽은 따라갈 수도 없었다.

"니가 그 오빠 앞에서 쪽 줬잖아."

"그걸 왜 나한테 뭐래, 난 관심도 없거든?"

문맥상 그 오빠라는 사람이 세정이 공들이던 선배라는 것 정도는 파악이 가능했지만, 도대체 무엇이 둘을 이토록 광인으로 만들고 있는지 아엽으로서는 알 수가 없었다. 세정과 미옥은 소리 지르기를 멈춘 후에는 서로를 노려보며 욕실 앞에 서 있기만 했는데, 그 풍경은 기괴할 정도로 오래 지속되었다. 다음 날 미옥이 어딘가로 나가고 없을 때 세정은 짐을 쌌다. 아엽은 이유를 모르는 채로 세정이 짐을 싸는 걸 거들었다.

그 후, 아엽은 미옥과 둘이서만 2년을 더 살았다. 세정과 함께 살 때는 세정만 빠지면 미옥과 더 즐겁게 지내게 될 줄 알았는데 그게 아니었다. 미옥은 미술관 전시 아르바이트를 하며 새로운 사람들과 어울리기 시작했지만, 밖에서 겪는 일들을 아엽과 공유하지 않았다. 미옥이 복학을 하고서도 사정은 마찬가지였다. 긴 침묵이 집 안에 내려앉았다. 학관에 들렀다가 미옥이 세정과 웃으면서 밥을 먹고 있는 걸 봤을 때, 아엽은 못 본 척 자리를 떴다. 둘이 화해했다는 사실에 왜 배신감을 느끼는지 자신도 이해할 수 없었다.

그즈음 빌라 주인이 아엽에게 월세를 올려 달라고 했고 아엽은 미옥을 기다리며 월세 이야기만 할지, 세정과 함께 있는 걸 봤다는 이야기도 할지를 저울질했다. 다행히 귀가한 미옥은 기분이 좋아 보였고 아엽은 애매모호한 마음의 문제 같은 것은 말하지 않기로 결심했다. 최대한 밝게 월세 이야기만을 꺼냈다.

"주인 아줌마가 월세 올려 달래."

"얼마나?"

"10만 원. 어쩌냐, 우리?"

아엽은 거의 필사적으로 미소 짓고 있었다. 하지만 미옥은 곧바로 방을 빼자고 했고 아엽은 그 결정을 물리고 싶었다. 10만 원을 더 올려도 빌라는 꽤 저렴한 편이었기 때문이다. 미옥이 이상한 표정으로 아엽을 빤히 보다가 말했다.

"나랑 여기서 더 살고 싶어?"

그 말은 무척 공격적이어서 미옥이 이 공간이 아니라 자신과 더 살고 싶지 않다는 걸 충분히 깨달을 수 있었다. 아엽은 그래도 우리 3년 동안 잘 살지 않았냐고 항변하고 싶었다. 그 마음을 자르듯이 미옥이 말했다.

"아엽아, 집은 쉬라고 있는 곳이잖아. 난 쉬고 싶어. 더 이상은 무리야."

니가 뭘 했길래? 이제껏 자신이 얼마나 미옥을 배려해 왔는데, 억울함이 몰려 왔다. 그리고 동시에 거짓말이 들킨 건가, 라는 불안이 일었다. 어떻게 알았지? 엄마가 안 죽고 도망간 걸 어떻게 알았지? 뭐라고 잡아떼지? 이렇게 서로 다른 강렬한 욕망이 동시에 솟구쳐서 결과적으로 아엽은 입만 벌린 채 멍하니 있었다. 미옥이 다시 말했다.

"너도 싫잖아. 아니야?"

"그런 거 아닌데?"

진심이었다. 싫어서가 아니었다. 아엽은 가까스로 말을 이었다.

"나는 너를 배려한 건데?"

그 말에, 미옥이 미안해서 어쩌냐는 표정으로 말했다.

"아엽아, 그거 배려 아니야. 무시야."

아엽의 귀를 통과한 그 말은 꿀떡 삼키는 침과 함께 목구멍을 타고 내려가 심장 언저리에 단단하게 자리 잡았다. 3년 동안 제일 근거리에서 자신을 관찰한 사람이 내린 판결이었으므로 권위가 있었다. 거대한 존재가 아엽의 인생을 훑어보고 그렇게 정해 버린 것도 같았다. 거짓말쟁이였던 아엽은 그렇게 무시쟁이가 되어 버렸다.

그때부터 지금까지 줄곧, 둘의 싸움은 언제나 그런 식이었다. 미옥이 친절하게 아엽의 문제점을 지적해 주고 마무리하는 방식. 미옥의 지적에 매번 아엽은 침묵으로 긍정하고 마지못해 납득했지만, 이번에는 그러고 싶지가 않았다. 내가 잘못한 거라고? 선우 부부와 만날 자리를 만들어 준다고? 사과하라고? 너무 억울한데, 침묵과 회피만 반복해 온 아엽은 그걸 말하는 방법을 배운 적이 없었다.

미옥의 작업실을 나온 아엽은 지하철 승강장 벤치에 앉아 잠시 호흡을 골랐다. 얼굴에서 흘러내린 땀방울이 톡, 허벅지에 떨어졌다. 축축한 손바닥으로 허벅지를 쓸어내린 후에 아엽은 벤치 끝을 움켜잡았다. 딱딱한 플라스틱의 감촉이 손끝으로 전해졌다. 따뜻하고 보드라운, 살아 있는 것을 만지고 싶다. 간절하게 치니의 등을, 머리통을, 엉덩이를 만지고 싶다. 아엽은 손가락 끝이 하얘지도록 손에 힘을 주었다.

7

아엽은 교복을 입은 채 산길을 걷고 있다. 불안하고 무섭다. 뭘 피해서 여기까지 온 건지는 모르겠지만 교복을 입고 있다는 것 자체가 싫다. 등 뒤에 끔찍한 것들이 도사리고 있을 것만 같아서 아엽은 거친 흙을 밟으며 앞으로 앞으로 나아간다. 눈앞에는 엉겅퀴와 나뭇가지들이 빼곡해 진로를 방해하지만, 맨손으로 밀어낸다. 어느 정도 걷다 보니 저 앞에서 부스럭부스럭 소리가 난다. 그리고 그때, 이상한 기시감이 느껴진다. 전에도 와 본 적이 있다. 여기가 어디지? 생각이 채 끝나기도 전에 덤불 속에서 노랑 고양이가 얼굴을 내민다. 어? 너는? 곧장 아엽은 산책로의 노랑 고양이임을 알아보지만, 신기하게 노랑 고양이는 사람의 모습이다. 꽤 예쁘잖아? 노랑 고양이와 눈이

마주친 아엽은 그렇게 생각한다. 곱고 아름다운 노랑 고양이
는 우아하게 아엽을 향해 걸어온다. 아엽도 반가운 마음에 어
떻게 인사를 건넬지 속으로 준비하고 있다. 그런데 노랑 고양
이는 아엽에게 곧장 다가오지 않고 아엽의 주변으로 원을 그
리며 천천히 걷는다. 아엽은 노랑 고양이를 보기 위해 제자리
에 서서 빙글빙글 몸을 돌려야 한다. 어지럼이 느껴지려고 할
때 즈음, 옆 덤불에서 다시 부스럭부스럭 소리가 난다. 아엽은
새끼 고양이일 거라고 생각한다. 새끼 고양이는 어떤 모습일
까? 기대를 가득 안고 소리 나는 쪽을 돌아보는데, 드러나는
얼굴은 새끼 고양이가 아니다. 노랑 고양이처럼 사람의 모습
이지만, 분명하다.

"치니야."

말하는 아엽의 얼굴에는 눈물이 줄줄 흐른다. 그렇게 서서
울고만 있는데, 사람이 된 치니가 사람처럼 걸어와 아엽에게
말한다.

"아엽 누나, 저 이제 여기 살아요."

"왜? 그럼 나는?"

아엽의 눈물은 통곡으로 변한다. 치니는 의젓한 얼굴로 답
한다.

"저는 이 사람이랑 제 새끼들을 돌봐야 해요."

치니가 그렇게 말하자, 유치원복을 입은 고양이 아이들이

여기저기서 튀어나온다. 아엽은 정신없는 중에도 이것 하나는 분명하게 떠오른다.

"쟤들 니 애 아니야, 너 수술했잖아."

울면서도 아엽은 사실을 짚고 넘어가고 싶다. 치니는 이 놀라운 사실을 듣고도 괜찮다는 얼굴이다. 옆에서 재수 없게 노랑 고양이가 치니에게 팔짱을 끼며 말한다.

"우리 아기들이에요."

그러고는 온화한 표정으로 뛰노는 아이들을 둘러본다. 치니도 함께 아이들을 본다. 이 단란한 고양이 사람 가족을 바라보는 아엽은 너무나 서럽다. 치니가 살아 있다는 안도보다 노랑 고양이에게 붙어 자신을 배신한 분노가 더 크다. 그래서 엉엉 운다. 울면서도 아엽은 소리를 지르며 니가 어떻게 나한테 이럴 수가 있냐, 내가 너한테 얼마나 잘했는데, 추태를 부린다. 끈질기게 미소를 지으며 아엽을 바라보던 치니가 천천히 입을 연다. 가장 상처가 될 만한 말을 치니 입으로 들을 것 같아서 아엽은 손으로 귀를 틀어막는다.

아엽은 비명도 없이 꿈에서 깼다. 눈을 번쩍 떴더니 익숙한 천장 등이 보인다. 발밑에는 뜨끈한 바람이 느껴진다. 눈꺼풀을 깜빡이며 꿈을 복기해 보는데, 너무 또렷하다. 장면들이 하나하나 생생하게 떠오른다. 이렇게 선명한 꿈을 그전에는 꾼

적이 없다. 계시구나, 예지몽 같은 거구나. 이런 영적인 힌트를 받았는데 무시할 수는 없다.

아엽은 벌떡 일어나서 버켄스탁을 신고 밖으로 뛰어나갔다. 이미 해가 머리 꼭대기에 떠 있었다. 뒷산 산책로로 접어드니 맴맴 매미 소리가 시끄러웠다. 아엽은 쉬지 않고 곧장 산책로 중간까지 뛰어올랐다. 급식소 앞에서 급하게 멈춰 섰더니 온몸에 땀이 줄줄 흘렀다.

"치니야, 치니!"

바로 앞 덤불도, 그 너머 덤불도, 위도, 아래도. 아엽은 눈으로 이곳저곳을 뒤지며 치니를 불렀다. 머리 위의 매미들과 경쟁하듯 큰 소리로 몇 번을 불러 댄 후에, 아엽은 걸음을 옮겨 주변을 살폈다. 아무렇게나 잘린 그루터기 앞 데크에 급식소가 있었다. 오른쪽은 산을 끼고 이어진 덤불이었고 왼쪽은 거친 로프를 난간처럼 둘렀는데 그 너머는 가파른 경사였다. 수풀이 우거져서 깊이가 어느 정도일지 가늠이 안 된다. 아엽은 몇 계단을 올라가서 급식소 쪽을 내려다봤다. 노랑 고양이 가족이 보일 법도 한데 움직이는 생명체라고는 날파리들 뿐이었다.

허무해져 버린 아엽은 털썩 그루터기에 주저앉아 호흡을 골랐다. 시선이 낮아지면서 급식소 안이 보였는데, 작은 덩어리 같은 것이 있었다. 뭐지? 손을 넣어 만져 보니 물컹한 새끼 고양이다. 지난번에 봤던 노랑 고양이의 새끼들 중 하나인 것 같은데 뭐가 이상했다. 아엽은 새끼 고양이를 꺼내서 손바닥에 올리고 시선 높이로 들었다. 얼굴과 배 아래에 끈적한 물이 흐른 흔적이 보였다. 전체 털은 깨끗해서 흔적이 도드라졌다. 두 눈은 감겨 있는데 잠이 든 것일 수도 있다. 고양이는 온종일 자니까. 새끼는 더 많이 자니까. 자는 게 일이니까. 이상하게 조급해지는 마음을 누르며 아엽은 새끼 고양이의 심장 쪽을 뚫어져라 봤다. 움직임이 없다. 조금 더, 셋만 세어 보자. 하나, 둘, 셋. 역시 가슴팍의 움직임이 없다.

아엽의 심장박동이 갑자기 빨라졌다. 앞뒤를 생각할 겨를도 없이 왼 손바닥에 새끼 고양이를 올린 채 계단을 곧장 뛰어내렸다. 핸드폰과 지갑 등, 아무것도 없는 상태였기 때문에 집으로 들어가서 한 손으로 챙겨 나왔다. 한 순간도 멈추지 않고 골목까지 나가서 택시를 잡았는데, 그동안에도 새끼 고양이는 왼 손바닥에 모아 쥔 채였다. 작은 뼈를 으스러뜨릴까 봐 손가락 마디마다 얼마나 힘이 들어갔는지, 왼손은 바들바들 떨리고 있었다. 손바닥과 새끼 고양이의 접촉면이 축축한 것이 자신의 땀 때문인지, 새끼 고양이의 배설물 때문인지는 파악이 어려웠다. 어느 쪽이든 상관없다. 살릴 수 있을지도 모른다. 중요한 건 그 가능성이었다.

*

"살려 주세요. 숨을 안 쉬는 것 같아요."

동물병원 수의사 앞에 새끼 고양이를 올리며 빠르게 말을 붙였다. 조금 전에 발견했는데 숨을 쉬지 않는다고. 너무 빨리 내뱉은 감이 있어서 아엽은 한 번 더 말했다. 진료대에 새끼 고양이를 올려놓고 살피던 수의사가 천천히 입을 열었다.

"죽었네요. 얼마 안 됐지만."

"죽어요?"

"네. 죽었네요."

아엽은 자신의 눈빛으로 그 사실을 뒤집으려는 듯 수의사를 노려보았다. 수의사가 시선을 들어 아엽을 바라보자, 아엽은 눈을 어디다 두어야 할지 몰라 시선을 이리저리 피했다. 휘청거리던 시선이 결국 아래로 떨어졌다. 수의사는 조금 다정해진 톤으로 몇 시간 지나지는 않았지만 확실하게 생체 움직임이 멎었다고 했다. 하지만 수의사의 말은 아엽의 귀로 들어오지 않았다. 속에서 자꾸만, 살릴 수 있지 않을까요? 살아 있던 거니까, 되돌릴 수 있지 않을까요? 이런 질문들이 솟구쳐서 수의사의 목소리는 흩어지고 만다. 끈기 있게 이어지던 수의사의 설명은 갑작스럽게 끝났다.

"치워 드려요?"

분명 아엽은 그렇게 들었다. 새끼 고양이를 치워 준다고? 아엽은 여러 번 문장을 곱씹어 보고서야 그 뜻을 파악했다.

"아니요, 제가 데려갈게요."

수의사는 새하얀 배변판에 새끼고양이를 올려서 아엽에게 건넸다. 배변판 무게까지 더해졌을 텐데 받아 든 것의 무게가 거의 느껴지지 않았다. 아엽은 이상하다고 느끼면서 나가다가 그래도 계산은 해야겠기에 진료비를 물었다. 수의사는 건조한 투로 그냥 가시라고 했다.

집에 들어온 아엽은 새끼 고양이가 놓인 배변판을 안은 채 화장실 옆 벽에 쭈그리고 앉았다. 땀이 줄줄 흐르면서 배변판 위로 떨어졌다. 배변판 위에는 아엽의 땀 말고도 새끼 고양이 몸통 아래로 희미한 얼룩이 번져 있었다. 뭔가는 나오는구나. 날씨 때문에 부패는 빨리 진행될 것이다. 냉동시킬 방법도 생각해 보았으나, 잔혹한 느낌이 들어서 안 되겠다. 그럼 어쩌나? 아엽은 방법을 찾는 동시에 내부에 단단히 버티고 있는 저항감을 느꼈다. 새끼 고양이가 죽었다는 간단한 사실을, 믿을 수가 없었다.

돌아가신 할머니는 아엽에게 모든 것을 하느님의 뜻으로 여기도록 가르쳤다. 그럴 때마다 아엽은 할머니에게 곧잘 따져 묻곤 했다. 할머니가 봤어? 할머니가 들었어? 할머니는 봤다고 들었다고 받아쳤지만 아엽은 속으로 할머니가 거짓말을 하는 거라고 생각했다. 본 적도 들은 적도 없으면서 우기는 거라고. 지금까지도 아엽은 하느님의 얼굴을 본 적이 없고 목소리를 들은 적도 없다. 그래서 그 존재를 믿을 수 없다. 눈앞에 새끼 고양이의 작은 몸통이 있기에, 얘가 다른 어딘가로 갔다고 생각할 수 없는 것처럼. 새끼 고양이는 여기에 있다. 그런데 대체 어디로 갔다는 거지? 하느님을 봤던 할머니는 어디로 갔지?

쭈그리고 앉은 채 새끼 고양이를 들여다보고 있었더니, 현관 그림자가 길어지며 아엽의 발아래에 도착했다. 더 어두워지면 뭔가를 하기 어려워질 거다. 이제는 시작해야 한다. 아엽은 자신에게 지시를 내리고 나서야 손에 든 배변판을 바닥에 내렸다. 수의사에게 받아 든 후 처음으로 새끼 고양이가 아엽의 손을 떠났다.

아엽은 일어서서 박스를 찾기 시작했다. 머그컵 사이즈면 적당할 것 같은데 뒤져 보니 병선이 선물해 주었던 미러볼 박스가 사이즈도 맞고 깨끗해 보였다. 박스에서 미러볼을 꺼내니, 그 아래에는 소형 모터와 조명이 있었다. 모두 꺼내 아무렇게나 던져 두고 박스 바닥에 치니가 언제나 물어뜯고 싶어 하던 술 달린 스카프를 깔고 캣닢 가루를 솔솔 뿌렸다. 그 위에 새끼 고양이를 올렸더니 조금 외로워 보였다. 작은 박스가 횅했다. 잠시 바라보다가 아엽은 치니 털을 모아둔 유리병을 꺼냈다. 치니는 빗겨 주면 골골 좋아했기 때문에 시간 날 때마다 해 줬더니 빗겨 낸 털만 새끼 고양이의 몇 배 부피였다. 아엽은 세심하게 새끼 고양이를 치니의 까만 털로 덮었다. 숨을 쉴 수 있도록 얼굴 쪽은 빼고 채웠는데, 결국 얼굴과 몸통 전체가 치니 털로 덮이게 되었다. 꼼꼼하게 넣은 후 아엽은 새끼 고양이 관의 뚜껑을 닫았다.

철물점에 들러 1만 7000원 하는 큰 삽도 하나 샀다. 아가씨가 삽이 왜 필요하냐고 해서 화단을 꾸민다고 둘러댔는데, 주인아저씨는 그럼 괭이도 필요할 거라고 했다. 괜찮다며 도망치듯 나와서 산 정상 공원에 오르니 해가 져서 어둑했다. 올라오며 살펴보았으나 밟고 설 수 있는 흙바닥은 이곳 공원 화단밖에 없었다. 몇몇 운동기구를 이용하는 노인들이 보였지만, 거사를 치르는 데는 문제 없을 것 같다.

아엽은 박스가 든 배낭을 벗어서 옆에 올려 두고 삽으로 톡톡 치며 파기 좋은 곳을 찾았다. 돌처럼 단단한 곳이 있고 푹푹 들어가는 곳이 있다. 이쯤이 좋겠다, 생각하고 힘주어 삽을 푸욱 찔러 넣는데 여간한 힘으로는 될 일이 아니다. 아엽은 자신의 무게를 실으며 삽을 밟고 바닥을 팠다. 아까 철물점 주인아저씨가 괭이를 권한 이유를 이제야 알겠다. 뾰족한 괭이가 없는 걸 아쉬워하며 아엽은 삽으로 파고 또 팠다. 간혹 삽 끝에 돌이 걸리면 손으로 빼냈는데, 장갑도 없어서 손톱 밑에 흙알갱이가 박혔다. 땀을 뚝뚝 흘리며 삽질을 했다. 시간이 한참 흐른 것 같은데 땅은 한 뼘 정도밖에 패이지 않았다. 중간에 쉬면 다시 삽을 못 잡을 것 같아서 내리찍고 퍼내고 버리고, 다시 내리찍었다.

"아엽 씨?"

온몸이 삽질의 리듬을 타던 중이라 부르는 소리를 들었음에도 동작을 멈출 수가 없었다. 아엽이 삽을 다시 내리찍으며 돌아보니, 캣맘이 놀란 얼굴로 서 있었다. 핸드 카트를 끌고 있는 것으로 보아 벌써 고양이들의 밥때인가 보다. 아엽은 그걸 보고도 흙을 버리고 다시 삽을 내리찍었다. 그 상태로 말을 하려니 목소리도 떨리며 새어 나왔다.

"새끼 고양이가 죽어서요, 묻어 주려고요."

캣맘이 놀라운 악력으로 아엽의 팔을 잡고 흔들었다.

"왜 그래요, 예?"

그제야 동작을 멈춘 아엽은 다리가 후들거려서 바닥에 주저앉았다. 떨리는 손과 다리, 터질 것 같은 심장, 차오르는 숨 때문에 어지러웠다. 아엽은 한동안 숨을 고른 후에야 다시 입을 열 수 있었다. 사정을 잠자코 듣던 캣맘이 말했다.

"공공장소에 묻는 건 불법이래요."

그러면서 길냥이 사체는 종량제 쓰레기봉투에 담아 버려야 한다고 했다. 아엽이 그럴 수는 없었다고 답했더니 캣맘도 고개를 끄덕였다. 그 후로 둘은 잠시 침묵했다. 아엽은 지친 상태였고 캣맘은 곰곰이 뭔가를 생각하다가 길게 한숨을 내뱉었다.

"태어났으면서 두 달도 못 버티고 가냐."

중얼거리듯 말을 던진 후에 아엽이 쥔 삽을 뺏듯이 들고는 푸욱, 땅을 내리찍었다. 캣맘은 돕겠다고 말하지 않았고 아엽은 고맙다고 말하지 않았다. 멍하니 캣맘의 삽질을 지켜보기만 했다. 얼마 지나지 않아 캣맘의 동작과 숨소리에도 지친 기색이 드러났다.

"이 정도면 되지 않을까요?"

삽을 건네며 캣맘이 물었지만, 아엽은 아직 더 파야 할 것 같았다. 캣맘 덕분에 훨씬 나아진 팔로 삽을 건네받아 다시 땅을 팠다.

"좀만 더 해 보려고요."

이런 대화를 몇 번이나 주고받았다. 아엽은 포기할 수가 없었다. 캣맘에게 미안하다고 여기까지 와서 멈출 수는 없었다. 다시 한참이 지났다. 주변에는 운동기구를 이용하던 노인들도 모두 떠나고 캣맘과 아엽뿐이었다. 그것 좀 했다고 손바닥에 물집이 잡혀서 다시 삽의 손잡이를 쥐었더니 쓰렸다. 아엽이 삽을 내리찍으려는데 거친 숨을 몰아쉬던 캣맘이 말했다.

"죄송해요, 저는 집에 애들 밥을 줘야 해서."

"가 보셔야죠. 감사해요."

캣맘의 일과는 밥을 주는 시간으로 정리되는구나. 아엽은 자신 때문에 굶고 있을 캣맘의 반려동물들에게 미안함을 느꼈다. 자리에 선 채로 캣맘을 배웅하고 아엽은 다시 삽을 잡았다. 팔과 다리에 힘을 주려는데 쉽지가 않다. 휘청거리는 팔을 들어 힘껏 내리찍고 푸욱 퍼내서 휙 버렸다. 규칙적인 리듬을 찾아가며 몸을 움직였다. 리듬을 타다 보면, 잡생각이 사라지고 영원히 이 동작만을 반복할 수 있을 것 같은 상태가 된다. 이런 걸 노동이라고 할 수 있을까? 이건 운동에 가깝고, 어쩌면 춤이 될 수도 있을 것 같다. 돌부리에 다시 막혀 삽을 내렸더니 어디선가 선선한 공기가 불어왔다. 아엽은 새벽의 하늘을 올려다봤다. 짙은 남색의 바탕 위를 더 짙은 회색 구름이 지나가고 있었다. 그렇게 하늘을 올려다보고 있었더니 이제 됐다는 생각이 들었다.

아엽은 배낭을 열어 박스를 꺼냈다. 가로등 아래로 다가가서 뚜껑을 열고 치니의 털을 손가락으로 밀어내니 웅크린 자세 그대로의 새끼 고양이가 드러났다. 냄새를 맡고 싶어서 코 가까이 가져가 숨을 들이마셨다. 워낙 작은 크기 때문인지, 부패의 냄새는 없다. 익숙한 치니 털의 먼지 냄새뿐이다. 아엽은 다시 뚜껑을 잘 닫고 구덩이에 박스를 넣었다. 바닥 면이 고르지 못해서 돌을 골라내 평평하게 바른 후에야 박스는 제대로 들어갔다. 그 위로 흙을 덮는데, 퍼낼 때에 비하면 훨씬 수월했다.

한 삽, 또 한 삽. 박스 위로 흙이 쌓이는 동안 아엽은 기묘한 감각을 느꼈다. 너무 작은 이 새끼 고양이 속에 있는 너무 작은 심장과 장기 들. 혀와 이빨 들. 이 모든 작은 것들을 움직이며 걸었던 걸음과 그루밍과 소리 들이 한꺼번에 아엽에게 쏟아졌다. 분명 노랑 고양이 너머로 딱 한 번 보았을 뿐인데, 누가 누구인지 분간도 못 했는데, 이 새끼 고양이가 아주 오래전부터 알고 지내던 존재인 듯 가깝게 느껴졌다. 흙을 덮을수록 감각은 선명해졌다. 자신의 일부라고 느껴질 정도로 가까웠다. 자신의 일부가 새끼 고양이와 치니 털과 함께 묻히고 있었다.

한참 동안 흙을 덮다 보니, 원래 땅의 높이와 비슷해졌다. 아엽은 봉긋하게 무덤을 올리고 비석까지 놓고 싶다는 욕망에 사로잡혔다. 하지만 그런 욕심까지 부려서는 안 된다. 이건 불법이니까. 삽으로 묻은 자리를 평평하게 친 후에는 그 위를 발로 밟으며 다졌다. 주변에 널브러진 흙과 풀뿌리들도 삽과 손으로 쓸어 모두 치웠다. 아엽은 무덤에서부터 가장 가까운 운동기구를 걸음으로 쟀다. 다섯 걸음, 허리 운동기구로부터 다섯 걸음. 머리에 단단하게 새기며 아엽은 공원에서 내려왔다. 새끼 고양이와 치니의 털과 자신의 일부가 그렇게 묻혔다.

8월 10일, 새벽 1시 37분. 장례가 끝났다.

8

차라리 골든타임 때는 편했다. 머리가 복잡하지는 않았다. 특별한 의식도 없이 집을 들락날락하며 치니를 찾으러 다녔다. 하지만 지금은 그럴 수가 없다. 치니를 찾아야 한다는 단순한 의지는 치니는 왜 떠났을까? 라는 질문에 자꾸만 막혔다. 연이어 솟아나는 익숙한 자학과 꿈에서 본 노랑 고양이와 행복한 치니의 얼굴까지 가까스로 물리치고 나면 다음에는 죽음이라는 거대한 벽과 맞닥뜨렸다. 새끼 고양이처럼 치니도 죽었을지 모른다. 이 가능성은 치니가 사라진 직후부터 존재했지만 아엽은 줄곧 피해 왔다. 하지만 두 손으로 새끼 고양이를 묻고 나서는 살아 있을 거라는 가정이 도리어 순진하고 말이 안 되게 느껴졌다. 사람들이 죽어 나가는 더위 속에서 제대로 먹지도 못했을 텐데, 죽었을 가능성이 크다. 머리로는 그렇게 죽음 가까이 가닿지만, 동시에 거짓되게 느껴지기도 했다. 죽고 산다는 것에 대해 진지하게 생각해 보지 않았고 죽어 본 적도 없기 때문에 아엽은 죽음을 이해할 수가 없다. 여기서부터는 거의 떼쓰듯 생각을 이어 나간다. 새끼 고양이는 그러니까 영화나 드라마의 조연 같은 거니까 죽은 거다. 주인공은 죽지 않아, 치니는 살 수밖에 없어. 내 인생에서 치니가 없으면 안 되니까 살아 있을 거야. 그쪽으로 생각이 기울기 시작하면 다시 믿음이 솟아났다. 치니가 살아 있는 게 마땅하게 느껴지는 것이다. 장판에 드러누운 아엽은 이 어지러운 생각의 미로를 통과한 후에야 몸을 일으켰다.

일단, 서기만 하면 이후에는 거의 자동으로 움직일 수 있었다. 그동안의 순찰이 습관이 되어 행동은 꽤나 민첩하고 빨라졌다. 복잡해 보이기만 하던 집 근처 골목은 이제 머릿속에 로드뷰로 자리 잡았다. 고양이가 들어갈 만한 공간이 어디인지도 꿰뚫고 있다. 몇몇 샛길도 찾아냈다. 초반에 만들었던 버스정류장까지 크게 도는 2시간 코스와 경로당까지 도는 30분 코스는 효율적인 형태로 고정되었다. 지금은 30분 코스를 돌고 올 생각이다. 식탁에 놓인 지갑과 모자를 드는데 핸드폰이 울렸다.

전화 올 사람이 없는데? 아엽은 당황한 채 핸드폰을 봤다.

아빠였다. 아엽은 액정에 뜬 아빠가 사라진 치니보다, 어젯밤 묻은 새끼 고양이보다 비현실적인 존재로 느껴졌다. 진동은 끊어졌다가 다시 울렸다. 아엽이 통화 버튼을 눌렀다.

"여보세요? 아빠?"

"너는 뭐 한다고 전화를 안 받어."

"받았잖아."

"옴마? 니 말이 맞네. 나 여의도다."

"여의도는 왜?"

아엽의 질문에 아빠는 다짜고짜 당숙 아들 자랑을 시작했다. 자기 아들이라도 되는 양, 공항 리무진 버스 사장이 얼마나 대단한 직책인지, 아버지 칠순 잔치를 여의도 호텔에서 하는 효심은 또 얼마나 지극한지 등등. 다른 친척들이랑 관광버스를 타고 올라왔는데, 딸 생각이 나서 가기 전에 전화한 거라고 했다.

"너 시간 되면 얼굴이나 보든지 하자."

그러니까, 미리 연락을 준 것도 아니고 서울까지 와서 한다는 소리가 시간 되면 얼굴이나 보든지, 라니. 어처구니가 없어진 아엽은 시간 없어, 하고 그냥 끊어 버렸다. 전화를 끊고 나니 사방이 고요했다. 짧은 통화로도 아빠의 쩌렁쩌렁한 목소리에 귀가 먹먹했다. 시간을 확인하니, 2시 27분. 아빠의 부재중 전화는 1시 20분부터 찍혀 있었다. 아씨, 아엽은 짜증을 뱉어 낸 후에 아빠에게 전화를 걸었다.

*

여의도역에 내렸더니 어슬렁거리고 있는 아빠가 보였다. 홀
아비 냄새 풀풀 풍길 줄 알았던 예상과 다르게 몇 가닥 남지
않은 머리카락을 훤한 정수리로 고이 넘기고 깔끔한 모시 정
장을 입었다. 웬일로 점잖게 빼입은 모습에 아엽은 마음이 꽤
누그러졌다. 볼썽사나운 새빨간 티에 선글라스 차림이 아닌
것만으로도 고마울 지경이었다.

"보기 좋네."

"그래? 괜찮아?"

싱글벙글, 아빠의 주름들이 모양을 바꾸며 아엽을 그토록
고통스럽게 했던 미소를 만들었지만 괜찮다. 이제 그 미소만
으로 화가 나지는 않았다.

"이거 얼마게?"

말하며 아빠는 모시 정장의 앞 솔기를 열어 보였다. 저렴하
게 산 걸 이렇게 퀴즈로 만들어 자랑하지 않으면 큰일이 나는
사람이다. 아엽은 이번에도 괜찮다.

"얼만데?"

"맞춰야지. 얼마게?"

아엽은 표정을 일그러뜨리지도 않고 침착하게 말했다.

"10만 원."

"에이, 누가 그렇게 주고 옷을 사냐?"

아엽은 스무고개를 더하면 위험할 것 같아서 주변을 빠르게 살폈다. 계속 얼마게 얼마게 노래 부르는 아빠를 바로 앞 스타벅스로 잡아끌었다.

아빠에게 묻지도 않고 아이스 차이티라떼와 자신이 마실 아이스 아메리카노를 사서 자리로 가니 아빠는 아메리카노를 집어 들었다. 아엽이 다시 차이티라떼를 밀었지만, 아빠는 아메리카노 잔을 놓지 않았다.

"아빠 커피도 마셔?"

어린애에게 묻듯 물었더니 누가 커피를 안 마시냐고, 과식했더니 커피 한잔하고 싶던 터란다. 아엽은 원치 않았던 차이티라떼를 쥐었다.

"별일이네, 입맛이 바뀌고."

"아빠 원래 커피 마셨어."

"안 마셨잖아."

별것도 아닌 걸로 왜 우기냐고 한 번 더 따지려다가 생각해 보니, 자신의 정보가 확실하지 않은 것도 같다. 커피를 마셨는지 안 마셨는지, 싸워서 이길 정도로 아빠의 음식 취향을 알지 못한다. 아엽은 실랑이를 포기하고 쪼옥, 차이티라떼를 한 모금 마셨다. 생각보다 맛이 나쁘지 않다. 아빠가 말했다.

"얼굴 좋아 보이네."

아엽은 나오는 길에 거울을 들여다보고 한숨을 쉬었다. 다크서클이 짙고 탄 부위를 관리하지 않아 울긋불긋한 이 얼굴이 좋아 보인다니. 아엽은 대화 주제를 바꾸었다.

"버스 시간은 몇 신데?"

"관광버스? 벌써 갔지. 기차 탈란다."

"그래? 몇 시?"

"가면 표 있겠지, 뭐."

아엽은 아빠의 대답을 들으며 KTX 열차표를 검색했다. 아빠 말대로 자정까지 거의 30분 꼴로 표가 있었다. 그 사실에 묘하게 졌다는 기분이 들었다. 그런데 무엇에 진 걸까? 아빠를 빨리 보내 버리고 싶은데 핑계가 없어져서일까? 아니면 한참 동안 다니지 않던 고향으로 가는 기차표가 이렇게 많아서일까? 아엽은 둘 중 어느 것에 낙담했는지 스스로도 알 수 없었다.

"온 김에 너 사는 데도 보면 좋은데."

"뭘 보고 가. 그냥 가."

"그래, 그럼. 담에 가지 뭐."

아빠가 고집을 부릴 줄 알았는데 다행히 멈추었다. 아엽은

145

아직도 맥락을 못 잡겠다. 아빠가 어떤 부분에서 포기하고 어떤 부분에서 집착하는 건지. 매번 새로운 기준을 적용하는 사람과의 대면은 스트레스 그 자체다. 아엽은 차이티라떼를 모두 마시면 일어설 결심으로 달디 단 음료를 쭉쭉쭉 넘겼다. 그동안 커피를 원했던 아빠는 한 모금도 마시지 않고 있었다. 아엽은 여차하면 아빠 커피까지 마시고 일어날 생각이었다. 음료를 모두 마시는 게 이 자리를 파할 수 있는 유일한 방법인 것처럼. 조용히 있던 아빠가 갑자기 입을 열었다.

"너 전기 기억나냐?"

아빠가 말하는 '전기'는 일렉트릭이 아니다. 위인의 기록도 아니다. 친구인 전파사 아저씨를 말하는 거다. 아빠는 친구가 몇 없는데 그 친구들을 직업으로 불렀다. 기공소에서 일하는 아저씨는 기공소, 고물상 아저씨는 고물이었다. 아빠의 또래들은 이름이 아닌 직업이, 서로의 아이덴티티를 표현해 준다고 생각하는 모양이다. 그럼 친구들은 직업이 없는 아빠를 뭐라고 부를까? 무직? 백수?

"알지? 너 어릴 때부터 봤잖아."

"어. 전파사 아저씨."

"지난주에 죽었어."

"그랬어?"

"어."

"왜?"

"대장암이었다는데, 병원 간다고 하고 좀 있다가 그래 됐
어."

아빠는 아빠다운 실없는 톤으로 말하고는 이상하게 한마디
를 더했다.

"전기가 대장암으로 죽었어."

그 문장이 끝나자, 서늘해진 아엽은 아빠를 똑바로 봤다. 아
빠는 슬플까? 전파사 아저씨는 아빠와 꽤 친한 편이었다. 그
런 전파사 아저씨가 죽었는데 아빠는 슬플까? 할머니가 죽었
을 때 아빠는 슬퍼 보이지 않았다. 엄마가 떠날 때도 그랬다.
아엽이 죽는다고 해도 아빠가 지금처럼 낯선 문장으로 읊조릴
것만 같다. 자신에게 가르쳐 주듯이, 딸이 죽었어. 아엽은 공격
적인 말투로 물었다.

"울었어?"

"뭘 울어."

"친군데, 왜 안 울어."

"뭐, 어쩌겠어."

아빠는 담담한 투로 성숙한 어른을 흉내 내고 있지만 아엽
은 안다. 아빠니까. 딸을 배려하기 위해 슬픔을 감추는 게 아
니라, 아빠가 느끼는 게 딱 그 정도였을 거다.

"슬프긴 했어?"

"그렇지, 좀."

아엽은 불현듯 떠오르는 이미지에 고개를 저었다. 미러볼 아래에서 싱글벙글 웃으며 턴을 하는 아빠. 설마, 친구가 죽고도 춤췄어? 이 말이 튀어나올까 봐 아엽은 벌린 입을 꾹 닫았다. 그리고는 튕겨 오르듯이 자리에서 일어서며 말했다.

"가자."

아엽은 자신이 아빠를 인생의 선 밖으로 몰아냈던 날을 분명하게 기억한다. 엄마가 떠나고 3년이 지난, 중학교 2학년 때였다. 그때가 친구들의 괴롭힘이 가장 심했다. 아엽의 거짓말을 눈치챈 애가 시끄러운 무리에 들어가며 아엽을 공격했기 때문이다. 지금 생각해 보면 대여섯 정도밖에 안 되는 수였지만, 무리를 상대하는 것은 개인을 상대하는 것과는 차원이 달랐다. 절대 벗어날 수 없을 것 같은 절망의 날들이 이어졌다. 그날은 체육 수업이 있었는데, 옷을 갈아입는 동안 무리가 아엽의 교복을 한 줄로 이어 줄다리기를 하며 놀았다. 쓰레기통에 처박힌 교복을 꺼내 입어 보려 했으나 찢어진 부위가 너무 커서 아엽은 체육복을 입은 채 귀가했다. 거실로 들어오니 아빠는 모로 누워서 티브이를 보며 혼자 웃고 있었다. 아엽은 용기 내서 아빠에게 말을 걸었다.

"아빠. 나 할 말 있어."

그전에도 후에도 아엽은 아빠에게 그런 식으로 본론을 꺼 낸 적이 없었다. 아빠는 눈으로는 티브이를 보며 입으로만 답했다.

"말해. 아빠는 다 들려."

아엽은 한 번 더 힘을 냈다.

"아빠, 티브이 꺼 봐."

"보는 거 아냐. 말해."

말하는 아빠의 동공은 티브이 속 정보를 따라 움직였다. 아엽은 손을 뻗어 티브이를 껐다. 그리고 그 앞에 앉아서 아빠를 바라보았다. 아빠는 조금 놀란 듯했는데, 곧 배 밑에 깔고 있던 리모컨을 들어 다시 티브이를 켜려고 했고 아엽은 그것도 막았다.

"나 전학 보내 줘."

아엽에게는 가장 완벽한 해결책이 전학인 것 같았고 그러기 위해서는 아빠의 도움이 필요했다. 잠깐이었지만 리모컨을 쥔 아빠의 동공이 흔들리며 무언가를 생각하는 듯했다. 아엽은 희망을 느꼈는데, 아빠가 뭔가를 생각하는 모습을 그때 처음 보았기 때문이다. 아엽은 여세를 몰아야겠다 싶어서 계속 말했다. 동네에는 갈 수 있는 다른 중학교가 없으니 이사를 하는 게 좋을 거라고. 그러면서 원래는 말하지 않으려고 했던 전학의 이유에 대해서도 들려주었다.

"나 왕따야. 애들이 나 거짓말쟁이래."

친구들이 무리 지어 괴롭힌다고. 욕하는 건 괜찮은데 교복이나 교과서를 망가뜨려서 불편하다고. 더 심해질까 봐 무섭기도 하다고. 처음으로 꺼낸 길고 긴 이야기를 모두 마치고, 아엽은 아빠의 눈을 똑바로 보며 강조했다.

"전학 보내 줘, 어?"

잠깐의 침묵 후에 아빠는 다시 아엽 뒤의 꺼진 티브이를 쳐다봤다. 그 상태로 눈꺼풀을 몇 번 깜빡이던 아빠가 뭔가를 말하려고 입을 열었을 때, 아엽은 촉각을 곤두세웠다.

"친구들끼리 사이좋게 지내야지."

그리고 아빠는 리모컨을 들어 티브이를 켰다. 아엽 뒤통수에서 사람들이 시끄럽게 웃어 대기 시작했다. 그걸 보고 아빠도 흐흐, 웃었다. 그 이후, 아엽은 자신에 대한 어떤 것도 아빠에게 들려주지 않았다.

역시 아빠를 만나는 건 좋은 선택이 아니었다. 아빠를 기차역으로 보내고 아엽은 울적한 기분으로 버스를 탔다. 뒷자리 창가에 앉아 지나는 풍경들을 멍하니 바라보고 있었더니 이제라도 아빠를 이해해 보고 싶다는 마음이 일었다. 아빠는 자신의 유일한 가족이니까, 그 정도의 노력은 해 봐야 할 것 같았다. 혹시 아빠도 병선처럼 맨정신으로는 괴로워서 미뤄볼을 돌리는 걸까? 꾸역꾸역 이유를 찾아보았으나, 그건 억지스럽게 느껴졌다. 그럴 리가 없다. 아빠는 언제나 자기만 속 편한 사람이니까. 괴로움을 모르는 사람이니까. 사람이 어떻게 그럴 수 있지? 정말 싫다. 저도 모르게 미간을 찌푸리다가 아엽은 문득 그게 그렇게 싫어할 일인가 싶어졌다. 아빠가 싱글벙글 즐겁다고 싫어하는 건 아무래도 이상하다. 딸이라서 피해를 받는다고 억지를 부리기엔 자신에게 아빠의 영향력이 상실된 지 오래다. 그러니까 이건, 부러움에 가까운 거 아닐까? 아빠는 아빠만의 방법으로 세상을 살 수 있다. 어떤 상실에도 즐거울 수 있다. 하지만 자신은 그럴 수 없다. 아빠의 세계에 속할 수도 없다. 그래서 싫은 거구나. 그렇게 생각하자 엄마도 아빠도 없는 고아가 된 듯 외롭다. 막막함, 쓸쓸함 등이 빠르게 덧입혀지며 외로움을 증폭시키는데 갑자기 창밖에서 빛이 번쩍 들어온다.

뭔가가 터지거나 폭발한 건 줄 알고 아엽은 창에 몸을 붙여 밖을 봤다. 잘못 본 건가? 곧이어 우르르 쾅쾅 거대한 소리가 들렸다. 그 소리에 버스 안의 승객들도 술렁이며 밖을 살폈다. 원인을 알 수 없는 빛과 소리에 다들 놀란 것 같았다. 잠시 후 다시 빛과 소리가 이어졌는데, 쏴아 소나기가 내리치고서야 그게 번개와 천둥이었음을 알았다. 빗줄기는 매우 굵어서 버스에 부딪히며 귀가 아플 정도의 마찰음을 냈다. 하지만 빛과 소리의 이유를 알게 된 사람들은 도리어 안도하는 얼굴로 바뀌었고 고개를 숙여 각자의 핸드폰으로 돌아갔다. 아엽도 핸드폰 날씨를 확인했는데, 예보에 비 소식은 없었다. 달리는 버스를 사정없이 때리는 빗줄기는 점점 드세졌다. 바로 다음 정거장으로 도착지가 다가오자, 아엽의 머릿속은 바빠졌다. 집으로 곧장 뛰어가는 게 좋을지, 근처 카페로 들어가는 게 좋을지, 결정을 내리지 못하는 중에 치익, 하차 문이 열렸다.

버스에서 뛰어내린 아엽은 호되게 매를 맞는 기분으로 잠시 서 있었다. 고작 몇 초였는데도 빗줄기가 때린 등이며 팔이 얼얼했다. 우박이 아닐까 싶을 정도로 거센 비는 쉽게 그칠 것 같지 않았다. 카페나 어딘가, 피할 곳을 찾으려던 아엽은 이내 마음을 바꾸었다. 집으로 가는 게 낫겠다. 이미 속옷까지 흠뻑 젖어버려서 두려울 것도 없었다. 굵은 빗방울이 몸 곳곳을 때려 주니 거대한 수중 안마기에 들어간 듯 시원했다.

비는 내릴 때처럼 갑자기 그쳤다. 샤워하고 나와서 머리를 말리는 중에 조용해졌다 싶어서 선풍기를 끄고 귀를 기울였더니, 빗소리가 사라졌다. 아엽은 창문을 열고 눈으로도 확인했다. 물방울들이 전선주에 매달려 반짝이고 있었다. 뭐야, 이렇게 끝나는 거야? 세상을 끝내 버릴 듯한 패기가 일순 사라지자 섭섭한 기분이 들었다. 머리카락에 남은 물기를 털어 내면서 아엽은 자신이 당한 게 무엇이었는지에 대해 골몰했다. 얼얼할 정도로 자신을 때리던 그 빗줄기는 뭐였을까. 그러다가 무덤 생각이 났다. 분명 피부가 아플 정도의 강도였다. 새끼 고양이 무덤도 파헤쳐졌을지 모른다. 다급해진 아엽은 대충 머리를 쓸어 넘기며 밖으로 나갔다.

비로 씻긴 골목이 반짝이고 있었다. 언제 그렇게 많은 비가 내렸나 싶을 정도로 해가 드는 도로와 건물 벽에는 물기가 없었다. 누군가 옆에 있다면 이걸 두고 함께 얘기를 나누고 싶었다. 거짓말 같지 않냐고. 시치미 떼는 것 같지 않냐고. 우리는 겪지 않았냐고, 그칠 것 같지 않던 비를. 하지만 그걸 나눌 누군가는 없었으므로 아엽은 입을 꾹 다물고 산책로로 향했다. 이곳저곳에 고인 웅덩이가 비의 존재를 증명해 주고 있었다. 내딛는 바닥이 축축해서 미끄러지지 않기 위해 로프 난간을 움켜쥐며 중심을 잡았다.

우레탄 공원에 올라서는 허리 운동기구부터 찾았다. 주변을 빙 둘러 화단이라서 이정표 없이는 방향을 잡을 수가 없었다. 허리 운동기구로부터 다섯 걸음. 엉망으로 물이 고인 화단이 눈에 들어왔다. 새벽에 파냈던 땅이 뒤집어지고 주변 풀들도 납작하게 누워 있었다. 깊게 파 두길 잘했다고 안도하며 아엽은 맨손으로 풀과 흙을 끌어서 무덤 위에 덮어 주었다. 그리고는 주먹 정도 크기의 돌멩이를 두 개 골라 그 앞에 놓았다. 주변을 돌멩이로 빙 두르고 싶었지만 쓸 만한 것을 더는 찾지 못했다. 시커먼 손을 풀에다가 슥슥 닦아 낸 후에야 아엽은 일어섰다.

산책로를 내려와 급식소 앞에서 걸음을 멈췄다. 그루터기가 젖어서 걸터앉지는 못하고 앞에 쭈그리고 앉아 안을 들여다봤다. 급식소라고 해도 판자를 이어 붙인 것이라 비가 들이쳐서 안이 흥건했다. 사료 그릇도 플라스틱 통도 비로 가득 찼다. 혹시나 해서 어제 새끼 고양이가 있던 쪽으로 손을 밀어 넣었더니, 나뭇가지가 만져져서 잡고 꺼냈다. 아엽은 몸을 세우며 급식소 뒤 덤불을 눈으로 살폈다. 딱히 치니를 찾는 것도 아니었는데, 덤불 아래도 그 뒤 나무도 한참 동안 곳곳을 시선으로 오르내렸다. 막 동공을 다시 덤불로 굴리려는데 이상한 시선이 느껴졌다. 아엽은 천천히 뒤돌았다.

발끝에서 1미터 정도 되는 거리에 노랑 고양이가 오도카니 앉아 있었다. 언제부터 있었던 건지 알 수는 없지만 안정적인 자세로 보아 꽤 오랫동안 그리고 아엽을 지켜본 것 같다. 아엽은 노랑 고양이 눈을 바라봤다. 노랑 고양이의 동공이 일자에서 점점 넓어지더니 동그란 모양이 되었다. 사냥감을 보았을 때의 변화다. 노랑 고양이는 사냥감을 보며 동공을 조정하는 중이었다. 아엽도 지지 않고 눈에 힘을 줬다.

"애기 죽은 거 알아?"

노랑 고양이는 아무 반응이 없었다. 아엽은 노랑 고양이가 밉지만, 자신에게 뭔가를 알려 주기만 하면 미움을 거둘 수 있을 것도 같았다. 치니처럼 우엥 대답을 해 주거나, 다리에 몸을 비벼 주거나, 뭐라도. 사과든 변명이든 표현해 주기를 바랐다. 하지만 노랑 고양이는 눈꺼풀을 움직이지도 않고 아엽을 쏘아보고만 있었다.

"니가 그러고도 엄마야?"

목소리가 커져서 아엽은 저도 놀랐다. 하지만 노랑 고양이는 꿈쩍도 하지 않았다. 그 고고함에 화가 치밀었다. 자신은 새끼 고양이를 위해 그 수고를 했는데, 엄마라는 작자가 보답은 못할 망정 이러고 노려본다고? 노랑 고양이에 대한 미움은 순식간에 걷잡을 수 없이 불어났다. 그래서 아엽은 이제껏 자신이 줄곧 혐오해 왔던, 술 취한 아저씨들이 자주 하던 그 행동을 해 버렸다. 고양이를 내쫓기 위해 바닥을 발로 꽝꽝 쳐낸 것이다. 꽝, 데크를 거세게 내리찍는데도 노랑 고양이는 꿈쩍도 하지 않았다. 아엽의 손에 쥔 나뭇가지에서 물방울이 튕겨 앞발에 떨어졌는데도 동공은 도리어 똥그래져서 이제 거의 시커멓다. 다시 꽝, 아엽은 데크를 내리찍으며 팔을 휘둘러 위협적인 신호를 보냈다. 니가 싫어. 꺼져. 어떤 생명체라도 이 에너지를 읽을 수 있도록. 그러자 노랑 고양이는 입을 크게 벌려 하악 날카롭고 높은 호흡을 내뱉었다. 해 보자는 거다. 맞붙어 보자는 거다. 아엽은 다시 꽝, 꽝, 발을 내리찍었는데 그래도 분이 풀리지 않아서 나뭇가지를 잡은 손아귀에 힘을 넣었다. 속에서 끓어 오르는 분노의 열기에 머리가 아플 지경이다. 노랑 고양이는 바로 앞에 있기 때문에 충분히 맞출 수 있을 것 같다. 아엽이 노랑 고양이에게 마지막으로 경고했다.

"가."

몸을 부풀린 노랑 고양이는 맹렬하게 쏘아보고만 있었다. 눈싸움으로 건조해진 눈에 자꾸만 눈물이 고여서 아엽이 얼른 닦아 내며 조준을 하려는데, 위에서 목소리가 들렸다.

"이봐요!"

소리가 귀로 들어오는 동안 아엽의 손은 이미 나뭇가지를 던져 버렸고 노랑 고양이는 키야악 비명을 내지르며 어딘가로 점프해 버렸다. 목소리가 난 쪽을 올려다보니 산책로 위 계단에는 캣맘이 서 있었다. 그 얼굴을 확인했을 때 아엽은 빠르게 고개를 돌렸다. 덕분에 일그러졌을 캣맘의 표정까지는 보지 못했다. 아엽은 온 힘을 다해 산책로를 뛰어내렸다. 젖은 데크에 발을 헛디뎌 공중에서 허우적거리기는 했지만 넘어지지는 않았다. 지금 자신이 무슨 짓을 한 것인지 자신도 납득할 수 없으므로, 도망치는 수밖에 없다. 하지만 노랑 고양이에게 복수했음에도, 할 수 있는 공격을 했음에도, 목구멍까지 차오른 이 덩어리는 영영 사라지지 않을 것만 같았다.

3부

9

아침에 눈을 뜬 아엽은 기계적으로 야외 베란다로 나가 냄새를 확인했다. 스프레이 냄새는 없었지만 탈취제를 여기저기 뿌려 두고 들어와서 외출 준비를 했다. 오늘 외출의 목적은 순찰이 아닌, 면접이다.

모션콩은 영상업체라서 병선을 통해 제출했던 포트폴리오에는 영상 작업물만 담았다. 한창 툴을 배울 때 재미로 했던 과제 수준의 작업물이라 인상을 남기기 위해서는 뭔가를 더 챙겨 가는 게 좋을 것 같다. 공모전을 노리고 만들었던 도시 재생 디자인 미니어처가 마침 떠올랐다. 건물 앞에 둘 수 있는 미니 정원으로, 화단과 벤치를 연결한 조형물이었다. 부피가 커서 원본은 대전에 뒀지만, 슬라이드 백업본은 가지고 있었다. 아엽은 책장에서 먼지 쌓인 슬라이드 통을 꺼내 물티슈로 닦았다. 그러고 보니 면접은 이번이 처음이다. 최대한 깔끔하게 차려입는 게 좋을 것 같다. 아엽은 오랜만에 눈썹 손질을 하고 비비크림을 발랐다. 옷장에서 여름 블라우스와 치마를 꺼내 입는데 그새 살이 빠져 치마가 헛돌았다. 옷핀으로 단단히 고정하고 구두를 골라 신었다.

디지털미디어시티역에 내려 약속한 건물 입구로 들어섰다. 로비 안내판에는 중소업체 로고들이 다닥다닥 붙어 있었다. 18층에 내렸더니 투명한 유리로 공간이 나뉘어 있어, 복도에서도 오밀조밀 일하는 모습이 보였다. 시트지로 붙인 업체 로고는 폰트가 작을 뿐만 아니라 투명도도 있어서 가독성이 좋지 않았다. 아엽은 모션콩 로고를 놓칠까 봐 눈을 가늘게 뜬 채 일일이 확인하며 지나쳤다. 여기다, Motion Kong. 아엽이 유리문을 밀고 들어서며 인사를 어떻게 건넬지 고민하는데, 안쪽 나무 칸막이에서 병선의 얼굴이 삐죽 나왔다.

"아엽 씨, 이쪽이요."

아엽은 고개 인사를 하며 나무 칸막이 쪽으로 걸음을 옮겼다. 회의 테이블로 보이는 널찍한 책상에 알이 두꺼운 안경을 낀 여자와 병선이 마주 앉아있었다.

"이쪽은 이현주 기사님, 곽아엽 씨."

병선은 아엽과 이현주를 각각 가리키며 통성명을 해 주었다. 외국 시트콤에서 볼 법한 손짓으로. 이현주는 듀오백 의자를 휠체어처럼 질질 끌어서 옆으로 이동했다. 아슬아슬하게 손을 뻗어 서랍에서 명함 통을 통째로 꺼내고는 한 장을 아엽 앞에 올렸다.

"이현주예요. 앉아요."

"여기 앉는 게 낫겠다."

병선은 자신의 의자를 밀어 주고 이현주 옆으로 가서 앉았다. 아엽도 권한 자리에 앉았다.

"아엽? 이름이 예쁘네요."

"한자래. 고운 잎. 그죠?"

병선이 대신 말해 주어서 아엽은 고개를 작게 끄덕였다. 병선은 어쩐지 좀 설레 보였다. 전학생을 챙기는 반장 같기도 하고, 새로 사귄 친구를 엄마에게 자랑하는 어린애 같기도 했다. 이현주가 병선에게 눈을 흘긴 뒤 아엽을 보고 말했다.

"얘랑 놀지 마세요. 얽혀서 좋을 게 없어요. 요즘 돈독이 아주 바싹 올라 가지고는."

"아, 또 왜 이러실까."

고용복지센터 편집 수업은 이현주에게 들어온 일이었는데 모션콩 일이 급해져서 거절하려는 걸 병선이 자기가 하겠다며 달라고 했단다. 고생 좀 해 보라고 일을 줬는데 아엽 씨가 도

161

와주면 어쩌냐는 이현주의 목소리에는 병선을 향한 애정이 담뿍 담겨 있었다. 아엽은 투덕거리는 두 사람 앞에서 어떤 표정을 지어야 할지 판단이 서지 않아서 고개를 숙였다. 이현주가 밀어 준 명함이 보였다. '크리에이티브 에디터 이현주'. 요새는 편집 기사라는 말을 이렇게 쓰나?

"카메라는 렌탈하면 되는 걸 왜 굳이 사겠다는 거야?"

"그만, 그만하시고 집중하세요."

병선은 이현주의 입을 막으려고 아엽의 이력서를 들이밀었다. 증명사진은 대학 졸업사진을 잘라 붙인 것이었는데, 어색하게 웃고 있는 그 얼굴이 자신의 것이 아닌 것만 같아서 거짓 신상을 제출한 듯 아엽은 마음이 편치 않았다. 이현주는 눈으로 경력을 읽어 내리다가 병선을 툭 치며 말했다.

"엠엠? 엠엠도 같이 걸렸지?"

"응, 그런 듯."

"도대체 몇 개나 엮인 거야?"

곧장 둘은 각자의 핸드폰을 들고는 뭔가를 검색했다. 이현주가 핸드폰에 시선을 둔 채 아엽에게 물었다.

"아엽 씨도 힘들었겠다. 꽤 시끄러웠겠어요?"

"제가요? 뭐가요?"

"네. 엠엠도 봉상용 때문에 난리였지 않아요?"

아엽은 이현주가 무슨 말을 하는 건지 이해할 수 없었다. 입을 벌린 채 멍한 아엽을 보고 병선이 핸드폰을 내리며 이현주에게 말했다.

"면접이잖아, 우리."

그제야 이현주는 결심한 듯 핸드폰을 책상 위에 탁 소리가 나게 올렸다.

"좀 정신없는 뉴스가 떠서요. 그럼, 언제부터 출근 가능해요?"

"출근이요?"

아엽은 눈을 동그랗게 뜨고 이현주를 봤다. 아엽의 눈동자에서 혼란을 읽은 병선이 설명을 붙였다.

"아엽 씨 포트폴리오랑 이력서 미리 봤거든요. 언니가 마음에 쏙 든다고."

병선의 말이 채 끝나기도 전에 이현주가 끼어들었다.

"저희는 웹드라마 만들어요. 괜찮아요?"

그제서야 아엽은 회사 설명을 들을 수 있었다. 이현주는 발음이 샜는데, 성격이 급한지 단어 사이 호흡도 빨라서 제대로 듣기 위해서 귀를 기울여야 했다. 모션콩의 대표는 독립영화 감독인데 아르바이트로 웹드라마 연출을 하다가 투자사 제안으로 회사를 차리게 되었다. 구성 인원은 팝업 형태의 연출제작팀과 출퇴근하는 후반 기술팀으로 나눌 수 있는데, 후반 기술팀에 아엽이 들어오게 된다. 팀이라고 해 봐야 이현주와 그래픽 담당자 두 명이 전부다. 아엽이 출근하면 얼마 전에 기획이 끝난 시리즈의 초벌부터 잡게 될 거다. 여기까지 소개를 끝낸 이현주는 앞에 놓인 생수통을 들고 벌컥벌컥 마신 후에 옆서랍에서 서류를 꺼내 아엽 앞에 올렸다. 회사 소개 이후, 이현주의 속도가 너무 빨라서 아엽은 조금 어지러웠다.

"페이는 인센티브 구조인데 시급으로 계산하면 얼추 기본으로 떨어져요."

아엽은 갑과 을로 이루어진 계약서를 눈으로 훑으며 모션콩이 갑이고 내가 을이지, 문장을 해석하기 위해 집중했다. 이현주의 목소리가 다시 들렸다.

"출퇴근 의미 없는데, 야근 수당은 줘요. 사람이 살아야지, 그죠?"

두 번째 직장 모션콩 입사는 그렇게 정해졌다. 아엽은 개인적인 일 때문에 당장 출근하기는 어렵다고 했고 9월 1일로 날짜가 잡혔다. 2주 뒤 토요일이었는데 연출제작팀이 모이는 날이라고 해서 인사할 겸 나오기로 했다. 핸드폰 메모장에 기록한 후, 아엽은 이현주에게 인사하고 자리에서 일어섰다. 병선이 바래다주겠다며 따라 나왔다.

"좀 이상해 보여도 좋은 언니예요."

아엽의 표정이 안 좋아 보였는지 병선은 따라오며 이런 저런 변명을 해 주었다. 그러나 아엽의 신경은 이현주의 성격이 아니라 자신의 가방 속에 쏠려 있었다. 꺼내지도 못한 도시 재생 디자인 슬라이드와 받아 온 계약서의 간극이 너무 커서 머릿속이 복잡했다. 취업이 절실하지 않았기에 빠르게 이루어진 입사 결정이 호재인지 악재인지도 모르겠다. 그래서 아엽의 얼굴은 굳은 채였다. 그 얼굴을 빤히 보던 병선이 엘리베이터 앞에 놓인 벤치로 아엽을 잡아끌었다.

"면접 불쾌했어요?"

"그런 건 아니고요."

"더 고민해 보고 거절해도 돼요. 여기가 좀 급하죠?"

"아니요. 출근해야죠. 날짜도 미뤄 주셨는데."

호의를 보이는 병선에게는 미안하지만, 아엽은 혼자 있고 싶었다.

"바쁘실 텐데, 들어가세요."

"저 하나도 안 바빠요. 근데, 우리 동갑인 거 알아요?"

"아, 그런가요?"

"말 놓을래요? 친군데."

아엽은 정면에 있는 엘리베이터의 숫자가 하강하는 것을 바라보았다. 18층까지 올라오려면 한참 걸릴 것 같아서 비상구로라도 뛰어 내려가고 싶다. 병선이 거리를 좁히려는 게 두려워서 괴이한 짓을 해 버리고 싶다. 관계에 보이지 않는 시소 같은 게 있다면 그건 이미 병선 쪽으로 위험할 정도로 기울었다. 30만 원과 미러볼과 면접, 받은 게 너무 많은데 갚을 길이 없다. 이런 생각을 하는 중에 병선의 목소리가 들렸다.

"전 존대 불편하거든요."

아엽이 웅얼거리듯 답했다.

"전 존대가 편해서요."

"그럼, 저만 놓을게요. 괜찮죠?"

물어보는 목소리가 딱딱해서 아엽이 돌아보았더니, 병선이 벤치에서 벌떡 일어섰다. 눈높이가 바뀌면서 병선의 옆 얼굴이 보였다. 병선은 입술을 살짝 열었다가 닫고는 침을 꼴깍 삼켰는데, 그걸 보는 게 왠지 미안해서 아엽은 고개를 숙였다. 하지만 그게 반말에 동의한다는 뜻은 아니었다. 그럴 필요는 없어. 아엽이 속으로 다짐하는 동안 병선의 목소리가 다시 들렸다.

"저는 일이 있어서 먼저 들어갈게요."

그리고는 복도 안쪽으로 사라져 버렸다. 분명 조금 전까지만 해도 하나도 안 바쁘다고 했던 병선이 갑자기 일이 있다는 핑계까지 대면서 가 버렸다. 말도 놓겠다면서 계속 높이고. 당황했구나, 병선도 나름의 힘을 냈던 거구나, 싶어서 아엽은 뒤늦게 미안해졌다. 다시 가서 병선에게 사과를 할까, 고민하는 중에 띠링, 소리가 울렸다. 언제 올라왔는지 엘리베이터가 18층에 도착해 있었다. 아엽은 병선이 사라진 복도와 엘리베이터를 번갈아 보다가 엘리베이터에 올랐다.

아엽은 지하철 플랫폼으로 내려와서야 병선에게 문자를 보냈다. 내용을 고민해 보았으나 정확하게 사과할 만한 잘못이랄 것이 없어서 '오늘도 감사했습니다.' 정도로 작성했다. 오늘 뒤에 붙은 '도'를 뺄지 말지를 여러 번 고민하다가 그간의 도움을 기억한다는 마음을 담고 싶어서 그대로 전송했다. 잠시후에 병선에게 답이 왔다. '네.' 눈으로 확인한 아엽은 속으로 으이그 삐졌네, 중얼거렸는데 동시에 자신의 중얼거림이 당혹스러웠다. 이미 병선을 잘 아는 사람처럼 여기는 스스로가 낯설었다.

승강장으로 들어온 열차 안은 한산했다. 자리를 잡고 앉으니 이현주가 말했던 엠엠 이야기가 떠올랐다. 무슨 뉴스가 떴다는 거지? 검색했더니 키워드만으로 기사가 줄줄이 떴다. 봉상용이 메인인데 사기, 구속 같은 단어들이 이어졌다. 아엽은 스크롤을 죽죽 내리며 기사를 읽었다.

'유명 설치미술가 봉 씨, 공금 횡령 혐의 검찰 피소' '설치미술가 봉상용은 누구인가?' '봉상용 연루 의혹, 예술 단체 협회장도 덜미' '미술계 성벽 무너지나?' '봉상용 구속 수사 촉구하는 시민단체' 지난주에 사건이 터졌고 일주일 만에 그 덩어리가 불어나서 네티즌들은 '봉사기단' 리스트를 만들어서 돌리고 있었다. 미술계 부패를 까발리겠다는 열기가 뜨거웠다.

기사를 읽어 내리는 아엽의 손가락이 빨라졌다. 자신도 몰랐던 갈증이 해소되는 듯한 쾌감이 일었다. 오랜만에 느껴 보는 순수한 즐거움에 벌컥벌컥 물을 삼키듯 기사들을 읽었다. 머릿속 한쪽에서는 자신이 이토록 봉상용을 미워했다는 게 당황스럽기도 했지만, 쾌감이 더 컸다. 아엽은 더 보고 싶었다. 하나라도 더 봉상용의 몰락을 두 눈으로 확인하고 싶었다. 업계 피해자들의 이어지는 고발로 리스트는 실시간으로 거대해지고 있었다. 최근 예술진흥원에서 주최한 단체전도 걸려들었다. 단체전 포스터를 보고 아엽은 눈이 커졌다. 미옥이 참여했던 단체전 포스터였기 때문이다. 갑자기 머리통이 조여 오기 시작했다. 기사 아래 댓글을 따라 들어간 사이트에는 미술가들의 실명과 사진까지 노출되어 있었다. 사이트 내에서 이 미술가들은 국민의 세금을 강탈한 죄인들로 둔갑했고 이들이 한국에서 활동을 못 하게 해야 한다는 여론이 형성되고 있었다. 미술계 혐오 발언과 외모 비하 등 저질 댓글이 끝도 없었다. 처형대에 올려진 얼굴들 사이에 미옥이 있었다.

스크롤을 내리던 아엽의 손가락이 허공에서 잠시 멈췄다가 홈 버튼을 눌렀다. 핸드폰을 끈 아엽은 두 눈까지 감아 버렸다. 엄청난 일이 벌어진 것 같은데, 그게 자신과 긴밀하게 연결된 것도 같고 아무 상관 없는 것도 같았다. 자신에게 쏘아붙이던 선우의 목소리, 해고 통보를 하던 혜영의 목소리, 그들에게 사과하라던 미옥의 목소리가 뒤죽박죽 떠올랐다. 심장 박동이 빨라진 이유가 봉상용에게 붙어 자신을 해고했던 선우 부부에게 고소하다는 마음이 들어서인지 자신의 사정은 묻지도 않고 그들 편에 섰던 미옥에게 복잡한 마음이 들어서인지 알 수 없었다. 답답해진 아엽은 블라우스의 목 단추를 풀었다. 그렇게 앉아 있는 동안 내려야 할 정거장을 지나쳐 버렸다.

집에 들어온 아엽은 온종일 불편했던 옷부터 갈아입었다. 블라우스와 치마를 벗어 던지고 원래의 티셔츠와 반바지를 입은 후에는 철퍼덕 바닥에 널브러졌다. 장판에 뚝뚝 땀이 떨어져서 샤워를 하고 싶은데 그럴 힘이 없다. 바로 앞 냉풍기 버튼을 발가락으로 누르며 보니, 엄지발가락에 커다랗게 물집이 잡혔다. 안 신던 구두를 신어서 그런가 보다. 손톱으로 터뜨렸더니 진물이 흘렀다. 냉매 팩을 갈지 않아서 바람이 뜨뜻한데도 물집이 터진 자리는 시원했다. 곧이어 시원함은 쓰라림으로 바뀌었는데, 그때서야 할 일이 생각났다.

미옥. 미옥을 위해 뭔가를 해야 한다. 뉴스를 더 찾아보는 것보다 전화를 거는 게 나을 것 같다. 비록 싸우고 헤어졌지만 그게 예의일 것 같다. 미옥이 원치 않을 수도 있겠으나, 이번에도 모르는 척 그냥 넘어가면 후회할 것 같다. 후회? 그렇구나. 탐정이 말해 준 '안 하면 후회할 것' 같은 일이 이런 거구나. 미옥을 만나야겠다. 곧장 핸드폰을 들고 전화를 걸었더니 소리샘으로 연결된다는 멘트가 들렸다. 핸드폰을 꺼 둔 모양이다. 이럴 경우 미옥과 연락할 방법은 뭐가 있을까? 아엽은 빠르게 연결고리가 될 만한 사람들을 떠올려 봤다. 포항에 사는 미옥의 가족에 대해서는 아는 바가 없고, 미술계 쪽 사람들도 만난 적이 없다. 미옥의 작품을 꽤 오랫동안 관리해 준 큐레이터도 마찬가지다. 이번 뉴스로 얼굴을 처음 봤다.

아엽은 자신이 미옥에 대해 이토록 무지하다는 사실에 놀랐다. 7년간 가장 친한 친구였는데, 닿을 수 있는 경로가 없다니. 그 순간, 세정이 떠올랐다. 단체전에 참석할 정도이니 분명 아엽보다는 뭔가를 더 알고 있을 거다. 하지만 어쩌면 번호가 바뀌었을지도 모르겠다. 반쯤 미심쩍어하며 세정의 연락처를 찾아 통화 버튼을 눌렀다. 통화음이 이어지다가 갑작스럽게도 세정의 목소리가 들렸다.

"여보세요? 아엽이야?"

아엽은 놀라서 끊어 버릴 뻔했다. 실제로 받을 거라고는 생각하지 못했다는 걸 그제야 깨달았다. 세정이 부르는 아엽아, 아엽아, 소리를 몇 번이나 듣고서야 목소리를 냈다.

"어, 세정아. 나 아엽인데,"

"이게 뭔 일이래니? 너도 봤지? 어쩌니, 정말."

말이 엉키고 단어를 정확하게 알아들을 수 없어서 아엽은 진정하고 만나서 얘기하자고 했다. 세정은 밖으로 나갈 수 없는 상황이라며 자신의 집으로 와 달라고 부탁했다.

*

처음 내려 본 이촌역은 배차 간격이 길었다. 서울 내에 이렇게 교통이 복잡한 곳이 있다니. 두 정거장 거리인데도 40분이나 지나고서야 한남역에 도착했다. 지도를 열어 세정의 주소를 검색했더니, 마을버스도 없고 도보 30분이라는 무서운 결과만 나왔다. 지금 같은 땡볕에 등고선으로만 봐도 산행이 예상되는 길을 30분간 걸을 수는 없다. 아엽은 택시를 잡았다.

꼬불꼬불 오르막을 달리는 택시 안에서 아엽은 자신의 선택에 안도했다. 이 길을 걸어서 올라갔을 상상만으로도 숨이 찼다. 멈출 줄 모르고 치솟는 미터기의 숫자가 고맙기만 했다. 압박적으로 높은 담벼락 몇 개를 끼고 돈 후 택시가 섰다.

아엽은 택시에서 내리며 주변을 둘러봤다. 오전에 갔던 디지털미디어시티역과 이곳은 다르면서도 비슷하게 낯설어서 하루 동안 여러 국가를 여행하는 기분이다. 한 달 가까이 치니를 찾아 집 근처만 오가던 동선이 갑자기 확장되었다.

아엽은 눈앞에 있는 거대한 철판을 바라보았다. 집이 아닌 것 같은데. 돌담 중간에 철판이 덩그러니 세워져 있을 뿐이었다. 다시 문자를 열어 주소를 확인해 보니, 여기가 맞았다. 이게 문이라면 손잡이나 뭐나 있어야 할 것 같은데, 벨이나 인터폰이라도. 아무것도 없이 말 그대로 판이라서 아엽은 택시가 잘못 내려 준 게 아닌가, 세정에게 전화해 볼까, 고민만 하며 서 있었다. 그때, 핸드폰에 세정의 이름이 떴다.

"아엽아, 너 온 거야?"

"잘못 온 거 같은데, 여기가 맞나?"

그러자 갑자기 눈앞에서 철판이 스무스하게 왼편으로 이동했다.

"오오."

아엽은 저도 몰래 감탄사를 내뱉으며 안으로 들어섰다. 잔디밭이 있고 사이사이에 시멘트 덩어리가 놓여 있었다. 작은 마당 너머로는 4층짜리 건물이 보였는데, 역시 짙은 회색의 미니멀한 사각형이다. 아엽은 공간을 디자인한 건축가에게 짜증이 났다. 문도 고따구로 만들고 저 시멘트는 의자다, 이건가. 이상한 거부감이 들어찰 때쯤 미니멀리즘 건물에서 마리메코 풍의 녹색 원피스를 입은 세정이 나왔다. 아엽은 그 짧은 순간에 세정의 변화를 눈으로 스캔했다. 이번 여름, 땀이라고는 한

방울도 흘리지 않았을 것 같은 표정으로 세정이 물었다.

"오느라 더웠지?"

"응, 뭐."

4층밖에 안 되는 건물인데도 안으로 들어오니 엘리베이터가 있었다. 계단도 있었는데 세정은 엘리베이터 앞에 섰다. 날씨 이야기 후로는 더 묻지도 않고, 이상하게 굳은 얼굴이라서 아엽도 함께 입을 닫고 엘리베이터를 기다렸다가 탔다. 2층에 세정이 내려서 아엽도 따라 내렸다. 문을 열고 들어간 내부는 노출 천장과 대리석 바닥의 대비가 눈에 띄었다. 원형 소파로 안내하며 세정이 드디어 입을 열었다.

"와 줘서 너무 고마워, 아엽아. 우리 얼마 만이냐?"

"아, 어. 잘 지냈어?"

"나야 똑같지, 뭐. 좀 전에 불편했지? 시댁이 같이 살아서."

미니멀리즘에 심취한 건축가가 시아버지이거나 시어머니이거나, 그런 건가? 세정은 집에 들어온 후에는 조금 전과는 다르게 호들갑을 떨었는데 그제야 함께 자취할 때의 모습이 보여서 괜히 마음이 놓였다. 세정이 결혼했다는 소식을 듣지 못했던 아엽은 주변을 멀뚱히 둘러봤다.

"여기가 신혼집인 거야?"

"어. 너는?"

결혼 여부에 대한 질문을 받은 것은 처음이었다. 친구가 별

173

로 없기에 결혼식에 초대받은 적도 없었다. 아엽의 표정이 바뀌었는지 얼굴을 살피던 세정이 어른처럼 말했다.

"내가 오버한다고 빨리했지. 다들 아직이잖아."

더 이상의 스몰토크를 할 줄 모르는 아엽은 바로 미옥에 대해 물어보려고 입을 달싹였다. 그때, 어디선가 피아노 소리가 들렸다. 아엽이 두리번거리고 있으니, 세정이 핸드폰을 들어 보이며 양해를 구했다. 아엽은 고개를 끄덕여 주었고 세정은 통화 버튼을 눌렀다.

"네. 아까 말했던 친구 왔어요. 네. 친한 친구요. 응, 아엽이."

그렇게 말하며 세정이 안쪽 방으로 들어가서 뒷말은 듣지 못했다. 어렴풋이 들은 호칭으로는 전화를 건 사람이 남편인 것 같은데 세정은 어려운 윗사람과의 통화처럼 예의를 갖췄다. 그것도 충분히 놀라웠지만 더 놀라운 것은 세정이 자신을 친한 친구라고 칭했다는 사실이었다. 그런가, 우리가 친한 건가, 생각하며 아엽은 천천히 공간을 둘러봤다. 얼굴이 비칠 것 같은 대리석 바닥과 가구에는 일상의 흔적이 없었다. 앉아 있는 원형 소파도 방금 포장을 뜯은 것만 같아서 꼭 쇼룸에 들어와 있는 기분이었다. 어색하게 굴러다니던 아엽의 시선이 테이블 위 아이패드에서 멈췄다. 미옥의 기사가 띄워져 있었다. 통화를 마친 세정이 다가와 기사를 보고 있는 아엽에게 서론 없이 이야기를 꺼냈다. 마치 아엽도 전말을 모두 안다는 듯이.

"너도 기사 봤지? 미옥이 개 발린 거."

아엽은 대답 대신 고개만 작게 끄덕였다.

"봉상용 미친 거 아냐? 우리 신랑도 오늘 내일이면 털릴 걸?"

아엽은 세정에게 자신은 아무것도 모른다고 말하고 싶었다. 하지만 틈을 주지 않고 세정이 말을 이었다.

"미옥이도 내가 연결해 줬거든. 몰랐지, 그런 새낀지."

아엽은 이번에도 타이밍을 놓칠까 봐 다급하게 질문했다.

"그럼 미옥이가 단체전에 들어갔던 게 봉상용 덕이었던 거야?"

"뭘 봉상용 덕이야. 우리 신랑 덕이지. 봉상용이 미옥이 같은 애한테 뭐 관심이나 있었겠니? 우리 신랑이 피부과 원장이에요. 봉상용이 단골이었단 말이야. 걔 여드름 흉터를 우리 신랑이 싹 지워 줬는데 봉상용이 완전 맘에 들었나 봐. 골프 하러 가자, 뭐 모임에 가자, 엄청 치근덕거려서 형 동생 하며 지냈단 말이야. 일이 다 그렇잖아."

아엽은 미옥에 대해 더 묻고 싶었다. 단체전에 들어가도록 힘을 보태 준 것이 정말 봉상용이었다면 미옥에게 어떤 피해가 생기는 건지, 그 피해를 막거나 줄일 방법은 뭔지 묻고 싶었다. 하지만 세정은 남편에게만 관심이 있는 듯했다. 아엽은 대화의 주제를 세정의 남편에게서 미옥에게로 돌릴 방법만 궁리하며 이야기를 들었다.

세정의 남편이 봉상용 때문에 얼마나 큰 위험에 처하게 되었는지는, 과하다 싶을 정도로 디테일하게 이어졌다. 아엽은 위에서 이루어지는 비지니스에 관심이 없었기 때문에 견디듯이 이야기를 들었다. 세정의 남편은 이번 사건으로 스트레스가 심해서 세정이 밖으로 나가는 것을 극도로 꺼린다고 했다. 피부과에서도 시시티브이로 세정의 동선을 체크한다는데, 그건 좀 섬뜩하게 들렸다. 그러니까 세정이 마당과 복도에서 어색하게 굴었던 이유가 시댁이 아니라 시시티브이 때문이었구나. 그런데 도대체 왜? 아엽은 세정 남편의 논리가 말이 되지 않게 느껴졌다. 위험한 시기라서 아내를 감시한다고? 더 이상한 것은 세정이 남편을 이해하고 있다는 거였다. 아엽은 시선을 들어 혹시나 여기에도 시시티브이가 있나 둘러봤다.

"으이그, 여긴 없어. 마당이랑 복도에만."

세정의 말에 아엽은 어색하게 미소 지으며 고개를 끄덕였다. 빨리 본론을 꺼내고 이곳을 벗어나야겠다.

"미옥이랑은 연락해 봤어? 핸드폰 꺼져 있더라고."

"당연 잠수 탔겠지. 걔 그거 특기잖아."

미옥은 아엽과의 관계에서 연락이 두절된 적이 없었다. 세정과는 다른 방식으로 관계를 맺었나 보다. 세정은 빠른 속도로 말을 이었는데, 남편의 피부과가 블랙리스트에 오르면 정말 끝이라는 내용이었다. 그것만은 어떻게든 막아 낼 거라고 목소리를 높이는 세정을 보고 있으니 아주 오래된 피로감이 느껴졌다. 한동안 잊고 지냈던 감각이 되살아나 아엽의 어깨가 움츠러들었다. 함께 살던 시절 그 수많은 밤, 아엽은 세정의 이야기를 듣느라 얼마나 필사적으로 졸음을 물리쳤던가. 아니, 이번에도 그럴 수는 없다. 아엽은 용기 내어 세정의 말을 잘랐다.

"세정아, 나는 미옥이 소식 물어보려고 온 거거든?"

세정은 끌어올리던 에너지를 일순 떨어뜨리며 에휴, 긴 한숨을 내뱉었다. 그 숨에 정신이 들었는지 갑자기 일어서서 주방으로 갔다.

"마실 것도 안 줬네. 뭐 마실래?"

"물. 물이면 좋겠어."

잠시 후, 주방에서 트레이를 가져온 세정은 신중하게 라탄 컵 받침부터 올리고 그 위에 얼음 잔을 올렸다. 순서를 지켜보던 아엽은 이상하게 거북했다. 세정이 곧장 야, 나 졸라 우아하지 않냐? 이런 멘트를 쳐 줘야 상큼해질 것 같은데 세정은 그러지 않았다. 뭔가를 연기하다가 익숙해져 버린 것 같기는 했으나, 뭐든 아엽이 알던 세정이 아닌 것만은 분명했다. 세숫대야에 소주를 양손으로 쏟아붓던 세정은, 입이 걸고 행동이 과했으며 웃을 때 목젖이 보였다. 우아해진 세정이 천천히 입을 열었다.

"너는 진짜 여전하다."

이 말을 내뱉으며 세정은 작게 웃었다. 비웃음을 당했다고 느낀 아엽은 더 이상 참을 수가 없었다. 그래서 저도 놀랄 정도로 빠르게 소파에서 일어서 버렸다. 세정이 눈을 크게 떴다.

"뭐야, 벌써 가는 거야?"

"어. 갈래."

아엽의 대답에 세정이 함께 일어섰다.

"아엽아, 너무 그러지 마."

"내가 좀 바빠서."

뻔한 변명으로 얼버무리는 아엽을 세정이 꾸짖듯 바라봤다.

"나 너한테 엄청 상처받았어. 알아?"

아엽은 더이상 말을 하고 싶지 않았다. 세정 혼자 말을 이었다.

"결혼식 때 안 부른 건 미안한데, 너한테 나는 의자나 쓰레기통 같은 거였잖아."

아엽에게 그 말은 너무 복잡하고 어렵게 느껴졌다. 제대로 이해하기 위해서는 인과관계를 뒤집어서 살펴보아야 했다. 세정은 자신에게 상처를 받았고 그 벌로 결혼식에 부르지 않았다. 아엽은 세정의 결혼 사실조차 몰랐기 때문에 자신이 초대 명단에서 빠진 이유를 생각할 수도 없었다. 하지만 세정을 미옥과 다르게 생각했던 것은 사실이다. 그리고 분명 세정도 그렇게 생각한다고 느꼈다. 그런데 4년이 지난 지금, 세정은 자기 멋대로 아엽에게 잘못을 돌리고 있었다. 아엽은 뭐라도 항변하고 싶은데 떠오르는 말이 없었다. 세정의 공격은 이렇게 끝났다.

"사람 차별하지 마. 그러는 거 아냐."

스무스하게 열리는 철판 밖으로 나왔더니 훅 얼굴에 이는 바람이 꽤 포근했다. 급작스러운 온도 변화로 팔뚝이며 다리에 오소소 닭살이 일었다. 내리막이라 거의 떠밀리듯 걸음을 옮겼는데, 그러다가 길을 좀 헤맸다. 지도를 확인하지 않고 마구잡이로 걷다 보니 한강진역이었다. 아까 내렸던 역은 한남역이었던 것 같은데 어디서 방향을 잘못 잡은 건지 모르겠다. 더 걷고 싶었으나 주변이 큰 대로라서 엄두가 나지 않았다. 아엽이 역으로 내려가려는데 앞 건물 유리창에 붙은 '짜장면'이라는 단어가 눈에 들어왔다. 짜장면. 급작스럽게 허기가 몰려왔다. 온종일 먹은 게 없구나. 속에 연료를 채우지 않았다는 생각이 들자 견딜 수 없이 배가 고팠다. 중국집으로 직진해서 짜장면을 시켰다.

아엽은 면발을 끊지 않고 빨아들이며 머릿속에 남은 세정을 밀어내려 노력했다. 사람 차별하지 말라고? 그때는 서로가

179

서로를 차별했다. 그건 관계의 차이를 인정한다는 약속이었으며, 함께 살기 위해 꼭 필요한 것이었다. 그렇게 선을 긋지 않았다면 미옥과 세정의 끝도 없는 분쟁을 참아 낼 수 없었을 거다. 게다가 아엽은 세정의 길고 긴 이야기를 들어 주기까지 했다. 세정은 자신을 위해 뭘 해 줬나? 궁금해하기는 했나? 관심이 있기는 했나? 그랬던 세정이 이제 와서 갑자기 아엽에게 상처를 받았다고 하는 것은 다시 생각해도 억울하다. 아엽은 관계에서 가해자 위치에 자신을 둬 본 적이 없다. 아엽이 생각하는 가해자는 권력을 가진 쪽인데, 자신은 그 권력을 가져 본 적이 없기 때문이다. 숟가락으로 춘장 소스를 바삐 떠먹으며 아엽은 갑작스런 세정의 공격으로 헤집어진 속을 애써 정리했다. 세정은 미옥의 친구이지 자신의 친구가 아니다. 그러니 너무 마음을 쓸 필요가 없다. 그렇게 딱 잘라 밀어내는데 짜장면이 기름져서인지, 우격다짐으로 치워 버린 생각 때문인지 속이 편치 않았다.

10

　집으로 오는 버스 안에서 아엽은 깊게 잠들었다. 식곤증이
몰려와 참을 수가 없었다. 정류장에 내려서 시간을 확인했더
니 9시였다. 면접이 2시였던 것까지는 기억이 나는데 집에 갔
다가 세정을 만나는 동안의 시간은 확인하지 못했다. 든든하
게 먹고 숙면을 취한 덕분에 하루를 다시 시작하는 듯했다.

　팔다리에 힘이 있으니 순찰을 돌고 들어가야겠다. 오늘의
첫 순찰이니까 2시간 코스로 크게 돌자. 그렇게 결심하고 났
더니, 혹시나 캣맘을 마주칠까 겁났다. 지금쯤 캣맘은 경로당
블록을 돌고 뒷산으로 오를 테니까 동선을 피해서 움직이자.
아엽은 골목을 꼼꼼하게 누볐다. 그간 무서워서 들어가지 못
했던 건물 사이나 지하 폐품 보관소 등도 모두 살폈다. 이 정

도면 캣맘과 거리 차가 나겠지, 생각하며 골목을 도는데 키야악 비명이 들렸다. 멈춰선 아엽은 방향을 가늠해 봤다. 어느쪽으로 달려야 할까. 어디로 가야 고양이를 만날 수 있나. 앞인가, 뒤인가, 우인가, 좌인가. 그때 다시 키야악, 소리가 났다. 경로당 쪽이었다.

아엽은 쉬지도 않고 두 블록을 내달렸다. 다행히 싸움이 길어지는지 아엽이 달리는 동안에도 소리는 끊어지지 않았다. 멀리 경로당 주차장 앞 헌 옷 수거함 가로등 아래에 고양이 두 마리의 실루엣이 보였다. 발소리를 줄여서 다가가는데 한 마리는 삼색이고 다른 한 마리는, 등만 보이는 다른 한 마리는, 온통 까맣다. 아치처럼 세운 등과 꼬리가 온통 까맣다. 캣맘이 봤다고 했던 애가 쟤구나. 아엽은 숨이 멎을 것만 같다. 더 확실한 생김새고 뭐고 따질 겨를도 없이 아엽의 목소리가 튀어나갔다.

"치니야!"

아엽 쪽에서는 삼색이 얼굴과 까만 고양이의 뒤통수만 보였기 때문에 얼굴을 제대로 보기 위해서는 더 가까이 다가가야 했다. 가로등 불이 일부만 떨어져서 정확한 덩치도 가늠하기 어려웠다. 아엽은 한 걸음 한 걸음 다가가면서도 시선은 까만 고양이에게 붙박아 두었다. 그새 삼색이는 까만 고양이와의 거리를 벌렸다. 아엽은 자신의 발소리에 까만 고양이가 도망가 버릴까 봐 최대한 조심스럽게 발을 들었다가 놓았다. 그러면서도 옆벽으로 까만 고양이를 몰았다. 그러나 인간이 아무리 애써도 도망치려고 하면 얼마든지 가능한 폭이었는데, 다행히 까만 고양이에게 도망치려는 기색은 없었다. 아엽이 손을 뻗으면 닿을 거리까지 다가오자 까만 고양이는 몸을 세우며 짧은 하악질을 했다. 그리고는 폴짝 뛰어올라 헌 옷 수거함 속으로 들어가 버렸다. 주먹보다 약간 큰 정도의 입구를 통과한 거다.

아엽은 까치발로 서서 입구를 들여다봤다. 까만 고양이의 두 눈이 어둠 속에서 반짝거렸다. 뭘 어떻게 해야 하나? 핸드폰 라이트를 켜고 비추었더니 하악 소리가 났다. 그래, 이 방법은 좋지 않은 것 같다. 아엽은 입구를 왼쪽 팔로 단단하게 막으며 고개를 돌려 헌 옷 수거함 외부를 살폈다. 하단에 자물쇠 같은 게 보였지만 열쇠를 찾을 수는 없을 것 같다. 부숴 버릴까? 뭐라도 해야 한다. 주변을 둘러보며 눈으로 도구를 찾았다. 쇠파이프든 뭐든 있으면 좋겠는데 곳곳에 내놓은 쓰레기가 다였다. 뭘 구하러 갔다가는 그동안 치니가 튀어 나갈 테고 그러면 다시 생이별이다. 그럴 수는 없다. 입구를 막은 왼쪽 팔에 단단히 힘을 주며 절박하게 머릿속을 뒤졌다. 곧바로 얼굴 하나가 떠올랐다. 아엽은 핸드폰 주소록을 뒤져 통화 버튼을 눌렀다.

"도와주세요."

통화연결음이 끝나고 상대가 말을 꺼내기도 전에 곧장 내뱉은 아엽의 말은 그랬다. 영어로는 헬프미. 영화에서는 많이도 들었으나, 입 밖으로 내뱉기는 처음이었다. 캣맘에게 상황과 위치를 설명하고 전화를 끊은 후에도 아엽은 입구를 막은 왼팔의 힘을 풀지 않았다. 모기가 다리를 수백 방은 물어뜯은 것 같은데 상관없었다. 옆에는 바퀴벌레 같은 것도 기어 다닐 테지만 역시 상관없었다. 치니일 수도 있는 이 까만 고양이를 포획해야 한다. 그 목적이 전부인 아엽은 그 어느 때보다 강하다.

한참 동안 골목에 등장하는 실루엣은 없었다. 아엽은 캣맘을 포기하고 경찰이나 탐정, 혹은 다른 누군가를 불러야 하는 게 아닌가 생각했다. 개인이 알아서 하시라던 경찰보다는 탐정이 나을 것 같다고 마음이 기울고 있을 때, 골목 끝에서 캣맘이 등장했다. 손에는 이동장과 까만 봉지를 들었다. 그 모습이 아엽의 눈에 슬로 모션으로 비쳤다. 가로등이 후광 효과를 줘서 캣맘 뒤로 거룩함이 발광했다.

"치니가 여기에 있다고요?"

"네, 그런 것 같아요."

치니가 확실하다고 해야 할지를 잠시 고민했으나 진실한

쪽을 택했다. 캣맘은 단호한 얼굴로 고개를 끄덕인 후에 까치발을 들고 입구 안쪽으로 고개를 숙였다. 아엽은 캣맘이 잘 볼 수 있도록 핸드폰 라이트를 내부에 비췄다. 하악 새된 비명을 내지르는 까만 고양이를 향해 캣맘이 말했다.

"니가 치니구나."

그러면서 부스럭부스럭 까만 봉지에서 대형 츄르, 2년간 고양이를 키워 온 아엽도 처음 보는 대형 츄르를 꺼내 헌 옷 수거함 입구에 짰다. 생선 냄새가 진동했다. 캣맘은 몇 걸음 뒤로 물러서며 아엽에게도 권했다.

"우리가 빠져 있는 게 좋아요."

캣맘의 방법을 신뢰하게 된 아엽은 그제야 왼팔의 힘을 풀며 함께 뒤로 물러섰다. 뒤에서 이양, 소리가 나서 돌아보았더니 조금 전까지 까만 고양이와 대치하던 삼색이가 다가와 있었다. 츄르 냄새 때문인지 캣맘의 다리에 머리를 부비며 애교를 떨었다. 캣맘은 삼색이를 향해 쭈그리고 앉아서 뭔가를 속삭였다. 아엽은 시선을 헌 옷 수거함 입구로 곧장 옮겼기 때문에 캣맘이 어떤 방식으로 삼색이를 달래는지 볼 수 없었다. 곧 삼색이는 물러나는 듯했고 캣맘은 다시 몸을 세워 아엽과 함께 헌 옷 수거함의 입구를 바라보았다. 모기의 공격이 시작되는 듯 복숭아뼈 쪽이 따끔거렸다. 막 긁으려고 몸을 숙이려는 찰나, 탁, 입구로 머리를 뺀 까만 고양이가 날름날름 츄르를

185

핥았다. 아엽에게 더 이상 복숭아뼈의 간지러움 따위는 느껴지지 않았다. 저 고양이가 과연 치니인가, 따위의 의심도 떠오르지 않았다. 잡아야 한다. 그것만 확실해져서 캣맘이 말리기도 전에 쑤욱 몸을 숙여서 그 상체를 잡았다.

까만 고양이는 새된 비명과 함께 아엽의 오른팔을 물었는데 이빨이 깊게 박혔음에도 아프거나 하는 통각이 없었다. 옆에서는 캣맘이 입구 속으로 어깨를 거의 밀어 넣어 까만 고양이의 엉덩이를 빼냈다. 그러는 동안 까만 고양이가 스프레이인지 물똥인지 모를 뭔가를 쏘아 대서 캣맘의 양팔에 거무튀튀한 얼룩이 묻었다. 이 모든 과정을 아엽과 캣맘은 대화 없이 해냈다. 척척 호흡이 좋았다. 캣맘이 고양이 뒤를 올려 주어서 아엽은 수월하게 전체를 꺼낼 수가 있었다.

까만 고양이는 아엽의 팔뚝을 거세게 한 방 물고 난 후에는 별다른 저항이 없었다. 생각보다 가벼워서 힘주어 들던 아엽의 양팔이 무안할 지경이었다. 왜 이렇게 가벼울까, 생각하는 동안 캣맘이 재빠르게 이동장의 문을 열고 앞으로 들이밀었다. 아엽이 입구로 밀어 넣는데도 까만 고양이는 별다른 움직임이 없었다. 혹시 너무 세게 잡아서 장기가 망가져 버린 건 아닐까? 이동장 입구를 닫으며 아엽은 몸을 숙여 까만 고양이를 바라보았다. 어느새 자리를 잡은 까만 고양이는 얼굴을 몸통에 파묻고 있었다.

"병원부터 가 보는 게 좋겠어요. 역 앞에 24시간 동물병원 있어요."

캣맘의 조언 덕분에 아엽은 다음 목적지를 깨달았다.

"네. 감사합니다. 이동장은 바로 드릴게요."

"아니에요. 천천히 해요."

집에 들어가서 배낭을 가져올 생각을 하던 아엽은 캣맘의 호의를 받아들였다. 캣맘은 아엽에게 다른 질문을 하지도, 지난 번 일에 대해 질책을 하지도 않았다. 등장할 때처럼 후광을 받으며 퇴장했다. 치니 일지도 모르는 고양이 포획에 성공한 아엽은 캣맘이 알려 준 24시간 동물병원의 주소를 검색한 후에 콜택시를 불렀다.

✻

"앞다리 골절이 있어요."

헬스트레이너같이 건장한 수의사가 진료대 위의 까만 고양이를 살펴본 후에 말했다. 아엽은 환하게 밝은 동물병원 불빛 아래에서 이 까만 고양이는 치니만큼 까맣지만, 치니는 아니라는 사실을 이미 확인했다. 코가 짧고 눈은 청록색이었다. 덩치도 훨씬 작았다.

"그렇군요."

다리가 부러져서 도망치지 못한 거였구나.

"몇 살인가요?"

"한 살 정도 되겠어요. 수컷인데 중성화 수술도 안 했어요."

어리구나. 아엽은 진료대 위에서도 몸통에 얼굴을 파묻은 까만 고양이를 내려다봤다. 긴장해서 온몸에 힘을 꽉 준 고양이의 가슴팍이 오르내렸다. 아엽은 고양이가 숨을 내쉰다는 사실만으로 고마웠다.

"다리는 수술을 하나요?"

"네. 검사를 해 봐야 정확하게 알겠어요. 입원시키시겠어요?"

병원에 다녀 본 적이 없는 아엽은 수술을 위해 어떤 것들이 필요한지 모른다. 치니는 잔병치레를 한 적이 없었다. 아엽이 어리둥절해하는 중에 수의사는 비용에 대해 언급했다. 길고양이 할인이 20프로 되는데 그래도 입원비와 수술비를 합하면 200만 원 정도는 나올 거라고 했다. 검사 후에 변동되겠으나, 적은 금액이 아니라서 미리 알려드리는 거라고. 아엽은 수의사의 친절한 설명에 심경이 복잡해졌다. 먼저는 까만 고양이가 길고양이인 것을 어떻게 아는지가 궁금했고, 돈 이야기에는 당황스러웠다. 자기가 가난해 보인 걸까? 하지만 다시 생각해 보니 통장에 여윳돈이 없었다. 아빠에게 부탁해야겠다. 머

188

릿속으로 수술비를 마련하는 동안 수의사가 다시 물었다.

"키우실 건가요?"

수의사는 이 까만 고양이를 당신이 책임질 거냐고 물었는데 너무 어려운 질문이라 아엽은 답을 할 수가 없었다. 치니가 아닌 다른 고양이와의 동거는 상상해 본 적도 없었다.

".일단 뼈는 붙여야죠. 수술해 주세요."

힘겹게 찾아낸 아엽의 대답에 수의사는 고개를 끄덕이며 입원을 시키겠다고 했다. 아엽은 텅 빈 이동장을 들고 나오면서 까만 고양이의 머리통을 어색하게 쓰다듬었지만, 까만 고양이는 끝까지 고개를 들지 않았다.

다음 날 아침에 눈을 떴을 때 가장 먼저 느껴진 것은 오른 팔목의 통증이었다. 어젯밤에는 경황이 없어서 살피지 못했는데 자는 동안 상처가 벌어졌는지 장판 위에도 피가 묻어 있었다. 물티슈로 장판을 닦아 내고 화장대 서랍에 굴러다니던 후시딘을 꺼내 상처에 발랐다. 밴드까지 붙이고 나서 통장 잔고를 확인했는데, 역시 남은 돈으로는 생활비도 빠듯했다. 아엽은 아빠에게 아쉬운 소리를 하는 게 싫어서 시간을 질질 끌며 오전을 보냈다. 치니를 찾기 위해 30분 순찰 코스도 돌고 들어왔고 전원이 꺼진 미옥의 핸드폰에 음성 메시지도 남겼다. 캣맘의 이동장은 깨끗하게 씻어서 말려 두었고 아빠가 점심 먹을 시간을 기다리며 삼각김밥도 하나 사다 먹었다.

1시 20분이 되어서야 아엽은 어금니를 꽉 물며 아빠에게 전화를 걸었다. 늦은 점심을 먹는지 뭔가를 씹는 소리가 핸드폰 너머로 들렸다.

"아엽이냐?"

"어. 식사하셔? 이따 걸까?"

"아니야. 우리 딸 전화가 왔는데 밥이 대수야?"

아빠의 목소리에는 반가움이 가득했다. 아엽은 눈 앞에 펼쳐진 아빠의 웃는 얼굴을 지우려고 눈꺼풀을 지그시 닫으며 말했다.

"나 돈 좀 빌려 줘."

그리고는 아빠가 묻지도 않았는데 다음 달에 월급 나오면 바로 갚겠다며 뒤를 붙였다. 아빠는 얼마나 필요하냐고 물었고 아엽은 이백이라고 답하려다가 중성화 수술비용까지 여유 있게 확보해 두는 게 나을 것 같아서 삼백을 불렀다. 아빠는 흔쾌히 빌려주겠다고 했다. 이유도 묻지 않았다. 아엽이 고맙다는 말을 애써 삼키며 계좌번호는 문자로 보내겠다고 했더니 눈이 침침해서 문자는 못 본다며 번호를 불러 달라고 했다. 아엽은 큰 목소리로 계좌번호를 불러 주고 아빠가 잘 받아 적었는지 확인도 했다. 용무가 끝나서 전화를 끊으려는데 아빠가 이상하게 말을 질질 끌었다. 그, 너, 아니다, 같은 말 사이에 과

190

장되게 숨을 내쉬고 들이마시고 했다.

"뭔데, 왜?"

"거, 당숙 환갑 때 봤던 아재가 있는데,"

하고는 다시 침묵이다. 아엽은 생각나면 전화하라고 쏘아붙이고 싶은 걸 꾹 참고 기다렸다.

"그 아재가 설악산에 갔다가 진주 가든이라는 식당에서 밥을 먹었대요."

뚱딴지같은 소리에 아엽은 덜컥 겁이 났다. 쓸데없는 얘기를 왜 하는 거지? 아빠 정신이 이상해진 건가? 치매 같은 건가?

"그 진주 가든에서 글쎄, 느이 엄마를 봤단다."

아빠는 뭔가를 더 말했지만 아엽의 귀에는 '느이 엄마' 이후 아무것도 들리지 않았다. 허공을 쏘아보는 아엽의 미간에 주름이 잡혔다.

"뭔 소리야?"

"그니까, 이게 뭔 소린가 싶어서 한번 가 볼라는데 같이 갈래?"

"잘못 본 거 아니고, 진짜 엄마래?"

"카운터에서 돈 받았댄다. 아재가 긴가민가했는데 먼저 인사하드래."

아엽은 상상을 할 수가 없다. 설악산 식당 카운터에서 돈을 받고 시댁 어른에게 먼저 인사하는 엄마라니. 혹시나 그런 일이 있었다고 해도 엄마라면 거처를 옮겼을 것 같다. 아재라는 사람 말만 믿고 15년이나 연락이 없던 사람을 찾으러 가겠다는 아빠가 너무 순진하게 느껴져서 아엽은 말리고 싶다.

"아빠가 간다고 엄마가 만나 주겠어?"

"몇 번 연락은 했었어."

"엄마랑? 언제?"

"설악산 다닌다고 들었는데, 식당 일 하는 줄은 몰랐지."

"나한테는 왜 말 안 했어?"

"니 느이 엄마 싫어하니까."

"내가 왜 엄마를 싫어해?"

"그래? 너 엄마 안 싫어해?"

그러면서 아빠는 혼자라도 가 보겠다고 했다. 아엽은 가까스로 어, 그래, 라고 말하며 전화를 끊었다. 설악산이라니. 가든이라니. 들은 내용이 터무니없이 느껴져서 웃음이 새어 나왔다.

통화 후에는 머리가 무거워져서 한참 동안 장판 바닥에 누워 있었다. 아빠가 입금했다는 은행 문자 알림이 왔지만 잘 받았다는 답도 하지 않았다. 다시 치니를 찾으러 나가야겠는데 몸을 일으켜 세우기가 쉽지 않았다. 딱히 엄마 생각을 한 것도 아니었고 슬픈 것도 아니었다. 말 그대로 머리가 돌덩이처럼 무거워서 들 수가 없었다. 그 상태로도 더위는 견딜 수가 없어서 냉풍기 냉매 팩이라도 갈아야겠다고 생각만 하는 중에 캣맘에게 문자가 왔다.

치니는 건강한가요?

곧바로 아엽은 이동장을 드리러 가겠다고 답문을 보냈다. 사료 주는 시간에 맞춰 나갈 생각으로 대답한 것인데, 캣맘은 집 위치를 전송했다.

편의점 옆 빌라 301호입니다. 지금 집에 있어요.

아엽은 문자를 확인한 후, 이제까지 불가능했던 머리 들어 올리기에 성공했다. 앉은 채 지금 가겠다고 답한 후에는 몸까지 벌떡 일으켜 세웠다. 씻어서 뒤집어 두었던 이동장에는 물기가 남아 있었다. 마른 수건으로 박박 닦아 내고 세수를 한 후에 집을 나섰다.

편의점에 들러서는 보답 선물로 뭐가 좋을지를 둘러보다가 비타민 음료 박스를 골랐다. 노랑 고양이를 공격했던 것에 대해 언급을 할지 말지는 아직 마음을 정하지 못했다. 우선은 이동장을 반납하고 사실대로, 까만 고양이는 치니가 아니었다는 정도만 얘기해야겠다.

캣맘이 알려 준 주소, 301호 벨을 눌렀더니 현관문 밖으로 개 짖는 소리에 섞여 캣맘의 목소리가 들렸다.

“아엽 씨, 잠깐요.”

“네, 천천히 하세요.”

잠시 후에 캣맘은 문을 살짝만 열었는데, 문틈으로 왈왈 컹컹 시츄와 푸들이 온몸을 흔들며 짖어 대는 게 보였다. 쬐끄만 애들 성량이 어찌나 큰지 귀가 얼얼했다. 현관문 바로 앞은 다시 안전 문으로 막혀 있었다. 캣맘의 손짓을 읽은 아엽이 실내로 들어서며 현관문을 닫자 그제야 캣맘은 안전 문을 열어 주었다.

“앉아야 안 짖어요. 이리 와서 앉아요.”

아엽이 다급하게 현관 앞에 엎드리듯 앉자, 거짓말처럼 개들은 짖기를 멈추었다. 서 있는 사람은 나쁜 사람, 앉은 사람은 좋은 사람이라는 나름의 판단 기준이 확실한가 보다. 시츄는 아엽의 손을 핥기 시작했고 푸들은 아엽의 발에 대고 코를 킁킁거렸다. 개 두 마리에게 포위당한 아엽은 속수무책, 얼음 상태가 되었다. 캣맘이 이동장을 가리키며 대신 말을 꺼내 줬다.

“천천히 주셔도 되는데.”

“잘 썼어요. 감사합니다.”

“치니는 건강하던가요? 병원 갔어요?”

“병원은 갔는데요.”

말한 후에 아엽은 잠시 머뭇거렸다. 바로 무슨 얘기라도 덧붙이고 싶었지만, 머릿속이 복잡해서 그럴 수가 없었다. 푸들의 등을 쓰다듬던 캣맘이 일어서며 아엽의 어깨를 살짝 눌렀다.

"냉매실차 타 놨는데 괜찮아요?"

"네, 감사합니다."

캣맘이 냉매실차를 가지러 가자 시츄와 푸들도 빠르게 따라가서 캣맘 다리 사이를 파고들었다. 그 모습이 귀여워서 아엽은 작게 웃었는데, 덕분에 긴장이 풀려서 주변을 둘러볼 여유도 생겼다. 원목으로 가구를 통일한 거실 곳곳에는 강아지 방석과 장난감이 있고 베란다 창 쪽으로는 큰 캣타워가 놓여 있었다. 3단 꼭대기는 하우스로 막힌 구조였는데, 하우스 밖으로 회색 꼬리가 삐져나와 있었다. 쟤도 저기 있었구나. 다가온 캣맘이 아엽과 시선을 맞추었다.

"딴 애들은 방에 숨었어요."

"고양이가 더 있어요?"

"고양이 셋, 개 둘, 사람 하나요. 대가족이죠."

복자가 떠나서 대가족이 된 걸까, 대가족 상태에서 복자가 떠난 걸까? 속으로 질문하던 아엽은 곧장 아무렴 어떤가, 하고 스스로 답했다. 캣맘은 아엽 앞에 잔을 밀어 주고 자신의 잔을 들어 시범을 보이듯 한 모금 마셨다. 언제 왔는지 시츄와 푸들이 캣맘 양옆에 자리를 잡고 앉았다. 아엽은 용기를 내어 자신 앞에 놓인 잔을 잡았다.

"어젯밤 고양이는, 치니가 아니었어요."

"그랬어요?"

"네. 제가 잘못 봤어요."

캣맘은 시선을 내리며 시츄와 푸들의 머리통을 양손으로 쓰다듬었다.

"그럼 그 애는 놓아 줬나요?"

아엽은 그 질문이 질책처럼 느껴졌다. 갑자기 자신이 납치범이 된 것만 같아서 변명하듯 동물병원에서 들었던 까만 고양이에 대한 정보를 두서없이 늘어놓았다. 한 살이고 중성화 수술을 하지 않았고 앞다리가 부러져 수술을 기다리는 중이라고. 캣맘은 조용히 고개를 끄덕이며 듣고 있었다. 옆에서 시츄와 푸들도 듣고 있었고, 하우스 안에서는 회색 고양이도 꼬리로 듣고 있었다. 이 공간의 모두가 자신의 이야기를 들어 준다고 생각하자 아엽은 말을 계속하고 싶어졌다. 그래서 수의사 앞에서 답하지 못했던 다음 계획도 술술 내뱉었다.

"수술이 끝나도 회복은 필요할 테니까요, 잠깐은 데리고 있으려고요."

"그게 좋겠네요."

캣맘의 긍정에 안도한 아엽은 그제야 냉매실차를 한 모금 마셨다.

"직접 담근 건데 입에 맞을지 모르겠어요."

수줍은 듯 말했지만, 캣맘의 얼굴에는 분명한 자부심이 서렸다. 아엽은 보답의 뜻으로 한 모금을 더 마셨다. 시큼하고 달달한 향이 입안에 퍼졌다. 온몸으로 당분이 퍼져 찌릿찌릿했다.

"맛있어요."

"다행이네요."

냉매실차는 정말 맛있어서 아엽은 얼음까지 입안에 모두 털어 넣었다. 캣맘은 기뻐하며 한 잔을 더 주겠다고 했고 아엽은 감사하다며 빈 잔을 내밀었다. 그렇게 두 잔의 냉매실차를 마신 후에나 아엽은 일어섰다. 다시 일어섰을 때, 시츄와 푸들은 짖지 않았을뿐더러 꼬리까지 흔들며 배웅해 주었다.

11

아주 오랜만에 현관 앞 장판 바닥이 아니라 침대에서 눈을 떴을 때, 아엽은 분명 잘 잤다고 생각했다. 두 시간 쪽잠이 아니라 긴 잠을 제대로 잤다. 하지만 몸을 일으켜 세우려니 뭔가 이상했다. 몇 걸음을 내딛는 동안 시야에 들어오는 이미지가 휘청거렸다. 잠이 덜 깬 걸까? 정신을 차리려고 눈을 벅벅 비빈 후, 현관문에 집중했다. 손잡이를 목표로 바라보려는데 옆 벽과 신발장이 뒤엉키며 시야에 들어오는 모든 것이 빙글, 오른쪽으로 회전했다. 실험적인 영화에서나 보던 카메라 무빙이 눈앞에서 펼쳐졌다. 잔상 때문에 고체인 벽과 사물이 액체처럼 흘러들어 뒤섞였다. 아엽은 양발에 힘을 주고 서서, 눈꺼풀을 깜빡이며 다시 집중해 보려고 했다. 하지만 그럴 수가 없었다. 속이 매스껍고 울렁거려서 서 있기도 힘들었다. 아엽은 바닥을 양손으로 짚으며 앉아 버렸다. 눈까지 질끈 감고 났더니 그제야 비로소 문과 벽과 가구가 제멋대로 뒤섞인 광경에서 벗어날 수 있었지만, 잔상이 남아서 어지러웠다. 이런 초현실적인 비주얼은, 그러니까 시야가 빙글빙글 돌아가는 경험은 난생처음이었다.

눈을 감은 상태로 아엽은 자신을 달랬다. 방금 전에 본 것은 환각이고 이제부터가 진짜일 거야. 이제는 눈을 뜨면 현관문이 제대로 보일 거야. 아엽은 상체를 세워 앉으며 동시에 눈을 번쩍 떴다. 하지만 역시 집 안은 빙빙 돌고 있었다. 가까스로 바라보고자 하는 목표를 현관 손잡이에서 화장실 발 매트로 바꿔 보았다. 시선이 아래로 향하니, 이제는 바닥까지 솟구쳐 오르는 듯했다. 회전의 감각이 훨씬 강렬해졌다. 속이 울렁거려서 아엽은 다시 눈을 꼭 감으며 장판에 누워 버렸다.

뭔가 잘못된 것이 분명하다. 119를 불러야 할까? 전화해서 모든 게 돈다고 하면 정말 돌아 버린 사람이라고 생각하지 않을까? 누가 내 말을 믿어 주기나 할까? 세상이 도는 것도 끔찍한데 아무도 자신을 믿어 주지 않을 거라 생각하자 서럽기까지 했다. 아직 아무도 아엽을 비난하지 않았는데 아엽은 혼자서 서러워졌다. 감정이 격해지자 눈을 감고 있는데도 울렁증이 심해졌다. 방금 전에 봤던 잔상이 점점 선명해지는 듯했다.

잔상은 뇌 깊은 곳으로 스며들더니 별안간 오장육부를 흔들었다. 구토가 치밀어 입을 틀어막고 겨우겨우 화장실까지 기어가서 토했다. 토하는 순간 자연스럽게 눈이 떠졌는데, 토사물이 눈앞에서 출렁이듯 움직였다. 토사물의 역한 냄새 덕분에 다행히 정신이 좀 든 아엽은 세면대를 잡고 서서 얼굴을 씻어냈다. 그러는 동안에도 화장실이 회전하고 있어서 지저분해진 바닥을 치울 엄두는 나지 않았다.

휘청휘청 화장실 밖으로 나오는데, 내부 깊은 곳에서 문장이 튀어 올랐다. 살려 주세요. 이번에는 '도와주세요'가 아니라 '살려 주세요'다. 누구에게 하는 부탁인지는 자신도 모르겠지만, 분명 그렇게 외치고 있었다. 살려 주세요. 종교를 가져 본 적이 없어서 대상이 신이라고는 생각할 수 없다. 그저 아는 얼굴들이 무작위로 떠올랐다. 얼굴들은 서로 얽히며 빙글빙글 돌았다. 흐르는 얼굴들을 향해 아엽은 속으로 외쳤다. 살려 주세요. 순식간에 머릿속에 가득 찬 문장을 아엽은 누군가에게 육성으로 내뱉고 싶다. 자신의 외침을 들어줄 사람을 찾아 머릿속을 헤맸다. 캣맘? 더 이상 폐를 끼칠 수는 없다. 아빠? 너무 멀리 있다. 미옥? 전화기를 꺼 놨다. 그때 먼 듯한 의식 속에서, 어떤 목소리가 들렸다.

"말 놓을래요? 친군데."

병선의 목소리였다. 동갑 친구, 그래 친구라고 해 줬으니까.

안도감에 부풀어 오르던 희망은 그러나 금세 꺼졌다. 그때 자신이 존대가 편하다며 병선을 밀어냈던 게 기억났기 때문이다. 병선의 냉랭했던 표정도 선명히 떠올랐다. 면접 후로는 연락을 주고받지 못했다. 하지만 병선은 도움을 줄 것이다. 신기하게도 그런 생각이 들었다.

핸드폰 액정이 울렁거려서 병선의 번호를 찾는 데 한참이 걸렸다. 몇 번 신호음이 간 후에 퉁명스러운 목소리가 들렸다.

"전화를 다 주셨네요, 아엽 씨?"

"통화 괜찮으세요?"

아엽은 세상이 돌아가고 있는데도 자신이 이렇게 단정한 목소리를 낼 수 있다는 사실에 놀랐다.

"저한테 무슨 일이실까요?"

툴툴거리는 병선에게 사과부터 해야 할 것 같았지만, 그럴 만한 여유가 없었다. 아엽은 목구멍에서 찰랑이는 살려 주세요, 를 밀어 넣으며 상황을 설명했다. 두렵고 무섭다는 말은 꾹 참고 사실 위주로 전달하기 위해 노력했다. 자다 일어났는데 세상이 빙빙 돈다고. 병원에 가야 할 것 같은데 도저히 혼자 일어설 수가 없다고. 토했는데도 속이 계속 매스껍다고. 병선의 목소리는 어느새 진지해져 있었고 모션콩 이력서에 적어 낸 주소가 집 주소가 맞냐고 물었다. 맞다고 답하며 아엽은 다행이라고 생각했다. 자신의 집 주소조차 떠올리기 버거웠기 때문이다.

"30분 안에 도착해서 전화할게요."

나설 채비를 하는 모양인지, 그렇게 말하는 병선의 목소리가 이미 분주하게 들렸다.

통화를 마친 아엽은 몸을 최대한 작게 웅크렸다. 핸드폰 화면의 울렁임이 잔상으로 남아 회전하고 있었다. 액정 불빛이 돌고 돌며 새로운 잔상을 남겼다. 빛의 회전 속으로 휩쓸리지 않기 위해 아엽은 온몸에 잔뜩 힘을 주며 버텼다.

시간이 지나 병선에게서 전화가 왔을 때, 아엽은 잠든 것도 아니고 깬 것도 아닌 몽롱한 상태였다. 실눈으로 액정에 뜬 이름을 확인하려는데 여전히 세상이 도는 중이라 확인할 수가 없었다. 곧이어 똑똑 현관문 두드리는 소리가 들렸다. 아엽이 천천히 벽을 짚고 몸을 일으켜 문을 열자, 병선의 얼굴이 쑥 들어왔다.

"지금 바로 병원 가요. 갈 수 있겠어요?"

아엽은 고개만 끄덕이며 현관에 놓인 버켄스탁에 발을 구겨 넣으려 시도했다. 아엽이 헛발질을 하며 휘청거리자 병선이 빠르게 현관으로 들어와 부축해 주며 말했다.

"찾아봤는데 이비인후과를 가야 한대요. 일요일이라 걱정했는데 다행히 근처에 연 곳이 있어요. 제 차로 가요. 괜찮겠어요?"

이비인후과라고? 그런데 오늘이 일요일이던가? 아엽은 병선이 하는 말을 거의 이해하지 못했지만, 병선에게 의지해도 되겠다는 것만은 분명하게 알았다.

*

이비인후과에서 간단한 진찰을 한 후에는 청력 검사와 고글 같은 걸 쓰고 하는 시력 검사를 했다. 계속해서 세상은 돌고 있었기 때문에 아엽은 이 검사실에서 저 검사실로 이동할 때마다 병선의 부축을 받아야 했다. 잠깐의 대기 후에 검사 결과가 나왔다고 해서 다시 진찰실에 앉았다.

모니터에 시커멓게 울렁이는 영상을 틀어 놓고 의사가 말했다.

"아직도 어지러우시죠?"

"네. 계속 돌아요."

조금 전 진찰을 할 때도 같은 말을 여러 번 했던 터라 아엽은 자신이 내뱉는 말이 거짓말처럼 느껴졌다.

"전정 신경염입니다. 평형 기관에 염증이 생긴 거라 많이 어지러우실 거예요."

평형을 담당하는 왼쪽의 전정 신경에 염증이 생겼다고 했다. 오른쪽의 전정 신경은 건강한 상태라 균형을 맞추기 위해 노력하는데, 그 과정에서 어지러움이 유발되는 거란다. 설명을 들으며 아엽은 다행이라는 생각을 먼저 했다. 다행이다. 그리고 앞에 앉은 의사가 고마웠다. 믿어 주는 거구나. 자신을 거짓말쟁이라고 생각하지 않는구나. 세상이 빙빙 도는, 이 말도 안 되는 감각에 이름이 있다는 것도 좋았다. 미치거나 정신이 이상한 게 아니라 그저 자신의 전정 신경에 염증이 생긴 것뿐이다.

"하루 이틀 지나면 괜찮아질 겁니다."

설명을 이어 가던 의사는 이렇게 말했는데 아엽은 그 말만은 믿을 수가 없었다. 의사의 얼굴도, 이 진료실도, 자신의 검사 결과 모니터도, 모두 함께 뒤엉키고 있었다. 어느새 아엽은 회전에 관성이 생겨서 고정된 세상을 상상할 수 없었다. 이 모든 것들이 정말 다시 정지할 수 있을까? 환자의 의심을 눈치채지 못한 의사는 진찰을 마무리하려는 듯했다.

"약을 처방해 드릴 테니 드시고 안정을 취하세요."

아엽은 마음이 급해졌다. 이것만은 꼭 알아야겠다.

"왜 염증이 생긴 거죠? 이유가 뭐죠?"

또박또박 힘주어 질문했지만, 의사는 약간의 생각도 하지 않고 곧장 답했다.

"면역력이 떨어져서 그렇다고 보시면 돼요. 딱히 이유는 없네요."

어떻게 그럴 수가 있죠? 세상이 빙빙 도는데 이유가 없다고요? 아엽은 눈빛으로 계속 질문했지만 의사는 뭔가를 메모하느라 환자에게서 시선을 거둬 버렸다.

아엽은 더 묻지 못한 채 진찰실을 나왔다. 약국으로 향하며 병선이 다행이라고 호들갑을 떨었다. 그러나 여전히, 모든 것이 회전 중이던 아엽은 병선의 축하를 받을 수 없었다. 의사에게 이유를 들었더라면, 정확한 이유를 알게 되었더라면 회복에 낙관했을지도 모르겠다. 그냥 돌고 그냥 멈춘다는 건 아무래도 이상했다.

집으로 돌아와 침대에 눕는 동안에도 병선의 도움을 받아야 했다. 걸음을 옮길 때마다 휘청거려서 어쩔 수가 없었다. 머리가 베개에 닿자 아엽이 말했다.

"고마웠어요. 가 보셔야죠."

"좀 더 있을게요. 노트북 가져왔거든요."

"저 괜찮아요. 약도 먹었잖아요."

"저도 괜찮아서 그래요. 내일 수업이라 밤 되면 어차피 가요."

더 이상의 실랑이를 할 여력은 없어서 아엽은 고개를 끄덕

였다. 병선은 쉬라며 방을 나갔는데 그 뒷모습을 보다가 아엽
은 불쑥 말을 꺼냈다. 말이 혼자서 튀어 나간 것 같기도 했다.

"저 낫고 나면요."

나가다 멈춘 병선이 아엽을 돌아봤다.

"말 놓을게요."

병선은 답이 없었다. 그 자리에 못박힌듯 서 있었는데, 아엽
은 여전히 눈 앞이 어지러운 중이라 병선의 표정까지 읽지는
못했다. 잠시 후, 병선이 팔을 허공에 휘휘 저으며 말했다.

"뭐야, 완전 자기 맘대로네요? 어서 낫기나 해요."

아엽은 회전하는 이미지 속에서 병선의 얼굴을 골라내어
집중했다. 난처해하는 것도 같고 부끄러워하는 것도 같았는
데, 그 끝에 웃음이 걸려 있는 것도 같았다. 곧 방문이 닫히고
얼굴은 사라져 버렸다. 아엽은 눈을 감으며 병선이 남아 줘서
얼마나 고마운지를 생각했다. 붙잡아 두기 미안해서 가도 된
다고 한 것이지, 진짜 가기를 바라고 한 말이 아니었다. 병선
이 저 너머에 있다. 다시 눈을 떴을 때 세상이 빙빙 돌아도 도
움을 구할 병선이 있다. 여기까지 생각하고 아엽은 곧장 잠으
로 빠져들었다. 약사가 약을 주면서 수면제 성분이 들었다고
했는데 효능이 탁월했다.

얼마나 지났을까, 잠에서 깬 아엽은 어두운 천장을 향해 눈

꺼풀을 깜빡이며 정보를 모았다. 세상이 돌았고 병선이 왔고 약을 먹었고 잠들었지. 여기에 생각이 도착했을 때 밖에서 기척이 들렸다. 딸그락딸그락 설거지 소리인 듯했다. 병선이 아직 있구나, 그제야 아엽은 안도했다. 계속 도는지 나아졌는지, 이제 몸을 일으켜 확인해 봐야겠다. 왼쪽 팔꿈치를 매트리스에 딛고 상체를 세우려는데 느낌이 안 좋았다. 조금 더 힘을 줘서 침대 헤드에 등을 기대며 앉았더니, 눈앞의 이미지가 꿀렁거리다가 이내 회전하기 시작했다. 방 벽의 포스터와 화장대와 옷장 등이 마구 뒤엉키고 있었다. 사물들 사이로 병선의 모습도 섞여 들었다.

"깼어요? 괜찮아요?"

"계속 도네요."

"하루 이틀 걸린다잖아요."

다가온 병선의 손에는 쟁반이 들려 있었다. 달짝하고 고소한 냄새가 났다. 시선을 내렸더니, 여러 레이어로 겹쳐 보여서 종류까지는 확인하기 어려웠지만 죽인 듯했다. 속이 매스꺼워서 식욕이 전혀 없었기 때문에 아엽은 난처했다. 병선이 숟가락을 아엽의 손에 끼웠다.

"밥을 먹어야 약을 먹죠. 전복죽이에요."

"감사합니다."

아엽은 거절할 수가 없어서 천천히 죽 그릇에 숟가락을 담갔다가 꺼내 올려 입으로 가져갔다. 간단한 동작을 하는데도 죽을 흘렸다. 어디쯤이 입인지 방향을 잡을 수가 없었다. 병선은 아엽의 티셔츠에 떨어진 죽을 맨손으로 슥슥 닦은 후, 숟가락을 뺏어 들었다.

"눈 감으면 괜찮다면서요. 눈 감고 씹기만 해요."

선택권이 없다고 느껴져서 아엽은 시키는 대로 눈을 감았다. 병선이 아, 라고 말해 주면 입을 벌렸는데 죽이 입안으로 흘러들어오는 게 느껴지면 입술을 닫고 씹었다. 고소하고 달짝한 향이 입안에 퍼졌다.

"아엽 씨, 좀 못된 편이죠?"

병선의 난데없는 질문에 놀라 어금니를 움직이던 아엽이 눈을 번쩍 떴다. 병선이 다시 죽을 입안으로 넣어 줘서 대답을 할 수도 없었다. 아엽은 이거 어쩐지 영화 「미저리」나 그런 데서 본 것 같다고 생각하며 어금니만 움직였다.

"제가 줬던 미러볼이요. 쓰레기통 옆에 있던데요? 부속들은 보이지도 않고. 남의 성의를 무시하는 스타일?"

아엽은 입안의 죽을 꿀떡 삼키며 답했다.

"쓰레기통 옆에 있었어요?"

"그거 제가 아엽 씨 주려고 일부러 조명시장 가서 산 거였는데."

줄 때는 촬영하고 남은 걸 준다고 하지 않았나? 그것까지

지적했다가는 병선에게 더 혼이 날 것 같아서 아엽은 사과부터 했다.

"죄송해요. 몰랐어요."

"몰랐다는 게 더 슬퍼요. 자, 아아."

"네. 감사합니다."

다시 아엽은 입을 벌렸고 죽이 흘러들어왔다. 어금니를 움직이며 상황이 웃기다는 생각이 들어서 아엽이 작게 웃었는데, 그걸 봤는지 병선이 말했다.

"웃네요? 뭘 잘했다고 웃지?"

"그러게요. 막 혼난 주제에."

죽을 떠 먹이며 이때다, 싶었는지 쉬지 않고 타박하는 병선의 목소리에도 웃음기가 묻어 있었다. 아엽은 그런 것에 안도감을 느끼는 자신이 신기했다.

병원 놀이를 하듯 죽을 먹은 후에는 약도 받아 먹었다. 그동안 병선은 인터넷에서 배운 전정 신경염에 대해 알려 주었다. 당장 하루 이틀이 가장 힘든데 계속 누워 있는 게 좋단다. 어지러움이 멈춘 후에는 재활 운동이 중요한데 그건 자신이 배웠으니 가르쳐 주겠다고 했다. 아엽은 병선의 목소리를 들으며 자기와 동갑이라면서 아픈 사람을 간호하는 방법은 언제 다 배운 걸까, 감탄했다.

그전까지 아엽은 이렇다 할 병에 걸린 적이 없었기 때문에 간호를 받아 본 적도 없었다. 그래서 누군가 아플 때도 어떻게 해 줘야 하는지 방법을 몰랐다. 세정, 미옥과 함께 살 때 둘은 자주 아프다며 누워 있었는데 그때 아엽은 자리를 피해 주는 것으로 간호를 대신했었다. 당시에는 할 수 있는 것을 한다고 여겼는데⋯⋯. 그게 아니었을지도 모른다는 생각이 문득 들었다. 아파서 누워 있던 세정이나 미옥은 섭섭했을 수도 있겠다. 어쩌면, 세정이 자신을 탓한 이유가 그것 때문일지도 모르겠다.

생각하는 중에 발아래에서 시원한 바람이 느껴졌다. 쟁반을 들고 나갔던 병선이 냉매 팩을 갈고 냉풍기를 틀어 준 것 같았다. 밖이 더 더울 텐데, 손님인 병선의 더위에 마음이 불편해졌다. 문을 열고 냉풍기를 회전으로 돌려야지, 그러면 둘 다 바람을 맞을 수 있을 거다. 병선이 문을 닫는 게 편하다고 하면 아예 냉풍기를 밖에 두라고 해야지, 결심만 이어 가던 아엽은 다시 잠이 들었다.

침대에 기대앉은 채로 자다 깨서 어깨와 목이 뻐근했다. 울렁임도 느껴졌지만 익숙해졌는지 크게 문제라고 느껴지진 않았다. 살며시 눈을 떠 방문을 보았더니 금세 옆 벽과 섞여 들며 회전했다. 여전하구나, 감각에 대한 점검이 끝나자 아엽은 병선에게 알려 주고 싶었다.

"병선 씨?"

답이 없어서 아엽은 조심조심 기어서 방을 나왔다. 거실이 어두워서 손을 뻗어 형광등을 켰더니, 집 안 곳곳의 사물들이 눈앞으로 끼어들며 회전했다. 식탁 위에는 메모지와 병선이 선물했던 미러볼이 놓여 있었다. 가까이 다가가 미러볼에 집중하자, 울렁임은 매스꺼움으로 강화되었다. 식탁 의자에 의지하며 들여다보았더니 작은 사각형의 조각들이 빈틈없이 붙은 모양이 꽤나 예뻤다. 아빠 집에 있던 것은 흉측하기만 했던 것 같은데 이렇게 예쁜 모양이었나? 모터와 빔을 작동시킨 것처럼 고정된 미러볼이 빙글빙글 돌았다. 어지럽기만 한데, 이게 의지가 된다고? 병선이 했던 말이 기억났지만 이해되지는 않았다. 아엽은 미러볼에서 시선을 거둔 후에 메모지를 들었다. 글자들이 어른거려서 실눈을 뜨고 집중했다.

꼭 죽 먹고 약 먹어요. 연락할게요. 병선.

두 번을 연달아 읽은 후 아엽은 눈을 감았다. 닫힌 눈꺼풀 너머로 병선의 글자들이 여전히 보였다. 연락할게요. 이 문장만은 사라지지 않았으면 좋겠다.

혼자라는 사실을 깨닫자 다시 잠들고 싶다. 그러기 위해서는 약을 먹는 게 좋을 것 같은데, 메모지에 적힌 병선의 당부 때문에 잠시 고민했다. 병선에게는 미안하지만 위장을 채우고 싶지는 않다. 아엽은 죽을 생략하고 물과 함께 약을 삼킨 후에 휘청거리며 침대로 돌아갔다.

핸드폰 액정을 켜 보니 11시 32분이었다. 밤인 것은 알겠는데 회전을 시작한 후 몇 번째 밤인지는 모르겠다. 아주 오랫동안 이런 상태였던 것만 같다. 아엽은 눈을 꼭 감았다. 눈꺼풀 위로 조금 전에 봤던 핸드폰 숫자가 비쳐 들었다. 오른쪽으로 회전하며 빛은 잔상을 남겼는데 회전이 반복될수록 잔상은 화려하게 겹쳐졌다.

눈꺼풀을 닫아 두었기 때문에 아엽은 더는 할 수 있는 게 없다. 머릿속에서 꼬리를 물고 증식되는 생각들만큼은 물리칠 방법이 없다. 무력감은 질문으로 이어진다. 왜? 왜 세상이 빙빙 도나? 의사에게 되묻지 못했던 질문은 빠르게 펼쳐졌는데, 이미 생각의 길이 뚫려 있어서 막힘이 없다. 멀미를 일으킬 만한 속도감이다. 왜 전정 신경염에 걸렸나? 왜 면역력이 약해졌나? 왜 치니는 돌아오지 않나? 왜 엄마는 떠났나? 왜 미옥이는 핸드폰을 꺼 놨나? 왜 자신은 언제나 혼자인가? 인과 관계 없는 질문들이 틈 없이 이어진다. 그동안 추상적이던 빛의 잔상은 구체화된다. 빛을 뿜으며 빙글빙글 회전하는 미러볼. 모터도 빔도 없이 미러볼이 돌아간다. 그 아래에서 싱글벙글 웃는 아빠와 단정한 엄마와 까만 치니가 펼쳐졌다가 겹쳐지며 기묘한 형상을 만들고 있다. 그 형상을 바라보니 자신이 너무 오래 산 것만 같다. 레퍼토리가 반복된다. 아엽의 인생에 들어온 사람은 떠나고 떠나고 떠난다. 왜? 대체 왜? 간절한 질문에 답하는 목소리가 들린다.

"이럼 못 쓰는데."

엄마의 목소리다. 그 목소리를 재생할 때 보였던 장면은 언제나 엄마의 찌푸린 미간이었다. 그런데 처음으로, 순식간에 화각이 넓어진다. 한껏 당겼던 카메라 줌이 아웃되는 것처럼. 엄마는 베란다에 쭈그리고 앉아 있다. 엄마가 골똘히 들여다보는 곳에는 채반에 고구마 조각들이 널려 있다. 엄마는 손가락 두께로 잘린 고구마 조각을 뒤적이며 불만스러운 표정이다.

"이럼 못 쓰는데."

뇌세포에 남아 있는 줄도 몰랐던 이미지 조각이 이렇게 갑자기 보여지는 게 신기하다. 전정 신경의 염증을 치료하기 위해 먹은 약이 뇌에도 영향을 준 걸까? 아무렴 어떤가. 못 쓰게 된 대상은 자신이 아닌 고구마 말랭이인데. 그렇게 생각하자 발끝에 힘이 들어간다. 자신이 싫어서 엄마가 나간 게 아닐지도 모른다. 고구마 말랭이 때문에? 아니 그것도 아닌 것 같다. 아엽이 알 수 없는 엄마만의 이유로 엄마는 집을 나갔다. 원인 제공자라는 누명에서 가까스로 벗어나자, 누워 있는데도 몸이 가볍게 느껴진다. 내 탓이 아니야. 내 탓이 아닌 일들도 있다. 아엽은 아주 오랜만에 속이 편안해지는 것 같았다.

12

 몽롱한 상태로 아엽은 눈을 떴다. 집 안이 환했다. 빛이 들어오는 것으로 봐서는 오전인 것 같은데 빠른 기상인지 늦은 기상인지는 판단할 수 없었다. 천장 등을 향해 눈을 깜빡이며 잠시 멍한 채로 있었더니 옆 벽에서 부스럭거리는 소리가 들렸다. 이 소리에 깬 것 같은데, 뭐지? 방향을 가늠해 보니 야외 베란다였다. 아엽은 거의 자동으로 몸을 일으켰다. 현관문을 열고 나가면서는 뭔가 이상하다는 느낌이 들었지만, 무시했다.

 베란다 문을 열었더니 고양이 탐정이 구부정하게 서서 돌아봤다.

 "안녕하세요. 근처에 왔다가 들렀어요."

"아, 네."

아엽은 침입당했다는 생각에 찡그린 표정이 풀리지 않았다. 눌린 머리를 거칠게 쓸어내리려는데 엉망으로 헝클어져서 쉽지 않았다. 이런 몰골을 보이게 된 상황이 불쾌했다. 아엽의 당황스러움을 느꼈는지 탐정이 설명했다.

"뒷동네에서 의뢰를 받았거든요. 흰색 페르시안 고양이를 찾고 있어요."

치니가 아닌 다른 고양이를 찾는 중이구나. 그렇게 생각하자 이제는 좀 섭섭해졌다. 앞으로는 베란다 문을 잠가 둬야겠다는 생각도 들었다.

"저도 보면 알려 드릴게요."

"치니는 아직이죠?"

"네."

"35일 째네요."

"그런가요?"

"둘 다 찾아야 할 텐데요."

말한 후에 탐정은 쓰레기를 정리했는데 길고양이들이 뿌려 놓은 노란 액이 벽 곳곳에 묻어 있었다. 최근 며칠간 앓느라 베란다를 확인하지 않아서 이렇게 지저분한 상태인 것을 몰랐다. 고양이들이 영역 다툼을 해 놓은 듯했다.

"남은 건 제가 치울게요. 감사합니다."

"네, 그러시죠."

물티슈와 탈취제를 챙기며 탐정은 일어섰고 아엽은 배웅하며 다시 말해 주었다.

"흰색 페르시안, 보면 꼭 연락드릴게요."

탐정이 계단을 내려가는 뒷모습을 바라보던 아엽은 그제야 현관문을 열며 느꼈던 이상한 느낌의 정체를 깨달았다. 빙글빙글 돌던 세상이 회전을 멈췄다. 아엽은 시선의 끝을 탐정의 뒤통수에서 베란다 손잡이로 빠르게 이동해 보았다. 안구 뒤쪽의 압박감은 있었으나, 분명 움직임은 멈췄다. 나았구나, 의사 말이 맞았구나. 이유를 모르는데도 시작하고 멈추는구나.

아엽은 집으로 들어가서 병선에게 전화를 걸었다.

"저 이제 괜찮아졌어요."

곧바로 핸드폰 너머에서 병선이 환호를 내질러서 아엽은 핸드폰을 잠깐 귀에서 떨어뜨렸다가 다시 댔다. 병선 주변에는 지하철 소음이 들렸는데, 그 공간에서 민폐가 아닐까 싶을 정도로 병선의 환호는 조금 더 이어졌다. 잠시 후에야 아엽이 알아들을 만한 목소리가 들렸다.

"됐네, 됐어. 진짜 다행이다."

"덕분이에요."

"맞아요. 제 덕이에요. 어젯밤에도 내가 얼마나 걱정했는데요."

"네, 고마워요."

"그래도 잔 어지럼증이 있대요. 조심조심 움직이고 남은 약 꼭 챙겨 먹어요."

"네."

"내일 갈게요. 쉬고 있어요."

전화를 끊고 아엽은 거실의 사물들을 둘러보았다. 그 상태로 귓가에 남은 병선의 환호를 조금 더 들었다. 통화 중에 올라갔던 입꼬리를 어색하게 내리려는데, 식탁에 놓인 죽 그릇이 눈에 들어왔다. 상했을까? 들어서 냄새를 맡아 보니, 아직은 괜찮은 것 같다. 수분이 날아가며 겉면이 누르스름한 막으로 덮였지만 먹어도 될 것 같다. 아엽은 죽을 깨끗하게 비워 내고 약을 꺼내서 살펴보았다.

흰색이 세 알, 파란색이 한 알, 총 네 알이었다. 어제 종일 이걸 먹은 거였구나. 이 작은 것들이 그 무서운 회전을 멈춰 주었다고 생각하자 기분이 이상했다. 네 알을 입에 한꺼번에 넣고 물과 함께 삼키는데 불쑥 어떤 이미지가 떠올랐다. 알약들이 가득한 이미지인데 이게 사진인가, 그림인가. 동그라미가 가득한 것. 뭐였더라. 자칫 환 공포증을 부르기도 했던 것. 미옥이. 미옥의 표현기법 과제였다.

아엽은 노트북을 열어서 검색 키워드를 봉상용, 박미옥 등으로 바꿔 입력했다. 그동안 뉴스는 엄청난 크기로 자라나 있

218

었다. 카테고리도 문화예술에서 사회 면으로 옮겨졌다. 단체전 큐레이터가 봉상용 사기에 개입한 정황이 추가로 발견되어서 미술가들도 조사를 받았다. 여러 명의 미술가 사이에 고개를 폭 숙인 미옥이 흐릿하게 보였다. 미술계의 타락, 여성 미술가의 접대 의혹 등 뉴스 제목이 지저분했다. 궁지에 몰린 큐레이터가 결백을 주장하면서 젊은 여성 미술가가 봉상용 화백의 권력에 기댔다고 증언했는데 사실 확인을 한답시고 네티즌과 기자들이 다투어 마녀사냥에 나섰다.

한 기자가 '봉상용의 그녀는 누구?'라는 말도 안 되는 제목을 붙여 기사를 냈는데, 단체전에 걸렸던 미옥의 석류 작품이 노출되어 있었다. 아엽은 기사를 쓴 기자의 이름을 쏘아본 후, 핸드폰을 들어 미옥에게 전화를 걸었다. 역시 전화기는 꺼져 있었다.

낮잠에 들었다가 오후에 깼더니 몸이 한결 가벼웠다. 정신을 차리면서 동시에 자가 검진을 마쳤다. 방안의 벽과 사물들은 고정되어 있었다. 회전하지 않았다. 상체까지 일으켜 세우자, 몸에 힘이 느껴졌다. 전복죽 덕분인지 알약 덕분인지는 모르겠지만 반나절 만에 튼튼해진 기분이었다.

집 안이 갑갑하다는 느낌이 들어서 아엽은 외출 준비를 시작했다. 화장실에 들어가서 샤워를 하다가 토했던 기억이 나서 바닥 타일을 살펴보는데 반짝반짝 깨끗했다. 병선이 치워 준 것 같았다. 병선의 고마움을 잊지 말자, 아엽은 머리를 말리면서도 계속 마음에 다졌다. 옷을 갈아입고 지갑과 핸드폰을 챙기면서 아엽은 자신에게 목적지를 물었다. 30분 코스? 2시간 코스? 아니, 아니다. 더 먼 곳으로 가서 만나야 할 사람을 만나야겠다.

*

미옥의 작업실 문 앞에 서서 벨을 눌렀다. 아무런 반응이 없는 걸 확인하고는 다시 꾸욱 벨을 눌렀다. 그렇게 몇 번을 눌러 댔는지 모르겠다. 문에는 각종 전단지가 붙어 있어서 그리 심심하지도 않았다. 크로스핏 썸머 이벤트에서 마트 할인으로 시선을 옮기는 중에 문득 깨닫게 된 것이 있었다. 작업실 주변은 카페와 음식점이라 음악 소리가 밖에서 들려온다고 생각했는데 아니었다. 이 메탈은 미옥이 듣던 것이고 지금도 안에서 새어 나오고 있었다. 아엽은 쾅쾅 문을 두드리며 외쳤다.

"미옥아, 나 아엽이! 안에 있어?"

쾅쾅쾅, 쾅쾅쾅. 내리치는 주먹이 얼얼해질 때까지 아엽은 문을 두드렸다. 잠시 후, 버튼 누르는 소리와 함께 문이 살짝 열렸다. 다시 문을 내리치려고 주먹을 들었던 아엽은 닫히려는 문고리를 재빠르게 잡았다. 미옥이 놀란 눈을 하고 목소리를 냈다.

"뭐야, 너?"

아엽은 대답하지 않고 작업실 안으로 성큼성큼 들어갔다. 현관에 쌓인 박스 때문에 몸을 벽에 바싹 붙여야 했지만, 속도를 줄이지 않았다. 미옥이 가라고 해도 절대 가지 않을 테다. 아엽은 그 결심을 온몸으로 표현했다. 갑자기 메탈 음악이 꺼져서 돌아보았더니, 따라 들어온 미옥이 팔짱을 끼고 서 있었다. 오랜만에 보는 화장기 없는 얼굴이었다.

"언제부터 있었던 거야?"

묻고 싶은 건 아엽이다. 언제부터 여기 있었던 거야? 다닥다닥 붙어 있던 천 조각과 컬러 팔레트들이 사라진 벽은 횅했다. 소파 위에도 광목천이 덮여 있었는데, 그 위로 털썩 쓰러지듯 미옥이 앉으며 옆을 탁탁 쳐서 아엽은 그 옆에 앉았다. 미옥은 테이블 위에 놓인 탄산수 병들 중 하나를 들어 뚜껑이 개봉되지 않았음을 확인하고는 아엽에게 건넸다. 그 행동이 너무 자연스러워서 아엽은 어떤 모드로 미옥을 대해야 할지 어리둥절해졌다. 그래서 탄산수 병을 받아들고 가만히 내려다보고만 있었다.

"나 본가로 가. 어떻게 알고 왔대?"

"포항?"

"어. 가져가고 싶은 거 있음 골라 봐. 저쪽 물건은 쓸 만해."

말하며 미옥이 갑자기 일어서서 아엽이 깔고 앉은 쿠션이 출렁거렸다. 미옥은 아엽에게 줄 것을 찾으려고 나무 박스와 철제 박스들 사이에서 인형, 그림 도구 등을 꺼내기 시작했다. 아엽은 행동을 막고 싶어서 힘주어 말머리를 열었다.

"미옥아, 나 기사 봤어."

"온 국민이 다 봤잖아. 똥 됐지, 뭐."

박스 안에 머리를 파묻은 미옥은 계속해서 물건을 꺼냈다.

"있지, 나 니가 선우 오빠 편들어서 섭섭했어. 지난번에."

"어, 미안해."

더 얘기하기 싫다는 듯, 곧장 사과해 버리는 미옥의 태도에 아엽은 갑갑해졌다. 제대로 이야기하고 싶다고 생각하며 미옥이 꺼낸 물건들을 멍하니 바라봤다. 쓸데없어 보이는 것과 귀해 보이는 것이 뒤엉켜 있었는데, 결과적으로 쓰레기 더미 같았다. 미옥은 쓰레기 더미에 자꾸만 물건을 보태고 있었다. 아엽은 그런 미옥을 말리고 싶었다.

"나 너한테 거짓말했어."

"뭐?"

"우리 엄마 안 죽었어. 기억나? 대학교 1학년 때, 기숙사에서 내가 너한테 우리 엄마 죽었다고 했잖아. 니 동생 얘기해 줬을 때."

그제야 행동을 멈춘 미옥이 바닥에 엉덩이를 깔고 앉았다. 등을 돌린 상태였지만, 이야기에 집중하고 있다는 건 충분히 알 수 있었다. 아엽은 계속 말했다.

"그랬으면 싶은 것들이 그렇게 입밖으로 나가. 이상하다는 건 나도 알아. 그래서, 치니 만나고는 고쳤었거든? 근데 너랑 만난 건 그 전이잖아. 사실대로 말하면 니가 너무 실망할 것 같고, 그래서 피하다 보니까 계속 잘못이 커지는 것 같아서 무섭고,"

미옥이 공격적으로 아엽의 말을 끊었다.

"그 얘길 지금 왜 해?"

"옛날부터 하고 싶었는데, 못 했거든."

"그니까 그걸 왜 지금 하냐고. 내가 우습다, 이거지?"

앉은 자리에서 미옥은 몸을 돌려 아엽을 쏘아봤다. 그 눈빛이 매서워서 아엽은 당황했다.

"니가 중요해서 그런 건데? 너한테는 제대로 말하고 싶은 건데? 나도 말한 대로 믿고 싶었는데 얼마 전에 누가 엄마를 봤대."

아엽의 목소리는 웅변조로 커져 있었다. 어찌나 힘을 줬던지 간혹 쇳소리가 겹쳐 나왔다. 미옥은 노려보는 시선을 거두지 않았다. 아엽도 물러서지 않았다. 잠시간 둘은 말이 없었다. 눈 맞춤이 눈싸움으로 바뀌려는 순간, 미옥이 뭔가를 털어 내듯 머리를 세차게 흔들고는 아엽을 다시 봤다. 그 눈빛에는 적의가 사라지고 없었다.

"그래서, 엄마는 만났어?"

아엽은 시선을 내리며 고개만 가로저었다.

"어디에 계신대?"

"설악산. 진주 가든. 친척 누가 거기 카운터에 있는 걸 봤대."

"나 차로 가는데, 가는 길에 내려 줘?"

미옥의 질문이 터무니없게 들려서 아엽이 되물었다.

"가는 길이라고? 설악산이?"

"가는 길이겠니? 말이 그렇다는 거지. 데려다줄게."

그렇게 아엽은 15년 동안 보지 못했던 엄마를 보러 가게 되었다. 미옥이 남은 짐을 정리하는 동안 아빠에게 전화를 걸어 확인해 보았다. 진주 가든이 맞냐고. 맞다는 확인을 받은 후, 아빠는 언제 갈 거냐고 물었더니 이번에는 아빠가 딴소리를 했다.

"느이 엄마를 왜 보러 가?"

"지난번엔 같이 가자며."

"아빠는 안 갈란다. 너 느이 엄마 보러 가게?"

말 바꾸기는 아빠의 특기이기 때문에 아엽은 그러셔, 라며 질문에 답하지도 않고 전화를 끊어 버렸다. 간절하게 아빠의 본심을 알고 싶던 때가 분명 있었는데, 이제는 그리 궁금하지 않았다. 그때처럼 짜증이 돋지도 화가 나지도 않았다. 말을 바꿀 수도 있지, 아빠라면 그럴 수 있지, 아엽은 아빠의 변심을 빠르게 받아들였다.

주차장에서 미옥의 차 트렁크에 필요한 박스를 넣고 났더니 부동산 사장님이 왔다. 미옥은 카드 키와 현금을 건네며 이삿짐 트럭은 내일 올 테니 잘 부탁드린다고 했다. 꽤 친밀해 보이는 두 사람은 이별을 아쉬워하며 포옹까지 했는데, 아엽에게는 놀라운 광경이었다. 미옥이 누군가에게 그렇게 살갑게 행동하는 것을 전에는 본 적이 없었다.

운전대를 잡은 미옥은 아엽의 혼란을 눈치챘는지 굳이 설명을 붙였다.

"사장님이 진짜 좋은 분이셔. 먹을 것도 챙겨 주고."

"어, 좋아 보이더라."

내비게이션은 설악산 목적지까지 3시간 15분이 소요될 거라며 안내를 시작했다. 내부로 해가 들이쳐서 미옥은 손을 뻗어 콘솔에서 선글라스를 꺼내 썼고 아엽은 선바이저를 내렸다. 미옥이 시동을 걸자, 위이잉 엔진이 돌아가기 시작했다.

다행히 도로 사정이 좋아서 금세 고속도로에 올라탔고 풍경들은 빠르게 바뀌었다. 미옥은 기분이 좋은지 깨끗한 하늘과 연달아 등장하는 산에 관해 이야기를 건넸는데, 아엽이 어색하게 받아 버려서 대화는 뚝뚝 끊어졌다. 아엽은 둘 사이에 나누어야 할 이야기들이 있는데 없는 척 다른 얘기를 할 수가 없었다. 그렇다고 미옥이 언급하기 전에 봉상용 사건을 물을 수도 없었다. 엄마를 만난다는 생각에 긴장도 되었다. 앞뒤 없이 행동부터 하는 것은 자신의 스타일이 아닌데, 얼떨결에 저질러 버렸다. 아엽은 창밖을 바라보며 엄마를 만나더라도 굳이 대화를 나눌 필요는 없을 거라고 생각했다. 멀리서 보기만 해도 될 것 같다. 그렇게 생각하자 한결 마음이 놓였다. 그래, 멀리서 보기만 하고 오자. 미옥이 흘깃 아엽을 봤다.

"무슨 생각해?"

"그냥, 뭐."

자신이 떠올린 것을 내뱉고 싶지 않아서 아엽은 얼버무렸다. 그랬더니 미옥이 피식 웃었는데, 아엽은 그 의미를 알 수 없어서 되물었다.

"왜?"

"너처럼 안 그래, 사람들."

"나 뭐?"

"하나하나 의미 두고 안 그런다고. 거짓말하고 그냥 넘기고 그래."

아, 미옥은 그걸 신경 쓰고 있었구나. 하지만 아엽은 미옥의 말에 동의할 수 없었다. 사람들이라는 기준부터가 모호해서 자신이 거짓말에 더 민감한지 아닌지 판단할 수도 없었다.

"니가 진지해서 그래. 너 진지해, 알아?"

"내가 진지해?"

"어. 전에는 니가 나 싫어한다고 생각했거든? 근데 그게 아니라 진지한 거더라."

"너 안 싫어해."

"그니까. 근데 옆에서는 그렇게 느낀다니까? 판단당하는 거 같고."

그렇게 말한 뒤 미옥은 입을 다물었지만 아엽은 대화를 계속하고 싶었다. 자신은 누굴 판단한 적이 없다. 그런 오해를 미옥에게 받는 건 억울했다. 그래서 막 변명을 하려고 입술을 여는데, 세정이 자신 때문에 상처받았다고 했던 게 다시금 기억났다. 그때의 자신이, 자신도 모르는 어떤 잘못을 했을 수도 있겠다. 아엽이 입을 벌린 채 생각하는 동안 미옥이 말했다.

"내가 니 눈치 얼마나 봤는데."

"그랬어?"

"어, 완전. 넌 모르지? 니가 말도 안 하고 빤히 보잖아? 그럼 진짜 뭐에 찔리는 것 같아서 헉, 한다고."

말하며 미옥이 한 손으로 차선을 바꾸려는데, 큰 경적과 함께 덤프트럭이 위협적으로 추월했다. 그 바람에 차가 휘청거렸고 미옥은 빠르게 두 손을 핸들에 얹고 중심을 잡았다. 차 안에 일순 긴장감이 들어찼다. 둘은 바뀐 공기에 적응하느라 잠시 침묵했다. 아엽은 머릿속으로 미옥의 이야기를 혼자 이었다. 가장 오래된 친구가 설명하는 자신에게는 분명 어떤 진실이 담겨 있을 거다.

이제껏 아엽은 미옥과의 관계가 자신의 노력으로 유지된다고 믿어 왔다. 쉽게 느슨해질 수 있는 관계의 끈을, 팽팽하게 당기는 쪽은 자신이라고 생각했다. 미옥의 노력에 대해서는 생각해 본 적이 없었다. 아엽 쪽에서 바라본 미옥은 다양한 관계 속에서 바빴기 때문에, 자신에게 소홀한 게 당연하다는 식으로 판단해 버리고 그걸 사실로 믿었다. 그러네, 판단을 했었네, 그건 배려가 아니구나, 어쩌면 미옥의 말대로 무시했던 게 맞겠구나. 이런 생각을 하는 동안, 쭉쭉 뻗어 있던 고속도로는 어느새 꼬불꼬불한 2차선으로 바뀌었다.

도로 상태가 좋지 않아서 미옥은 허리를 꼿꼿이 세우고 앞을 응시했다. 운전에 집중하느라 미옥의 옆얼굴이 조금 어두워진 듯했다. 산을 깎아 만든 도로는 급커브가 이어졌다. 어느 정도 오르막이 계속된다 싶은 후에는 오른쪽 아래가 아찔할 정도의 낭떠러지였다. 산 하나를 넘어 완만한 내리막으로 바뀌고서야 꾹 다물고 있던 미옥의 입이 열렸다.

"너 땜에 속 시끄럽다, 야."

분명한 질책이 담긴 이 말에 아엽은 조금 놀랐는데 그전까지 차 안에는 침묵뿐이었기 때문이다. 아엽은 곧바로 내가 어쨌는데? 라고 되물으려다가 삼켰다. 곁눈질로 미옥을 보니 왼손을 핸들에 올린 채 오른손의 굳은살을 이로 물어뜯고 있었다. 미옥의 약지 손톱 아래 굳은살은 여전히 불룩했다. 뜯고 또 뜯어도 피가 나오지 않을 그 굳은살에 아엽은 긴장이 풀어졌다. 차창으로 얼굴을 붙이며 미옥의 다음 말을 기다렸다. 빼곡하던 가로수가 끝나자 넓은 논이 펼쳐졌다. 미옥의 목소리가 다시 들렸다.

"내 동생도 자살한 거 아니야."

동생 이야기가 나올 것은 상상하지 못했기 때문에 아엽은 멍해졌다. 스치는 풍경을 따라 움직이던 동공도 멈추었다. 초점 없이 흐르는 배경 속에서 미옥의 이야기를 들었다.

"걔는 태어날 때부터 아팠거든. 아프다가 죽은 건데, 난 그게 납득이 안 되는 거야. 어린애가 산 것도 아니고 죽은 것도 아닌 채로 있다가 결국 죽어 버린다는 게, 너무 이상하잖아. 자살은 이유도 있고 드라마도 있으니까, 납득이 되잖아. 그래서 그렇게 믿고 싶었어. 너 말고도 내 친구들은 다 그렇게 알고 있거든? 근데, 얼마 전에야 그게 죽은 동생한테 못 할 짓이라는 생각이 들더라고. 걔는 그래도 살려고 했었는데, 의지까지 내가 뺏은 거 같아서."

거기서 이야기는 끝났다. 뒤를 기다리던 아엽은 정적만 이어지자 고개를 돌려 미옥을 보았다. 미옥은 정면을 주시한 채 이미 다른 생각으로 넘어간 듯 보였다. 아엽은 혼자 이야기를 끝내 보았다. 그러니까 우리 다 거짓말을 한 거야.

동생이 죽은 이유를 병이 아닌 자살로 선택하고 싶었던 그 마음을 이해할 수는 없었다. 아엽에게는 자살 쪽이 더 괴로울 것 같았기 때문이다. 하지만 현실을 바꿔 버리고 싶어서 거짓말을 했다는 것에 대해서는 거의 완벽하게 이해했다. 거짓말 속에서 안락했고 거짓말 속에서 혼란스러웠을 미옥의 지난 시간이, 아엽에게 절절히 전해졌다.

13

　주유소에 한 번 들렀던 것 말고는 쉼 없이 달렸다. 주변 풍
경과 미옥의 기운과 들이치는 햇볕은 보조석에 앉은 아엽을
피로하게 했고 어느 순간부터는 걷잡을 수 없이 졸음이 몰려
왔다. 허벅지를 꼬집고 내비게이션의 지도를 쏘아보면서도 자
꾸만 내려오는 눈꺼풀의 무게를 감당할 수 없었다. 그렇게 잠
이 든 모양이다.

　"아엽아, 다 왔어."

　미옥의 목소리에 깨어났을 때, 아엽은 사과부터 했다.

　"아, 미안."

　그리고 둘러보니 주변이 온통 붉었다. 차는 주차장에 주차
된 채였는데, 목을 빼고 미옥 옆을 보니 단층 벽돌 건물이 눈

에 들어왔다. 미옥은 이미 차에서 내리고 있었기 때문에 아엽도 고개를 몇 번 흔들며 차 문을 열었다.

벽돌 건물 앞 너른 마당은 야외 테이블과 벤치, 그네 등으로 꾸며져 있었다. 한쪽 귀퉁이에는 장독대가 늘어서 있었는데 붉은빛이 맺혀 반짝거렸다. 주변을 둘러보느라 아엽이 걸음을 지체하자, 입구에 먼저 도착해 있던 미옥이 빨리 오라며 손짓을 했다.

"망했어, 우리."

아엽이 미옥 옆에 섰더니 유리문에 붙은 메모가 보였다. '월요일 휴무.'

"여기 맞어? 확실해?"

사실을 받아들이기 힘든지 미옥은 뒷걸음으로 계단을 내려가며 건물 외관을 눈으로 확인했다. 그동안 잠에서 완전히 깬 아엽은 조금 상쾌한 기분을 느끼고 있었다. 엄마를 만나지 못한다는 아쉬움보다 실망한 미옥에게 미안함이 더 컸다. 아엽은 마당으로 내려가며 미옥 옆에 서서 함께 간판을 올려다봤다.

분명 진주 가든이었다. 검색했을 때, 설악산에 하나밖에 없던 그 진주 가든이 눈앞에 있었다. 아엽은 다시 입구로 올라가서 유리문 안을 들여다봤다. 들이치는 노을빛을 막으려고 양 손바닥을 눈썹 위에 가림막처럼 올렸다. 아엽 옆에 나란히 선 미옥도 손 가림막을 만들며 내부를 들여다봤다. 그제야 보이는 실내는 꽤 넓었다. 바로 오른쪽이 계산대인 듯하고 뒤로는 담배 진열대가 보였다. 담배도 파는구나. 테이블과 의자가 있는 너른 홀 안쪽에는 창호지 문으로 막혀 있는데 안에는 좌식 테이블이 있을 것 같다. 아엽은 눈으로 공간을 훑으며 아빠에게 들었던 상황을 상상해 봤다. 아재라는 사람이 저쪽 테이블 쯤에서 일어서서 카운터로 걸어온다. 엄마가 저기 서서 카드를 받으며 아는 체를 한다.

"오리고기 2인분 3만 5000원. 막국수 1만 8000원."

미옥의 목소리를 따라 아엽도 시선을 옮겨 메뉴판을 봤다.

"들깨탕, 2만 5000원. 여기 바가지다, 젤 싼 게 1만 8000원이야."

"비싸네, 공깃밥 추가도 2000원이야."

"이런 데가 자릿세가 쩔거든. 그래도 먹으려면 오리고긴가? 딱 봐도 포인트가 없네."

신랄하게 메뉴 품평을 마친 미옥은 배가 고프다고 했다. 메뉴판을 봐서인지 아엽도 배가 고팠다. 유리 너머로 보이는 낡은 계산대에서 엄마의 흔적을 찾아내는 것보다 허기를 해결하는 게 더 시급하게 느껴졌다.

주차장으로 성큼성큼 걸어가며 미옥은 삼계탕집이 문을 연 것을 봤다고 했고 아엽은 그 얘기를 듣자, 삼계탕이 너무 먹고 싶어졌다. 3시간 15분을 달려서 찾아온 진주 가든을 도착한지 5분도 안 되어 떠난다는 사실이 하나도 아쉽지가 않았다.

삼계탕집은 산행로 입구 바로 옆에 있었다. 회색 컨테이너에 '삼계탕' 글자가 페인트로 쓰여 있고 그 주변을 트리에 꾸밀 법한 알전구 전선으로 둘렀는데, 번쩍번쩍 다채로운 컬러가 요상한 분위기를 풍겼다. 해는 빠르게 넘어가 버리고 주변이 어두워서 간판이 더 도드라져 보였다. 컨테이너 앞 공터에는 트럭이 한 대 주차되어 있었다. 미옥이 주차를 하는 동안 고개를 쑥 빼고 주변을 구경하던 아엽은 미옥이 차 문을 열고 내리고서야 우물쭈물 따라 내렸다. 공간의 기운에 위축된 아엽과 달리 미옥은 흥분한 듯했다.

"완전 힙하다, 그지?"

성큼성큼 이미 미옥의 발은 컨테이너 입구에 다다랐다. 입구는 옆으로 미는 플라스틱 문인데 미옥이 힘을 줬더니 문이 거치대에서 이탈하며 휘청거렸다. 아엽이 달려가서 함께 잡기는 했지만, 문이 무거워서 어쩔 줄을 모르겠다. 마침 안에서 50대로 보이는 남자가 나와서 둘을 밀쳐 내며 혼자 문을 끼웠다.

"원래 이래, 원래. 둘이요?"

"네. 둘이요."

아저씨를 따라 들어간 내부는 꽤 너른 편이었다. 원형 테이블이 세 개나 있었는데 중앙 쪽 테이블로 아저씨가 안내해 줘서 아엽과 미옥은 마주 보고 앉았다. 주변을 둘러보았으나 티브이와 달력, 사진 액자가 걸려 있을 뿐 메뉴는 없었다. 아저씨는 어느새 물통과 스테인리스 컵을 테이블에 세팅하고 있었다.

"삼계탕 둘?"

"다른 건 뭐 있어요?"

"없어요."

아저씨는 입으로 미옥과 주문 내용을 주고받으면서도 눈으로는 아엽을 뚫어져라 봤다. 얼굴은 미옥을 향해 있으면서 눈알만 돌려 자신을 보는 아저씨 탓에 아엽은 조금 무서워졌다.

"그럼, 그렇게 주세요."

"술은?"

"괜찮습니다."

아저씨가 주방으로 들어가자, 미옥도 이상하다고 느꼈는지 입 모양으로만 왜 저래? 하고 아엽에게 질문했다. 아엽도 입 모양으로만 몰라, 라고 답하며 물컵에 물을 따랐다. 그때, 갑자기 주방에서 앞치마를 두른 아줌마 한 명이 후다닥 뛰어나와 미옥과 아엽을 번갈아 보다가 아엽에게 시선을 꽂았다. 그러더니 무척 반가운 표정으로 주방을 향해 외쳤다.

"그러네, 맞네! 닮았네!"

아줌마의 호들갑에 아엽은 물통을 놓칠 뻔했다. 불쾌한 기색을 숨기지 않고 물었다.

"왜 그러시는데요?"

그제야 아줌마는 주방 쪽이 아닌 아엽에게 말을 건넸다.

"동생인가 보다. 저 짝, 진주 실장 동생인가?"

똑같이 생겼다며 호들갑을 떠는 걸 들으며 아엽은 엄마의 얼굴을 떠올려 보았다. 자신과 닮았던가? 기억나지 않았다. 분위기를 파악한 미옥이 대신 물었다.

"진주 가든이요? 거기 분 아세요?"

"진주 실장, 알지. 아까도 산 타고 내려오다 커피 한잔하고 갔지."

그동안에도 아줌마는 진주 실장과 꼭 닮은 아엽이 신기한지 뚫어져라 바라보며 연신 아유 신기하네, 신기해, 하고 중얼거렸다. 순간, 아엽은 아줌마가 말한 바로 그 배역을 맡고 싶어졌다.

"네, 맞아요. 제가 동생이에요."

말하고 났더니 꽤 상쾌했다. 그럴 줄 알았다며 팔뚝을 주물러 대는 아줌마가 불쾌하지도 않았다. 아엽의 거짓말에 흡족한 표정이 된 아줌마는 서비스를 주겠다며 주방으로 돌아갔다.

아줌마의 서비스는 빈말이 아니었다. 삼계탕 두 그릇에 더해, 훈제 오리 한 마리가 통째로 나왔다. 자기들만 먹는 귀한

236

거라며 쓴맛 나는 나물무침도 한가득 나왔다. 미옥과 아엽은 먹고 또 먹었지만 테이블 위의 음식은 줄어들지 않았다. 해 보자는 의지로 미옥은 자세를 고쳐 앉으며 고기를 두 점씩 입에 넣었고 아엽도 슬쩍 바지 버클을 풀면서 속도를 높였다. 그렇게 위장이 가득 찰 만큼 넣었는데도 훈제 오리는 반 이상이나 남았다. 둘은 패배를 인정할 수밖에 없었다.

아엽이 계산해 달라고 했더니 아줌마가 주방에서 뛰어나오며 외쳤다.

"됐어, 됐어. 그냥 가."

아줌마의 표정과 기운이 거의 화를 내는 듯해서 돈을 지불하는 행위가 대단한 잘못인 것처럼 느껴졌다. 아엽도 물러서지 않았다. 몇 번이나 계산하겠다고 고집을 부려서 분위기가 과열되자 미옥과 아저씨가 중재하며 나섰다. 아저씨는 남은 훈제 오리를 잽싸게 비닐에 담아 미옥에게 건네며 식어도 맛있으니 가는 길에 먹으라고 했고 미옥이 냉큼 비닐을 받아들며 인사했다.

"감사합니다아."

아엽은 엄마를 닮았다는 이유로 공짜 밥을 먹는 게 영 찜찜했지만, 미옥을 따라 작은 소리로 감사하다고 인사했다. 그러자 아줌마가 아엽의 손을 덥석 잡았다.

"그래그래. 담에 언니 만나러 올 때 또 들러, 어?"

237

아엽은 아줌마의 거친 손을 차마 뿌리칠 수 없어서 쭈뼛쭈
뼛 약속했다.

"네, 그럴게요."

*

속초 고속버스터미널에 도착하면서는 마음이 급해졌다. 계
획하고 움직였던 게 아니라서 시간표를 고려하지 못했는데,
검색해 보니 막차가 아슬아슬했다. 미옥은 터미널 주차장으로
들어서며 먼저 가서 표부터 사라고 했고 아엽은 곧장 창구로
뛰었다.

창구 직원은 지금 들어온 차를 타라고 했다. 다음 차는 얼마
나 기다려야 하느냐고 물었더니, 40분 뒤에 오는 차가 마지막
이란다. 그때, 다급하게 뛰어오는 대학생 무리가 보여서 아엽
은 창구에서 물러서며 양보했다. 대학생 무리는 지금 들어온
차를 타려는 듯 보였고 창구 직원이 목소리를 키워 옆에선 아
엽에게 말했다.

"이 학생들 발권하면 남은 자리 없어요."

"네, 다음 차 탈게요."

미옥과 제대로 인사도 나누지 못하고 헤어지는 것은 영 섭

섭했지만, 그런 마음을 드러내기에는 민망한 감이 있었는데 다행이다 싶었다. 대학생 무리가 고마워요, 라고 상쾌하게 외치며 승차장으로 달려간 후 아엽은 막차 티켓을 구입했다. 바로 옆 ATM기에서 현금도 뽑았다. 주유할 때 미옥이 결제하는 걸 보고만 있었던 게 내내 마음에 걸렸다.

터미널 주차장 쪽으로 걸어 나가니, 미옥이 달려오고 있었다.

"표 끊었어? 빨리 가자."

"어?"

"지금 들어온 차 타야지."

미옥이 전광판으로 시간표를 확인한 것 같았다. 아엽은 어정쩡하게 멈춰 서서 숨을 한번 들이마신 뒤, 입을 열었다.

"40분 남았어. 너랑 인사하고 가려고 다음 티켓 샀어."

너무 딱딱하게 말한 것 같긴 하지만, 할 말을 제대로 한 것 같아서 아엽은 은근히 스스로가 대견했다. 미옥은 눈썹을 쓱 올리며 작게 고개를 끄덕였는데, 그 옆으로 서울 경부행 고속버스가 떠나는 게 보였다.

"저거 탈 수 있었는데, 내가 안 탔어."

아엽이 중얼거리듯이 말하자, 미옥이 푸하하 웃으면서 아엽의 등짝을 두들겼다.

"그래, 알았어. 엄청 큰일 하셨어, 아주."

미옥은 계속해서 대단하고 훌륭하다며 놀려 댔고, 아엽도 지지않고 당당하게 웃으며 맞받아쳤다. 그러면서 둘은 자연스럽게 터미널 주변을 걸었다. 미옥은 운전대를 오래 잡아서 뻐근하다며 걸으면서도 스트레칭을 했다. 정말 몸이 결렸는지 미옥이 팔을 뻗거나 다리를 구부릴 때마다 두두둑 소리가 났다. 한산한 벤치 앞에 서서는 제대로 몸을 풀어 보려는지 손에 든 비닐을 아엽에게 건넸다.

"니 짐이니까, 니가 들어."

삼계탕집에서 싸 준 훈제 오리였다.

"너 먹지, 그냥."

"그걸 내가 왜 먹냐?"

아엽은 받은 비닐 봉지를 벤치에 올리며 기지개를 켰다. 앉아서 잤더니 목이 뻐근했다.

"내가 봤을 땐, 너희 어머니가 엄청 인덕이 있으셔."

"동생이라고 내가 뺑 쳐서 그런 거잖아."

"야, 누가 동생이라고 막 공짜로 주냐? 다 덕이 있으니까 그런 거지."

아엽은 지금이 타이밍이라고 느껴져 미옥에게 현금을 건넸다. 상체를 오른쪽으로 돌리던 미옥이 고개를 비틀며 봤다.

"뭐야?"

"혼자 왔어도 차비는 들잖아."

"뭐래? 같이 왔잖아. 너 이래?"

"알았어."

아엽은 민망해진 현금을 슬그머니 주머니에 넣었다. 미옥은 아엽을 매섭게 쏘아 본 후 다시 스트레칭을 시작했는데, 그 모습을 보며 아엽은 고맙다고 생각했다. 먼 길을 함께 와 준 것도 고마웠고 삼계탕집의 서비스를 엄마의 인덕으로 좋게 해석해 준 것도 고마웠다. 그전까지 아엽은 공짜로 얻어먹은 것 때문에 삼계탕집 부부에게 죄책감을 느끼고 있었는데 미옥의 이야기를 듣고 보니 마음이 놓이는 뭔가가 있었다. 미옥은 스트레칭의 강도를 높여 벤치 끝을 두 손으로 잡고 왼 다리를 길게 올렸다. 놀랍게도 두 다리 사이의 각도가 180도를 넘어갔다.

"너 지금 완전 선수 같아."

"쩔지?"

그 상태로 왼 다리를 거의 정수리까지 끌어올리던 미옥이 갑자기 차렷 자세를 했다.

"나 백핸드 되잖아, 볼래?"

그러고는 손바닥을 탁탁 치더니 팔을 하늘로 뻗었다가 뒤로 넘기는데, 상체가 활처럼 휘었다. 무게중심을 어떻게 옮긴 건지, 배가 위를 향한 아치 모양이었다가 금세 두 다리를 뻗으며 물구나무를 섰다. 곡예 같은 연결 동작을 무사히 마친 미옥은 숨을 고르며 아엽 옆에 앉았다.

"발레 5년 차의 우아함이 어떠냐?"

"너 발레 배웠어?"

"뭐야, 몇 번을 말했는데."

"그랬나?"

아엽을 잠시 흘겨보던 미옥은 다행히 별다른 질책 없이 이 야기를 이었다. 포항에 가도 발레는 배울 거란다. 아는 선생님 미술학원에서 애들을 가르치기로 했는데 바로 옆이 발레학원 이라 딱이라고 했다. 아엽은 들으면서 미옥이 대단하다고 생 각했다. 언제나 미옥에게는 계획이 있었다는 것도 함께 떠올 랐다. 휴학할 때도 졸업 전시 때도 그랬다. 그랬지, 미옥이는 그랬지.

아엽은 미대에 갈 때도 취업을 할 때도 별다른 계획이 없었 다. 엠엠도 선우의 제안으로 들어갔고 모션콩도 병선의 제안 으로 들어갔다. 타인의 제안에 의존하는 취업을 계속 기대할 수는 없을 것이다. 그런데 계획은 어떻게 세우는 거지? 그런 걸 미옥은 어디서 배웠을까? 아엽은 미옥에게 묻고 싶었다. 하 지만 미옥은 미술학원의 입지와 연봉, 자신이 맡을 학생의 수 등을 세세하게 설명하느라 바빠 보였다. 아엽은 이야기가 끝 날 때까지 기다릴 생각이었다. 다시 귀를 열고 듣기에 집중하 려는데 갑자기 미옥이 말을 끝내 버렸다.

"시간 다 됐다. 들어가자."

"벌써?"

아엽이 놀라서 시계를 확인하니 8분 전이었다. 미옥을 주차
장까지 바래다주고 승차장으로 들어가려고 했었는데 그러기
에는 촉박했다. 미옥은 아엽을 배웅하러 함께 터미널로 갈 생
각인지, 훈제 오리가 든 비닐을 챙겨 앞장섰다. 아엽이 미옥의
뒤통수를 향해 말했다.

"그냥 여기서 너도 가."

아엽의 제안에 미옥이 걸음을 멈추고 돌아봤다. 짧게 결정
을 내린 듯, 고개를 끄덕이며 미옥은 훈제 오리 비닐을 아엽에
게 건넸다.

"그래, 여기서 찢어져."

아엽은 묵직한 비닐을 받아들었다.

4부

14

심야 버스는 놀랍도록 편안했다. 어둡고 조용했으며, 특히
나 덜컹이는 차의 규칙적인 진동은 수면 유도에 탁월했다. 미
옥의 차에서도 충분히 잤던 아엽은 버스 기사가 외치는 소리
를 듣고 깨어나면서 이미 목적지에 도착했다는 사실을 믿을
수가 없었다. 시간은 뭉텅이로 사라지고 벌써 자정이 지나 있
었다.

집에 와서는 식탁 위에 놓인 약 봉지를 보고 아차 싶었다.
미옥의 작업실로 출발할 때는 이렇게 긴 여행을 예상하지 못
했으므로 점심, 저녁 약을 거르게 됐다. 바로 입에 털어 넣으
려는데 빈속에 먹지 말라던 병선의 목소리가 기억났다. 아엽
은 훈제 오리 비닐을 열고 맨손으로 몇 점을 집어 먹었다. 쫄

깃쫄깃하니 맛있었다. 어금니를 움직이며 아엽은 생각했다. 그러니까, 엄마랑 자기가 그렇게 호들갑을 떨 정도로 똑 닮았단 말이지? 한 점을 더 입안에 넣으며 핸드폰 셀카 모드로 자신의 얼굴을 비춰 보았다. 이렇게 생겼단 말이지? 그러자 두 눈이, 작은 코가, 인중이, 입술이, 왠지 달라 보였다. 아엽은 고개의 각도를 바꿔 가며 자신의 얼굴을 한참 동안 들여다봤다.

*

다음 날에는 아침 일찍 눈을 떴다. 빙글빙글 다이나믹한 회전은 없었지만 뒤통수의 묵직함은 남아 있었다. 그 묵직함은 아엽에게 일종의 경고로 느껴졌다. 모든 것이 오른쪽으로 회전했었고 그 회전은 언제 다시 시작될지 모른다. 그렇게 의식하다 보면 집 안의 사물이 고정되어 있음을 여러 번 확인해도 불안이 일었다. 그래서 마음의 준비를 해야만, 그러니까 다시 세상이 회전해도 어쩔 수 없다는 담대함을 채워야만 침대에서 몸을 일으킬 수 있다. 언제까지 이렇게 에너지 소모가 큰 기상을 해야 하는지는 모르겠다. 의사도 알려 주지 않았고 인터넷에서도 언급해 주지 않은 예후다.

약을 챙겨 먹고 2시간 순찰 코스를 돌고 집으로 향하는데 병선의 차가 골목으로 들어오고 있었다. 차에서 내리는 병선의 손에 들린 것이 한 가득이라 아엽은 그것들을 함께 받아 들고 들어왔다. 연한 회색이었던 병선의 머리카락이 까만색으로 바뀐 게 눈에 띄었다.

"염색, 자주 하시네요."

아엽의 언급에, 장어덮밥을 비닐에서 꺼내던 병선이 답했다.

"이번엔 별론가 봐요, 어울린다고 안 해 주네."

"아, 어울려요."

"뭐야, 억지로 해 주고."

"그저께는 다른 색이었죠? 회색 아니었나요?"

그러고 보니 기억이 희미했다. 병선의 얼굴도 머리색도 남은 이미지가 없었다. 이비인후과에 데려가 주고 죽을 먹여 주던 병선이 온통 흐릿해서 아엽은 속으로 놀랐다.

"까만색으로 바꾼 지, 이 주가 넘었습니다만."

그렇다면 모션콩 면접 때도 까만머리였다는 건데, 그것 역시 기억나지 않았다. 아엽이 어리둥절한 얼굴로 서 있으니 장어덮밥 세팅을 마친 병선이 의자에 앉았다.

"무슨 색이면 어때요. 장어, 괜찮아요?"

아엽은 고개를 끄덕인 후 맞은편에 앉으며 고맙다고 할지, 다음에 자기가 사겠다고 할지, 할 말을 잠깐 고민하다가 이렇게 말했다.

"제가 요즘 먹을 복이 많아요."

그러고는 남은 훈제 오리를 접시에 담아 냈다. 순식간에 식탁이 가득 찼다. 그동안 병선은 얼굴에 흐른 땀을 맨손으로 닦고 있었다. 아엽은 냉큼 일어나 냉풍기를 병선 쪽으로 틀어 주었다. 선선한 바람이 병선을 지나 아엽에게도 불어 왔다.

"이거 꽤 시원하네요?"

"얼음이 녹기 전까지만요. 2시간마다 움직여야 시원하게 있을 수 있어요."

"오호, 느낌 있다."

핸드메이드 냉풍을 느끼며 마주 앉은 둘은 식사를 했다. 아엽의 건강 이야기가 먼저 오갔고 그 뒤로는 병선의 저녁 스케줄 이야기가 나왔다. 모선콩에서 제작하는 웹드라마 촬영을 하러 간단다. 그러면서 아엽에게 다음 주에 출근하면 오늘 촬영한 소스를 확인할 수 있을 거라고 했는데, 출근이 한참 남았다고 생각하던 아엽은 젓가락을 내리고 핸드폰 일정을 확인했다. 병선 말이 맞았다. 다음 주 토요일이 출근이었다.

"진짜네요? 출근하네요, 저?"

"내가 말했잖아요. 촬영 오야가 봉상용이랑 얽혀서 비팀 구하다 늦어진 게 이래요."

그랬구나. 촬영팀까지 걸린 거구나. 봉상용이라는 단어를 듣고 나니 씹고 있는 장어의 맛이 느껴지지 않았다.

"엠엠도 봉상용 회사 아니었어요?"

아엽은 이 대화의 주제를 넘기고 싶다. 그러기 위해서는 병선이 흥미를 보일 다른 이야깃거리를 꺼내야겠는데 떠오르는 게 없다. 그러느라 표정이 조금 어두웠던 모양이다.

"얘기하기 싫구나?"

"싫은 건 아니고요, 딱히 얘기할 게 없어요."

솔직하게는 봉상용이라는 이름을 내뱉으면 줄줄이 미옥과 세정, 선우 부부, 잃어버린 치니 이야기를 쏟아 낼 것 같다. 그건 분명 병선이 듣고 싶어 하는 흥미로운 이야기가 아닐 것이다. 잠시 동안 둘은 시선을 마주했다. 아엽의 눈에서 뭘 읽었는지 병선이 갑자기 표정을 바꾸었다.

"그러지 마요."

"뭘요?"

"속으로 평가했죠? 저 그거 잘 느껴요."

"제가요?"

"네. 남 말하기 좋아하는 애, 저 그렇게 생각하죠?"

너무 당당하게 병선이 속마음을 입 밖으로 꺼내서 아엽은 시선을 피해 눈을 내리깔았다. 분명 병선이 말한 대로 평가했고 불쾌했지만, 병선의 감각이 너무 빨라서 사과할 틈을 놓쳤다. 감정에 예민하고 정확한 병선에게 놀라워할 뿐이다.

어색한 침묵 속에서 병선은 입으로 장어덮밥을 날랐고 아엽은 물을 마시며 어떻게 입을 떼야 하나 고민했다. 마지막 장어덮밥을 입안에 털어 넣고 우물거린 후 병선이 말했다.

"나도 뭐 이상한 데 참는 거 많거든요?"

아엽은 허공에 시선을 둔 채 다음 말을 기다렸다.

"집도 지저분하고, 아엽 씨가 살인자일 수도 있잖아요."

"살인자요?"

"저기 삽에 막 흙 묻어 있잖아요. 식겁했지만 모른 척했다고요."

병선이 가리키는 현관에는 새끼 고양이를 묻었던 삽이 그대로 놓여 있었다. 그렇구나, 이상해 보였을 수도 있겠구나.

"자기 다 나았다고 막 사람 평가하고 그러지 마요."

아엽은 바로 잘못했다고 말을 꺼내려다가 병선의 나았다는 말에 걸려 멈췄다. 자신이 했던 약속이 떠올랐기 때문이다. 말을 놓는다고 했었지. 그럼 잘못했어요, 가 아니라 미안해, 라고하면 될까? 그런데 갑자기 말을 놓으면 이상해 보이지 않을까? 동공을 이리저리 굴리며 적당한 말을 고르는데, 병선이 아엽을 빤히 봤다.

"왜요? 어지러워요?

"아닌데요?"

"지금 눈이 막 돌아갔어요."

그러면서 병선은 흉내 내듯 눈알을 굴려 보였다. 아엽은 부끄러운 중에도 침착하게 문장을 골라냈다.

"저, 방금 전에 병선 씨한테 잘못했어요. 맞아요. 병선 씨가 봉상용 사건 재밌어하는 것 같아서 불편했어요. 그리고 낫고 나면 말 놓기로 했었으니까 이제부터 말 놓을게."

제대로 할 말을 마친 후라 아엽은 당당한데 입술을 감춰 문 병선의 얼굴은 시뻘겋게 달아오르고 있었다. 어찌나 입술을 세게 물었는지 인중만 허옇다. 병선은 고개를 크게 도리도리 저은 후에야 푸, 하고 내쉬었는데, 민망하고 부끄러운 탓에 그런다는 게 아엽에게도 고스란히 전해졌다.

"어색해서 죽을 것 같아요. 저는 그냥 존대할래요."

"그럴래, 요?"

상황이 이렇게 되자, 아엽도 말끝이 어색해졌다. 병선은 뭔가를 털어내듯 머리를 빠르게 쓸어내리며 말했다.

"말 놓는 게 이렇게 힘들 일인가요? 우리 타이밍 놓쳐서 망한 거 같아요."

"저 땜에 그래요. 제가 진지해서."

"그래요? 아엽 씨 진지해요?"

"네. 그래서 옆에 있는 사람이 불편해진대요."

"진지해서 불편하다?"

문장을 질문으로 만들며 병선은 고개를 한쪽으로 기울였다. 그 상태로 뭔가를 생각하다가 이렇게 말했다.

"그건 연결이 이상한데요? 진지하면 좋죠. 깊어질 수 있고."

아엽은 자신에게 내려진 평가의 장점에 대해서는 생각해 본 적이 없었다. 진지하면 깊어질 수 있구나.

"근데,"

뭔가를 떠올린 병선이 말을 잇지 못하자, 아엽은 궁금해서 눈을 동그랗게 떴다. 분명 자신에 관한 이야기일 것 같은데 그게 뭔지 알고 싶다.

"말해 줘요."

잠깐 뜸을 들이던 병선이 고개를 까딱이며 입을 열었다.

"센스는 좀 부족하죠."

"아, 그렇군요."

아엽은 병선의 언어로 자신을 정의해 보는 일이 왠지 즐겁게 느껴졌다. 센스라는 기준을 두고 자신을 점검해 본 적은 없었는데 듣고 보니 그런 것도 같았다. 하지만 말을 꺼낸 병선은 미안했던지 웅얼웅얼 덧붙였다.

"제 주변에 센스 강박증 인간들만 있어서 그럴지도 몰라요."

"매력적일 것 같은데요?"

"아, 출근하면 보겠다. 거기도 다들 장난 아니거든요."

출근하면 새로운 사람들을 만나겠구나. 아엽은 다음 주로 다가온 첫 출근에 묘한 설렘을 느꼈다. 그동안 핸드폰을 만지던 병선이 화면을 아엽의 얼굴 앞에 들이밀었다. 유튜브에서 전정 재활 운동 영상이 플레이되고 있었다.

"이거 하려고 온 거예요, 저."

그러면서 20분씩 하루 두 번은 꼭 해야 한다고 강조했다. 지금 당장 해 보자는 병선의 제안에 아엽은 얼렁뚱땅 식탁 앞에 섰다. 병선이 시선 높이에서 손가락을 좌우, 위아래로 움직이면서 동공만으로 따라와 보라고 했다. 그러면서 좌우, 구령을 붙였는데 병선의 좌우와 아엽의 좌우는 반대였기 때문에 아엽의 동공이 흔들렸다.

"이봐요, 집중, 좌, 우."

몇 번을 따라가다가 아엽이 육성 사인이 혼동된다고 밝히자, 병선은 그럼 헛헛으로 구령을 붙이겠다고 했다. 왜 구령이 필요한지 모르겠으나 병선이 워낙 진지한 표정이라 아엽은 손가락을 따라 동공을 옮겼다. 헛, 헛, 헛. 리드미컬하게 움직이는 손가락을 따라가다 보니 아무래도 웃겼다. 아엽은 웃음을 참느라 미간에 힘을 줬다. 슬쩍 보니 병선의 입꼬리도 씰룩거리고 있었다. 그건 어떻게 참아 보려고 했는데, 병선의 손가락이 바들바들 떨리는 걸 보고 나니 참을 수가 없었다. 먼저 터뜨린 것은 병선이었다. 아엽에게 계속 웃으면 어쩌냐며 자기가 먼저 웃어 버렸다. 아엽은 왜 자기한테 그러냐, 항변하면서 식탁 의자를 짚었는데 의자가 엎어지며 함께 바닥에 자빠져 버렸다. 그게 그렇게 웃긴지 병선은 거의 울 듯이 끅끅거렸다.

아엽도 웃느라 상체를 펴지 못했다. 첫 번째 재활 운동은 엉망이 되어 버렸다.

병선이 촬영장으로 떠난 후 아엽은 다이어리를 펼쳤다. 출근 전 준비 사항을 기입하다가 오늘 날짜에 적힌 '다리 수술'을 들여다봤다. 자신의 필체였기 때문에 아엽은 잠깐이지만 멍했다. 전정 신경에 생겼다는 염증이 나으며 뭔가를 바꿔 버린 걸까, 부분적으로 삭제되었던 기억이 기지개를 켜듯 일시에 되살아났다.

까만 고양이. 수의사가 말했던 5일 후가 오늘이었다. 아엽은 핸드폰을 들고 전화를 걸었다. 젊은 여자의 목소리가 들렸다. 헬스트레이너 같던 수의사를 떠올리고 있었기 때문에 모르는 목소리에, 어디서부터 설명해야 할지 막막했다. 5일 전 새벽에 까만 고양이를 데리고 갔었는데 다리가 부러져 수술하기로 했다는 설명을 띄엄띄엄 붙였다. 젊은 여자는 아엽이 문장을 끝내기도 전에 네, 네, 라며 응답하다가 이렇게 물었다.

"전화 주신 분 성함이 어떻게 되실까요?"

"곽아엽입니다."

"있네요, 1살 수컷. 오늘 4시에 수술이 잡혀 있네요."

시간을 확인하니 2시 47분이었다. 왜 미리 연락해 주지 않았을까? 아엽의 생각을 읽었는지 핸드폰 너머에서 깔끔하게 설명해 주었다.

"연락처를 안 남기셨더라고요. 박 선생님 타임이었는데, 메모가 있네요."

"오늘 수술 할 수 있나요?"

"네. 오셔서 동의서 써 주시면 수술 들어갑니다."

아엽은 곧장 밖으로 뛰어나갔는데 너무 급하게 나온 바람에 이동 배낭을 챙기지 않아서 편의점 앞에서 다시 집으로 돌아가야 했다. 옷장에서 꺼낸 이동 배낭은 치니의 것이었는데 혹시나 까만 고양이가 냄새를 맡고 거부할까 봐 탈취제를 꼼꼼하게 뿌린 후에야 메고 나왔다. 까만 고양이를 까맣게 잊고 있었다는 죄책감에 조급함이 몰려왔다.

*

동물병원에 도착했더니 다른 수의사가 아엽을 맞았다. 헬스 트레이너 수의사는 야간 담당인지 보이지 않았다. 새로운 수의사는 깐깐한 인상의 여자였는데 아엽은 그 깐깐함이 믿음직스러웠다. 대기실 안쪽 검사실에 아엽은 수의사와 마주 앉았다. 옆 벽에는 라이트 박스 위에 까만 고양이의 엑스레이 사진이 걸려 있었다. 수의사가 손가락으로 사진을 가리키며 여기가 골절 부위라고 했는데 아엽의 눈에도 어긋난 게 확실히 보였다. 핀을 박아서 고정하는 수술을 하는데, 핀 제거 수술은 따로 하지 않을 거라고 했다. 영구적으로 문제가 없는 재료라고.

아엽은 귀로 설명을 들으며 눈으로 엑스레이 곳곳을 살폈다. 흐릿하게 꼬리까지 뼈가 이어져 있었다. 고양이 엑스레이는 처음 보는데 꽤 귀여웠다. 수의사가 밀어 주는 동의서를 보느라 아엽은 엑스레이에서 시선을 거뒀다. 동의서는 여섯 장이나 되었는데, 일일이 읽어 볼 엄두가 나지 않아서 사인을 하라는 곳에 맞춰 사인만 했다.

"수술 전에 보시겠어요?"

아엽은 고개를 끄덕인 후 수의사가 들어가는 방으로 따라 들어갔다. 스테인리스 수술대가 중앙에 놓여 있고 옆 벽에는 커다란 케이지가 있었다. 케이지가 너무 커서 웅크린 까만 고양이를 찾기 위해서는 시선을 여러 번 옮겨야 했다. 까만 고양이는 인기척을 느꼈는지 귀를 쫑긋쫑긋 움직이면서도 몸통에 파묻은 얼굴은 들지 않았다. 아엽이 떠날 때부터 지금까지 줄곧 그 상태로 있었을 것만 같다.

"밥은 먹던가요?"

"아무래도 불안하니까 못 먹죠. 영양제를 놔 줬어요."

아엽은 쫑긋거리는 까만 귀를 조금 더 보다가 수술실을 나왔다. 수의사는 수술이 끝나도 바로 퇴원은 힘들고 내일 오후쯤에나 데리고 갈 수 있을 거라고 했다. 하루 정도는 입원해서 지켜보는 게 좋다고. 귀가하시고 내일 오시겠냐는 질문에는 긴장이 조금 풀렸다. 보호자가 할 일은 끝났다고 해석되었기 때문이다. 잠시 고민하던 아엽은 그래도 온 김에 결과는 듣고 가고 싶어서 기다리겠다고 했다. 수의사는 대기실을 안내한 후 수술실로 들어갔다.

대기실에 앉은 아엽은 비치된 동물보호 잡지를 꺼내 들었다. 카운터 진료는 새로운 남자 수의사가 담당하고 있었다. 잡지보다는 카운터에 새로 접수하러 온 사람들이 하는 말에 신경이 집중되었다. 설사하는 고양이, 눈이 아픈 개, 동전을 삼킨 개, 다양한 사연을 듣다 보니 수술이 끝났다고 했다. 아엽은 몇 장 넘기지도 않은 잡지를 다시 꽂아 두고 수의사를 따라 수술 방으로 들어갔다.

중앙 스테인리스 수술대 위에는 마취가 덜 풀린 까만 고양이가 누워 있었고 그 옆에는 간호사 둘이 기구들을 정리하고 있었다. 까만 고양이는 오른쪽 앞다리에서부터 목 아래 가슴까지 털이 밀려 있었는데 드러난 속살이 꼭 상처처럼 보여서 마음이 아렸다. 수의사는 접합은 잘 되었으니 예후를 지켜보자고 했고 아엽은 거듭 감사합니다, 하고 인사했다.

동물병원을 나온 아엽은 버스 정류장을 지나쳐 걸었다. 해는 여전히 이글거리고 있었지만 대기실 에어컨 앞에 오래 있었더니 당장은 바깥 공기가 따뜻하게 느껴졌다. 마취된 까만 고양이는 죽은 듯이 보였고 그게 덩어리처럼 속에 남아서 체기가 있었다. 동물병원에서 꽤 멀어졌는데도 사라지지 않았다. 잘 알지도 못하는 까만 고양이에게 절절한 감정이 느껴져 스스로도 어색했다.

뒤이어 미뤄 뒀던 숙제 같은 질문이 떠올랐다. 까만 고양이를 집에 데리고 온 후에는? 다시 내보낸다고? 속살을 드러낸, 뼈가 그렇게 작았던 까만 고양이를? 집에 계속 둔다면 치니는? 자신에게는 책임이 있고 책임을 다하기 위해서는 관계를 정리해야만 한다. 까만 고양이는 회복할 때까지 보호가 필요하다. 납치했던 자신이 보호해 주어야 한다. 거기까지는 쉽게 생각이 이어지는데 치니를 생각하면 다시 복잡해졌다. 치니가 돌아왔을 때 과연 까만 고양이를 받아들일 수 있을까? 그때 까만 고양이를 내보낸다면 더 잔인한 짓을 저지르는 거 아닐까? 그런데 치니는 돌아올까? 치니는 어디 있을까?

영원히 반복될 수 있을 것 같은 질문에 사로잡힐 즈음, 아엽의 눈은 전봇대에 붙은 전단지를 향했다. '고양이를 찾습니다.' 7살 흰색 페르시안 고양이였다. 사진 속 페르시안 고양이는 고고한 자세로 앉아서 우측 위를 올려다보고 있었다. 흰색 페르시안? 탐정이 의뢰를 받았다던 고양이인 것 같다. 뒷 동네라더니 한참 떨어진 이곳까지 전단지를 붙였구나. 애교가 많고 눈이 에메랄드색이며 움직이는 모든 걸 좋아한다고 적혀 있었다. 찾는 사람도 어지간한 모양이다. 이런 정보는 찾는데 도움이 안 되는데, 사랑에 눈이 멀어서 다른 정보를 생략해 버렸다. 그렇게 전단지 내용을 평가하다가 스스로 놀랐다. 뭐야, 지금 아는 척하고 있잖아. 아엽은 자연스럽게 평가했던 생각을 고쳐 보았다. 이 사람은 적어도 사례금 100만 원 따위의 자극적인 정보를 노출하지는 않았다. 무난한 '사례하겠음.'이 그 자리를 대신했다. 게다가 전단지는 코팅이 되어 있어 습기에도 문제없어 보였다. 유리 테이프로 덕지덕지 붙였던 자신과 달리 준비성이 철저했다는 뜻이다. 이런 사람이라면 찾을 수 있을지도 모르겠다. 탐정에게 바로 의뢰했던 거라면 아직 골든타임이 지나지 않았을 것이다. 부디, 너라도. 아엽은 사진 속 페르시안 고양이의 눈을 바라보며 속으로 말했다. 돌아가. 너를 찾는 사람에게 돌아가.

전단지 옆에는 빌라 분양 광고지가 지저분하게 붙어 있었는데, 아엽은 고양이의 얼굴과 광고지를 번갈아 몇 번 보다가 광고지를 떼어내 버렸다. 한 명이라도 더 고양이를 들여다보았으면 했다. 찾았으면 했다. 전단지에서 멀어지면서도 아엽의 주문 같은 바람은 계속되었다.

15

핸드폰이 울려서 깼다. 모르는 번호였다.

"여보세요?"

"곽아엽 씨?"

"그런데요?"

"에어컨 수리 기산데요, 집에 계세요?"

"네?"

"예약하셨죠?"

"네네, 맞아요."

수리 기사는 오늘 방문할 수 있다며 몇 시가 좋겠냐고 물었다. 아엽은 바보같이 오늘이요? 몇 번을 되물으며 시간을 끌었다. 1시쯤 동물병원에 가서 고양이를 데리고 오는 것 말고는 일정이 없었다. 이후보다는 이전이 나을 듯했다.

"빠를수록 좋아요."

기사는 지금 도봉구에서 출발한다며 한 시간 뒤에는 도착할 거라고 했다. 전화를 끊고 아엽은 드디어, 라는 단어를 떠올렸다. 드디어 에어컨을 고치는구나. 핸드폰 달력을 보니 수리 신청 이후 42일이 지나 있었다. 경보로 보도되던 더위는 어느새 뉴스에서조차 인기가 식었다. 공포 자체였던 더위가 조용히 그 위력을 잃었는데, 아엽은 싸워서 이긴 기억이 없으므로 그 사실을 모르고 있었다.

예보되는 날짜 중에 30도를 넘는 날은 없었다. 40도에 육박했던 날들은 언제 다 사라져 버렸나. 그러고 보니 한참 전에 말복도 지나고 입추도 지났던 것 같은데 그때 뭘 하고 있었는지도 기억나지 않았다. 에어컨 예약 접수를 했던 것은 아주 오래 전으로, 병 속에 편지를 넣어 바다에 던져둔 것을 수리 기사가 발견하고 응답한 것처럼 느껴졌다. 아엽은 그 후에 사이트를 방문하지 않았고 재촉 전화를 걸지도 않았다. 그런데도 수리 기사는 오늘 찾아와 준다. 그 친절에 아득한 기분이 일었다.

차가 막히지 않았다며 기사는 조금 일찍 도착했다. 베란다 실외기와 방에 걸린 에어컨을 몇 번이나 오가며 확인한 후, 실외기 가스통에 문제가 있다고 진단 내렸다. 가스통을 교체해야 하는데 과정 중에 배관 선까지 다시 넣어야 할 수도 있고 그러면 비용이 많이 나올 거라고 했다. 이럴 경우 새 에어컨으로 바꾸는 게 훨씬 싸게 먹히는 거라고. 전기료까지 생각하면 그편이 무조건 좋을 거라고 했다. 기사의 설명이 강매로 들리지 않았던 이유는 냉풍기를 살 때 에어컨이 생각보다 저렴해서 놀랐던 기억이 나서였다. 합리적인 제안이라고 생각은 하면서도 아엽은 결정을 내리지 못하겠다. 에어컨을 사서 다시 기사를 부르자니, 무엇보다 귀찮았다. 고민하고 있는데 기사가 제안했다.

"원룸에 다는 쬐끄만 게 차에 있어요. 보실래요?"

다른 선택지가 없어 보여서 아엽은 선뜻 트럭으로 따라갔다. 가는 중에 기사는 어딘가로 전화를 걸어 제품을 써도 된다는 확인을 받는 것 같았다. 금액을 조정하는 듯했는데 정확한 액수는 들리지 않았다. 기사의 통화가 길어져서 트럭에 도착해 있던 아엽은 제품의 모델명을 핸드폰으로 검색했다. 대중적인 제품이라 최저가가 바로 나왔다. 통화를 마친 기사에게 아엽이 이 정도 금액으로 거래된다고 했더니 자신은 원래 수리하는 기사라서 이런 상황은 예외적인 거라는 이상한 말을 했다. 아마도 통화로 들었던 금액과 아엽이 말한 금액의 차이가 있는 모양이었다. 잠시 고민하던 기사는 큰 결정을 내리듯 설치비 포함 50만 원으로 합의 보자고 했고 아엽에게도 합당하게 들렸다. 거래가 이루어졌다. 아엽이 잘 부탁드린다고 했더니 기사는 갑자기 아엽의 운을 칭찬했다.

"아가씨가 운이 좋네. 원룸 공사하고 남은 거를 반납하려던 건데, 운이 좋아."

아엽은 태어나서 한 번도 자신의 운이 좋다고 생각해 본 적이 없었다. 일을 원만하게 진행하려는 기사의 수완 같았지만 기분이 나쁘지는 않았다. 이런 식으로 좋게좋게 일하는 기사님이야말로 운이 좋을 수밖에 없을 것 같았다.

기존 에어컨을 뜯고 새 에어컨을 설치하는 동안 기사는 아엽에게 끊임없이 말을 걸었다. 드릴 소리로 목소리가 묻힐 때를 제외하고는 거의 대부분 이야기를 하고 있었다. 덕분에 짧은 시간 동안 이번 여름 기사의 활약을 전해 듣게 되었다.

기사는 올여름에만 백 대가 넘는 에어컨을 고쳤다. 날씨가 이러니 잘 돌던 에어컨도 픽픽 터졌단다. 묘사가 찰져서 아엽은 머릿속으로 더위라는 괴수에게서 고객을 구해 준 용사를 그렸다. 과연 백 대나 고친 전문가답게 행동이 민첩했고 두 시간이 채 되지 않아서 설치가 끝났다. 기사는 오늘 하루는 에어컨을 돌리라고 했다. 문제가 있으면 바로 연락을 달라며 자신의 스티커 명함을 턱 하니 새 에어컨 뚜껑 위에 붙였다. 설치 중에 통화하는 것으로 보아 영등포구의 에어컨을 고치러 가는 듯했다.

기사가 떠나고 시간을 확인했더니 아직 12시도 되지 않았다. 동물병원에 가기 전 약간의 여유가 생긴 아엽은 기사가 작동시켜 둔 에어컨의 푸른빛을 바라보았다. 엥엥 작게 돌아가는 소리도 났는데 그게 꼭 살아 있다는 증거같이 들렸다.

아엽은 침대 끄트머리에 단정하게 앉아서 에어컨을 조금 더 바라보았다. 잠시 후, 집 안의 공기가 쾌적하다 못해 쌀쌀할 정도로 바뀌었다. 팔과 다리의 잔털이 설 정도였다. 더위라는 것이 이렇게 간단하게 사라질 수 있는 거였구나.

그렇다면 그건 다 뭐였을까? 잠을 깨우던 열기와 계속 솟아나던 땀, 그것들을 막아 보려고 자신이 필사적으로 했던 노력들. 그건 다 뭐였을까? 푸른빛을 반짝이는 에어컨에게 아엽은 묻고 싶었다. 순식간에 공기를 바꿔 놓은 에어컨은 뭐라도 알 것 같았다. 하지만, 에어컨에게 질문한다는 것은 스스로도 어색하게 느껴졌고 머쓱해진 아엽은 리모컨을 들고는 실내 온도를 23도에서 26도로 올렸다. 그랬더니 작은 한숨처럼 에어컨의 소리가 바뀌었다. 그때, 현관 벨 소리와 함께 위층 주인 할머니 목소리가 들렸다.

"뭐 공사했어?"

벽을 뚫으면서 미리 알리지 못했다는 게 그제야 떠올랐다. 아엽은 현관문을 열며 빠르게 사과했다.

266

"죄송합니다. 에어컨이 고장 나서요. 바꿨어요."

"에어컨? 여름 다 갔는데?"

"내년도 있으니까요."

주인 할머니에게는 내년을 준비한다는 소리가 이상하게 들렸나 보다. 슬쩍 아엽을 돌아보는데 그 눈빛에 당혹스러움이 섞였다. 사실 아엽은 딱히 내년을 준비하려고 에어컨을 달았던 게 아니다. 더위의 정점에서 절규하듯 외친 게 이제 닿았을 뿐이다. 설명을 길게 할 필요가 없어서 대충 둘러댄 것인데 더긴 설명이 필요하게 된 것만 같다. 어디서부터 어디까지 말해야 할지 고민인 아엽과 달리, 주인 할머니에게는 다른 것이 문제인 모양이었다.

"아엽 학생이 반전세니까, 그런 비용은,"

하고는 뒷말을 완성하지 못한 채 얼버무려서 아엽이 대신 완성해 드렸다.

"네, 제가 부담할게요."

"그래, 그럼 돼."

주인 할머니는 그렇게 말하고는 현관문을 닫았다.

                               *

　동물병원에는 수술했던 수의사가 카운터 진료대 뒤에 서
있었다. 아엽은 입구를 열고 들어가다가 아는 얼굴을 만나게
되어 반가웠다.

　"안녕하세요."

　"네, 오셨어요."

　수의사는 곧바로 수술 경과에 대해 설명해 주었다. 건강한
편이니 잘 먹고 쉬기만 하면 뼈도 잘 붙고 회복이 빠를 거라고
했다. 그동안 간호사가 까만 고양이를 안고 나왔다. 수술한 앞
다리에 통통하게 붕대가 감겨 있었다. 아엽이 메고 있던 이동
배낭을 진료대에 올리자 수의사는 까만 고양이를 안에 넣으며
몇 가지 지침을 알려 주었다. 가루약은 습식 사료에 타서 먹이
면 된다. 붕대를 뜯거나 핥으려고 하면 목 보호대를 해서 막아
야 한다. 아엽은 멍하니 듣다가 외울 분량을 초과하는 듯하여
양해를 구하고 핸드폰 메모장을 열었다. 수의사는 친절하게
다시 설명해 주었는데 처음과 동일하게, 마치 녹음 파일을 재
생하듯 문장을 뱉어서 아엽은 속으로만 놀랐다. 설명을 마친
수의사는 다음 주에 내원해서 소독하고 붕대도 갈아야 한다며
스케줄을 물었다. 아엽은 출근을 고려해서 금요일로 정했다.
보호자용 진료 카드를 꺼내 날짜를 기입하던 수의사가 이렇게

물었다.

"이름이 뭐죠?"

"곽아엽이요."

"고양이 이름이요."

이름은 고사하고 같이 살지 말지도 아직 정하지 못했다. 난처한 얼굴로 수의사를 바라보았더니 답할 수 있는 질문으로 바꾸어주었다.

"금요일 몇 시가 편하세요?"

"11시에 올게요."

"네, 예약 잡아 둘게요."

아엽은 가루약과 이름 없는 까만 고양이와 함께 동물병원을 나왔다.

집에 돌아온 아엽은 고양이가 담긴 이동 배낭의 지퍼를 열지도 못한 채 가만히 앉아 있었다. 에어컨 덕분에 실내가 너무 쾌적해서 자신부터가 적응하는 데 시간이 필요했다. 모르는 공간에 온 듯 낯선 기분은 한동안 이어졌는데, 에어컨을 꺼 버리려고 리모컨을 들었다가 기사가 오늘 하루는 틀어 놓으라고 했던 게 기억나서 설정 온도를 26도에서 28도로 올렸다.

그런 후에는 나가기 전에 청소해 두었던 모래 화장실의 냄새를 맡아보고 물 그릇과 사료 그릇도 다시 꼼꼼하게 확인했다. 모두 자신이 정리해 둔 그대로였다. 아엽은 새 접시를 꺼내 츄르를 세 개 짜고 받아 온 가루약 한 봉을 그 위에 솔솔 뿌렸다. 젓가락으로 휘휘 저어 섞은 후에는 사료 그릇 앞에 놓았다. 이제 준비는 끝났다. 까만 고양이를 꺼내 줘도 되겠다.

침대 위에 배낭을 올리고 직 지퍼를 내려서 안을 들여다보니 까만 고양이는 웅크린 자세로 바닥에 꼭 붙어 있었다. 또아리를 풀지 않겠다는 의지가 절절하다. 피딱지 같은 오물이 덕지덕지 붙은 새까맣고 땡땡한 몸통을 내려다보니 얘도 참 고집이 대단하다는 생각이 들었다. 그러자 말이 입 밖으로 튀어나갔다.

"너 고집이 세구나?"

치니 이외의 고양이에게 대화를 시도하는 것은 이번이 처음이었으나, 생각보다 어색하지 않고 자연스러웠다. 첫 문장을 내뱉고 났더니 아엽의 입 밖으로 술술 말이 흘러나왔다.

"내가 너 꺼내 줄 건데, 이상한 짓 하면 안 돼. 알았어?"

말하면서 배낭 안으로 손을 넣었다. 웅크리고 있던 까만 고양이는 아엽이 배 밑으로 손을 집어넣어 들어올리자 허공에서 날다람쥐처럼 앞발과 뒷발을 모두 바짝 펼쳤다. 아엽은 웃음을 참으며 바닥에 까만 고양이를 내려놓았다. 까만 고양이는 들어올려진 자세 그대로 바닥에 납작 엎드린 채 꿈쩍도 하지 않았다. 아엽은 까만 고양이의 바뀐 포즈가 반가웠다. 웃기고

270

귀여웠다.

"이게 편해? 이러고 있을 거야?"

납작 엎드린 까만 고양이에게 집 소개도 해 주었다. 저기 사료를 먹으면 되는데 그 전에 츄르를 먹으면 더 좋겠다고. 모두 치니의 것이지만 우선은 니가 쓰면 된다고. 아엽의 목소리를 제대로 듣고 있는지 까만 고양이는 귀를 움찔거리고 수염을 팽팽하게 세워 앞뒤로 움직이며 반응을 보였다. 대충 소개가 끝났다는 판단이 서서 아엽은 입을 다물고 까만 고양이를 내려다봤다. 아엽의 말이 사라진 공간에는 엥엥 에어컨 돌아가는 소리뿐이었는데, 그 소리에 반응하는 건지 여전히 까만 고양이의 귀와 동공과 수염은 부지런히 움직이고 있었다. 꼬리로는 작게 바닥을 톡톡 쳤는데 그 끝이 지팡이처럼 휜 것이 아엽의 눈에 들어왔다. 부러지거나 다친 건 아닌 것 같다. 태어날 때부터 그랬냐고 묻고 싶었지만 그건 첫 대화에서 꺼내기에는 다소 무거운 질문인 것 같아서 삼켰다.

까만 고양이의 탐색은 놀랍도록 오래 지속되었고 아엽은 다리가 저려서 몇 번이나 자세를 바꾸어 앉았다. 그럴 때마다 까만 고양이는 움찔움찔 탁탁, 수염과 꼬리로 경계 태세를 보였기 때문에 아엽은 억울한 목소리로 변명했다.

"다리 쥐 나서 그래. 어쩌라고."

몇 분이 지난 것도 같고 몇십 분이 지난 것도 같다. 아엽은 슬슬 까만 고양이의 납작 엎드린 자세가 걱정되기 시작했다. 자신도 피가 통하지 않아 저린데, 까만 고양이도 어디가 막혀서 터지진 않을까? 수술한 부위에 무리가 가지는 않을까? 아엽은 손을 뻗어 츄르 접시를 까만 고양이 앞으로 이동시켰다. 까만 고양이의 수염이 일시에 츄르를 향했다. 하지만 그뿐, 별다른 움직임이 없었다. 어쩌면 체면을 차리느라 그런지도 모르겠다. 치니는 아엽이 뺏어 먹는 시늉을 하면 그제야 사료를 먹었다. 그래서 이번에도 아엽은 츄르를 자기 입으로 가져가며 먹는 시늉을 해 보았다. 하지만 그 동작에는 과장된 감이 있었고 자신이 느끼기에도 적절하지 않은 것 같았다. 아엽은 웅얼거리듯 말했다.

"좀 먹자, 어?"

그러고 보니 배가 고팠다. 수리 기사의 전화로 기상한 후 하루종일 아무것도 먹은 게 없었다.

"나 이제 일어서니까, 놀라지 마."

아엽은 식탁으로 가서 먹을 것을 찾았다. 그간 잘 챙겨 먹던 영양가 높은 음식들은 다 어디 가고 컵라면 한 개가 전부였다. 이거라도 먹어야겠다 싶어서 포트에 물을 끓이며 컵라면 봉지를 뜯는데, 이상한 기운이 느껴졌다. 고개를 돌리니 언제 나왔는지 까만 고양이가 새초롬한 자세로 방문 앞에 앉아 아엽을 보고 있었다. 까만 고양이 다리로는 대여섯 걸음을 움직여야 했을 텐데, 붕대 감은 앞 다리를 어떻게 딛으며 이동한 거지? 중요한 걸 놓친 것 같은 아쉬움과 자신을 따라 나왔다는 기쁨이 동시에 밀려와 목소리가 커졌다.

"나 보러 온 거야?"

아엽이 다가가는데도 까만 고양이의 시선은 식탁에 멈춰 있었다. 그제야 아엽은 까만 고양이의 목적이 자신이 아닌 컵라면 비닐임을 눈치챘지만, 뭐 괜찮다. 아엽은 바스락 소리가 크게 나도록 비닐을 들고 비벼 댔다. 까만 고양이의 동공이 비닐을 따라 움직였다. 순수하게 호기심을 보이는 모습에, 아엽은 왠지 얘를 알 것 같다는 생각이 들었다. 어디에서 태어나서 어떻게 살다가 헌 옷 수거함 앞에서 삼색이와 대치하고 있었는지는 모르겠지만, 치니처럼 비닐에 관심이 많다는 것을 알게 되었다.

보글보글 물이 끓더니 포트에서 딸깍, 하고 소리가 났다. 아엽은 컵라면 용기에 뜨거운 물을 붓고 뚜껑 위에 냄비 받침을 올리며 슬쩍슬쩍 돌아보았다. 까만 고양이는 여전히 비닐에서 시선을 떼지 않고 있었다.

식사 준비를 마친 아엽은 까만 고양이 앞에 쭈그리고 앉아 비닐을 흔들었다. 까만 고양이는 고개까지 젖히며 눈으로 비닐을 좇았다. 위아래, 좌우, 이쪽저쪽.

"놀고 나면 같이 밥 먹는 거야. 누나는 라면 먹고 너도 같이 츄르 먹는 거야, 어?"

　질문하며 비닐을 뒤로 빼는데, 까만 고양이가 뒷발로 서서 몸을 일으켰다가, 성한 왼발을 아엽의 팔에 댔다. 탁. 왼쪽 앞발의 젤리가 아엽이 피부에 닿자 온몸의 신경이 섰다. 아엽이 놀라서 까만 고양이의 눈을 바라보자, 청록색 홍채 안의 길쭉한 동공이 천천히 아엽에게로 향했다. 아엽은 숨까지 참으며 까만 고양이의 동공을 바라봤다. 팔에 닿은 젤리는 촉촉하고 뜨뜻했다. 아엽은 자신의 육체가 젤리에 닿은 부위만 남고 모두 사라지는 기분이었다.

　아주 긴 것도 같고 짧은 것도 같은 그 정지된 시간은 까만 고양이가 작은 입을 벌려 엥, 이라는 소리를 낸 순간 끝났다. 분명하게 까만 고양이의 목소리를 아엽이 들었다. 아엽은 와락 까만 고양이를 끌어안고 등에 콧구멍을 붙였다. 그리고는 피딱지로 지저분한 까만 고양이의 등 냄새를 깊게 들이마셨다. 까만 고양이의 털이 콧구멍 속으로 가득 들어왔다. 그동안 식탁에 놓인 컵라면은 퉁퉁 불고 있었다.

추천의 글

제자리에서 돌기, 뛰기,
그리고 다시 일어서기

─ 조예은(소설가)

　말복을 앞두고 이 소설을 읽으면서 저 땡볕의 하늘 위에 떠 있는 게 꼭 태양이 아닌 미러볼 같다는 생각을 했다. 에어컨이 고장 난 여름은 가혹하고 이 세상은 너무 어지럽다. 고양이 '치니'가 사라져도, 회사에서 잘려도 일상은 빙글빙글 돌아가며 우리는 달리기는커녕 제대로 서 있기조차 벅차다. 그럼에도 불구하고 버티는 방법에 대하여, 혹 넘어지더라도 다시 일어서는 용기와 관계에 대하여 이 이야기는 말한다.

　유일하게 모든 걸 내보인 존재였던 치니의 상실을 계기로 아엽은 고양이 탐정, 병선, 캣맘과 같은 인물들을 만나며 소통한다. 그 과정에서 과거를 돌아보기도, 도망치기도, 실수하기도 하지만 그렇게 한 걸음 변화한 아엽은 '치니'가 사라지기

이전과는 다르다. 지금과 앞으로도 다를 것이다. 꽁꽁 숨겨 두었던 자신을 드러내고 타인을 받아들일 수 있게 되었기 때문이다. 여전히 삐그덕거리며 회전하는 세상 안에서 야속한 미러볼을 노려볼지, 회전에 맞춰 춤을 출지 정하는 건 오로지 우리의 몫이지만 그 어지러운 지면에서 삐끗하더라도 다시 균형을 잡을 수 있게 도와주는 건 결국 소통과 관계라는 것을, 균형을 잡기 위해서는 필연적으로 타인의 손이 필요하다는 사실을, 그리고 그 타인을 온전히 이해하고 받아들이는 건 그만큼 나 역시 드러내 보이는 일임을 깨닫는다. 그러므로 『미러볼 아래서』는 사실 치니가 이끈 우리의 성장 로드무비가 아닐까?

아엽의 여정을 지켜보는 내내 많이 슬펐다. 내 가장 밑바닥의 부분을 간파당한 듯한 기분에 괴롭기도 했다. 그래서 더욱 아엽을 응원하게 된다. 우리는 모두 어딘가 불완전한 존재이고, 관계라는 건 곳곳이 부식된 나무다리를 건너는 것과 같다. 하지만 다리는 다리. 건너야만 할 때는 온다. 눈을 꼭 감고 다리의 한쪽 끝에 머물던 아엽이 이내 발을 떼는 모습을 꼭 지켜봐 주길. 성장하고 변화하는 인간의 이야기는 언제나 멋지니까. 그리고 이건 무척 개인적인 바람이지만…… 고양이 '치니' 역시 도시의 풍파들을 피해 어디선가 잘 지내고 있기를 바란다.

나의 윤곽, 나의 주름

─ 황예인(문학평론가)

　잃어버린 고양이를 찾으러 세상 바깥으로 나가자마자 사람들과 마주친다. 서로 맞닿는 순간 선명해지는 것은 나의 윤곽, 내가 이렇게 생겨 먹었구나. 나를 서운하게 하고 주눅 들게 만든 건 세상의 사람들이라고만 생각했는데, 찌글찌글한 나의 주름을 매만지면서 그때 당황했을 그들도, 또 미숙했던 나도 뒤늦게 받아들인다. 강진아가 그려 내는 뚱한 표정의 외톨이, 하지만 사람들이 움직이는 모습과 그걸 감싸고 있는 풍경은 절대 놓치고 싶어 하지 않는, 그런 이유로 결국 상대에게 가 닿게 되고 마는 인물을 좋아하게 되었다. 시야에 들어오는 것들에 눈 돌리지 않고 골똘히 바라보면 틀림없이 마주쳐 오는 눈동자가 있기 마련인 것이다. 그러니 고양이 등에 얼굴을 묻고 너밖에 없어, 자주 중얼거리는 우리에게도 이러한 변화가 일어나기를.

나 또한 외톨이 시절, 누군가에게 내 마음을 보여 주지 않은 것을 다행이라 여겨 왔을 테다. 그러나 삶이란, 어느 순간 문득, 여름 볕에 바싹 마른 골목길에 섰을 때 누군가가 곁에 있기를 바라게 되는 일. 세차게 쏟아지던 비에 대해 말하고 싶어질 테니까. 물론 그 변화는 "별일은 아니구요."라고 얼버무릴 때, "왜 그렇게 말해요? 그거 큰일이잖아요." 하고 말해 준 이 덕분이다. 그런 다정함에도 쉽게 불안해지면서 수상한 의도를 의심했던 건 그저 마음의 주름 때문이고. 내가 유독 연약하고 불행한 사람이어서가 아니라.

자신을 껴안은 채 웅크리고 있던 인물이 서서히 두 팔을 풀어 내리는 이야기를 읽으며, 마음이 닫히려 할 때마다 마지막 장면이 떠오르면 좋겠다고 생각했다. 피부에 와 닿던 어린 고양이의 발바닥, 그 촉감이 나에게도 내밀어 맞잡을 손이 있음을 새삼스레 일깨워 주었으니까.

작가의 말

작가의 말

몇 해 전, 낯선 동네로 이사를 갔습니다. 새집에서 대여섯 마리의 고양이들과 자주 마주쳤습니다. 전에 살던 할머니가 고양이 사료를 주셨던 것 같습니다. 고양이들은 하나같이 이 집의 주인은 자신이라는 듯 고고한 모습이었고 저는 주눅이 들어 고양이들 눈치를 살피며 지냈습니다. 그러던 중, 노랑 고양이와 사랑에 빠졌습니다. 일이 그렇게 되었습니다.

노랑 고양이를 알아보고, 노랑 고양이를 생각하고, 노랑 고양이를 기다리며, 하루하루를 보냈습니다. 노랑 고양이는 집에 들이면 힘들어했기 때문에 야외에 사료를 두고 집을 만들어 주었습니다. 다행히 비가 오면 그곳에서 지내 주어서 저는 매일 비가 오기만을 바라기도 했습니다. 노랑 고양이가 하루라도 눈에 띄지 않으면 동네를 돌아다니며 찾았습니다. 남의 집 담벼락이나 차 밑에 노랑 고양이가 있는 것을 확인하고서야 안심하고 돌아설 수 있었습니다. 새벽에 밖에서 들리는 소리에 예민해졌고 보지 못했던 많은 것들을 보게 되었습니다. 노랑 고양이를 알기 전의 제가 보았더라면 정신이 나갔다고밖에 생각할 수 없는 날들이 이어졌습니다. 그리고 많은 일이 있었습니다.

지금은 그 낯선 동네에서 익숙한 동네로 다시 이사를 왔습니다. 노랑 고양이를 찾으러 다닐 때 만났던 고양이 두 마리와 함께 살게 되었습니다. 노랑 고양이는 이제 없고 두 마리의 고양이가 있습니다. 지금의 고양이들과 함께 놀다 보면 노랑 고양이 생각이 자주 납니다. 더 사랑하거나 덜 사랑해서가 아닙니다. 노랑 고양이와는 다른 형태로 지금의 고양이들을 사랑합니다. 하지만 노랑 고양이에게 너무 커다란 마음을 주어 버려서 다른 존재로는 채울 수 없는 구멍이 생겼습니다. 지금의 고양이들과 보내는 일상은, 그 구멍을 바라보는 시간이기도 합니다. 그렇게 생각하다 보면 저를 스쳐 간 수많은 이별과 만남에 대해 아주 약간은 이해할 수 있을 것 같은 느낌이 듭니다. 이렇게 살아가기도 한다는 것을, 저는 고양이들을 통해 배웠습니다.

성긴 초고가 책으로 나올 수 있었던 데에는 김화진 편집자의 도움이 컸습니다. 김화진 편집자는 제가 깨닫지 못한 엉킨 부분들을 문장으로 풀어낼 수 있도록 마음을 써 주었습니다. 그렇게 함께 세부를 들여다보고 대화를 나누었기에 초고보다는 튼튼한 이야기가 된 것 같아 기쁜 마음입니다.

2021년 9월
강진아

1판 1쇄 찍음   2021년 9월 3일
1판 1쇄 펴냄   2021년 9월 10일

지은이   강진아
발행인   박근섭, 박상준
펴낸곳   (주)민음사

출판등록   1966. 5. 19. 제16-490호
주소   서울특별시 강남구 도산대로1길 62 (신사동)
               강남출판문화센터 5층 (우편번호 06027)
대표전화   02-515-2000 ⏐ 팩시밀리 02-515-2007
홈페이지   www.minumsa.com

ⓒ 강진아, 2021. Printed in Seoul, Korea

ISBN   978-89-374-4487-6 03810

✳ 잘못 만들어진 책은 구입처에서 교환해 드립니다.